꿈을 꾸지 않는다

꿈꾸는 소녀의

청춘 돼지는

카모시다 하지메 지음
미조구치 케이지 일러스트
이승원 옮김

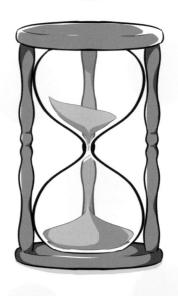

디자인 🐷 키무라 디자인 랩

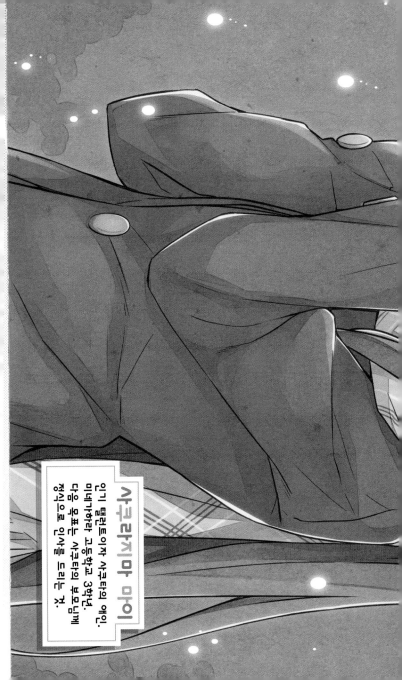

사쿠라지마 마이

인기 탤런트이자 사쿠타의 애인.
미나가와라 고등학교 3학년.
다음 문표는 사쿠타의 부모님께
정식으로 인사를 드리는 것.

꿈을 꾸지 않는 꿈꾸는 소녀의 청춘 돼지는

카모시다 하지메 지음
미조구치 케이지 일러스트
이승원 옮김

욕실에서 나와 보니, 밖에는 수라장이 펼쳐져 있었다.

제1장

소녀가 마음속으로 그린 꿈

1

이 날, 아즈사가와 사쿠타는 인생 최대의 위기를 맞이했다.

올해도 마지막 한 달만 남은 12월 첫 날. 월요일. 현재 시간은 오후 열 시를 지나고 있었다.

평소 같으면 편안한 공간이었을 이 투룸 맨션의 거실에서는 현재 범상치 않은 긴장감이 감돌고 있었다. 피부가 따끔거릴 정도다.

어제 꺼낸 코타츠의 전원을 켜놨는데도, 전혀 따뜻하지 않았다. 코타츠 안에 온몸을 집어넣고 싶지만 상황이 그런 행동을 허락하지 않았다. 다리도 쭉 펼 수 없는 분위기인 것이다 누가 명령한 것도 아닌데도 사쿠타는 무릎을 꿇고 평소 같으면 굽히고 있을 등 또한 꼿꼿이 폈다.

그가 왜 이러는 건지는 거실 안을 둘러보기만 해도 한눈에 알 수 있다.

두 여성이 사쿠타와 함께 코타츠에 둘러앉아 있었다.

오른쪽에는 사쿠타와 같은 고등학교에 다니는 연상의 선배가 앉아 있었다. 그녀의 이름은 사쿠라지마 마이. 아역 시절부터 연예계에서 활약했으며 국민적인 지명도를 자랑했던 인기 여배우다. 지금도 드라마와 CF, 영화 등에서 열심히 활약하고 있으며 또한 사쿠타의 연인이기도 했다. 인상적일 정도로 아름다운 외모를 지녔으며, 길고 예쁜 흑발은 윤기가 넘쳤다. 영화 촬영 현장에서 이곳으로 바로 오느라 화장을 지우지 않은 그녀의 얼굴은 평소보다 어른스러워 보였다. 이런 상황만 아니라면 영원토록 쳐다보고 싶다는 생각이 들었을 것이다. 사쿠타는 두세 시간 동안 한시도 눈을 떼지 않고 계속 쳐다볼 자신이 있다.

하지만, 지금은 그럴 수가 없었다.

왼쪽을 쳐다보니, 느긋하게 귤껍질을 까고 있는 다른 여성이 눈에 들어왔다. 온화한 표정으로 손을 움직이고 있는 그녀의 이름은 마키노하라 쇼코. 사쿠타의 첫사랑이며, 겉보기에는 대학생 정도로 보였다. 그녀는 이런 상황에서도 「으음~, 시큼해」 하고 말하면서 행복한 표정으로 귤을 입에 넣고 있었다. 배짱이 끝내주게 좋은 것 같았다. 이곳은 사쿠타가 여동생과 함께 살고 있는 맨션이지만, 그녀는 마치 자기 집에 있는 것처럼 느긋했다.

사쿠타와 마이의 시선은 자연스럽게 쇼코를 향하고 있었다. 두 사람의 시선을 느낀 쇼코는…….

"아, 차를 내올게요."

……마지막 남은 귤 조각을 입에 집어넣으면서 몸을 일으키려 했다.

"아, 내가…….."

할게요, 하고 사쿠타는 말하려고 했지만, 그보다 먼저…….

"제가 내올게요."

마이가 그렇게 말하면서 몸을 일으켰다.

"아뇨. 내가……."

"사쿠타는 변명이라도 생각하고 있어."

마이는 딱 잘라 그렇게 말하며 물러서지 않았다.

"예. 그럴게요."

엉거주춤한 자세를 취하고 있던 사쿠타는 다시 자리에 앉았다. 왠지 이 상황에서 괜히 고집을 부렸다간 마이의 기분이 더 나빠질 것 같은 느낌이 들었다.

마이는 코타츠에서 빠져나가더니, 차분하게 걸음을 내디디며 키친카운터 너머로 향했다. 그리고 이 집에 대해 훤히 알고 있다는 것처럼 주저 없이 선반을 열더니, 찻주전자와 찻잔, 그리고 차가 들어있는 통을 꺼냈다. 커피포트로 물을 끓이는 것도 잊지 않았다. 그리고 쟁반도 꺼내 놨다.

만약 지금 이 순간, 마이와 단둘이 있다면 얼마나 좋을까. 연인이 자신의 집 부엌을 자유롭게 이용하고 있는 모습을 보며, 행복에 빠져들 것이다. 하지만 오늘은 그런 기분이 눈곱만큼도 들지 않았다.

마이는 찻주전자에 찻잎을 넣으면서 싱크대 한편을 은근슬쩍 쳐다보았다. 사쿠타의 위치에서는 보이지 않지만, 시선이 향한 곳에는 아마 설거지 건조대가 있을 것이다. 그리고 거기에는 사쿠타와 쇼코가 사용한 두 사람 몫의 식기가 놓여 있으리라.

그 순간, 불길한 느낌이 온몸을 옥죄어들더니, 사쿠타의 이마에 땀방울이 맺혔다.

바로 그때, 마이는 차가 들어있는 통의 뚜껑을 닫더니, 천천히 고개를 들었다. 그리고 자연스럽게 거실을 둘러보았다. 마이의 시선이 방구석을 향한 순간, 갑자기 표정이 험악해진 느낌이 들었다. 뭔가 문제가 될 만한 걸 보기라도 한 것일까.

사쿠타가 그렇게 생각하며 그쪽을 향해 고개를 돌려보니, 치명적인 물건이 눈에 들어왔다. 베란다로 이어지는 커다란 창문, 그것의 커튼레일에는 세탁물이 걸려 있었다. 빨래 건조대에는 사쿠타의 티셔츠와 팬티, 그리고 쇼코의 옷가지가 널려 있었다. 쇼코의 속옷들은 옆방에 널려 있기는 하지만, 그래도 남녀의 옷가지가 뒤섞여 널려 있는 건조대는 다양한 억측을 부르기에 충분한 요소였다.

이래서야 영락없는 동거커플의 집이다.

물론 쇼코와 사쿠타는 그런 사이가 아니다. 사쿠타에게 쇼코는 첫사랑에 불과했다. 사쿠타의 연인은 마이이며, 사쿠타는 일편단심 마이다. 하지만 상황증거에서 비롯된 사실은 그런 말들을 전부 헛소리로 만들기에 충분한 파괴력을 지니고 있었다.

"아, 맞다. 마이 씨."

마이가 집안을 관찰하게 두면 안 되겠다고 판단한 사쿠타가 반사적으로 그녀에게 말을 걸었다.

"왜?"

마이는 무뚝뚝한 목소리로 대답했다. 그리고 사쿠타를 쳐다보려고도 하지 않았다.

"영화 촬영은 끝났어요?"

열흘 전, 마이는 로케이션 촬영지인 카나자와에 갔다. 그리고 어젯밤에 통화를 했을 때만 해도 마이는 사흘 후에 돌아온다고 말했었다. 그것은 기습 체크를 감행하기 위해 미리 파둔 함정인 걸까.

"아직 안 끝났어."

마이는 사쿠타를 쳐다보지 않으며 그렇게 말했다.

"그런데 여기 있어도 돼요?"

"내일 저녁까지 시간이 비어서 돌아왔는데, 사쿠타는 기쁘지 않나 보네."

"무, 물론 기쁘죠."

사쿠타는 평범하게 대답하려 했지만, 상대방을 너무 의식한 바람에 말을 더듬고 말았다.

"전혀 그렇게 보이지 않는데?"

마이의 시선이 향한 곳은 이 집 곳곳에 존재하는 동거의 흔적……

"그럴 리가 없잖아요."

사쿠타는 시간을 벌기 위해 대충 얼버무리면서 필사적으

로 변명을 생각했다. 하지만 답을 찾아내기도 전에, 마이가 찻주전자와 찻잔이 놓인 쟁반을 들고 코타츠로 돌아왔다.

마이는 두 발을 모으더니, 치맛자락을 손으로 살며시 누르면서 단정하게 앉았다. 그리고 익숙한 손놀림으로 찻잔 세 개에 차례차례 차를 따랐다. 처음에는 3분의 1씩 채웠고, 두 번째는 절반 정도를 채웠다. 그리고 세 번째에 8할 정도 채우더니, 「자요」 하고 말하면서 찻잔 하나를 쇼코 앞에 뒀다.

"고마워요."

쇼코는 마이를 향해 정중한 목소리로 그렇게 말하며 찻잔을 들었다.

"사쿠타도 마셔."

"고마워요."

자신의 몫은 없을지도 모른다고 생각했지만, 그렇지 않았다.

"이것도 드세요."

마이가 권한 것은 선물봉투에서 꺼낸 만주였다. 토끼 모양을 한 귀여운 만주였다.

"왠지 먹기 아깝네요."

쇼코는 그렇게 말하면서 만주를 향해 주저 없이 손을 뻗었다.

"와아, 맛있어요."

그리고 만주를 먹으면서 행복에 찬 미소를 지었다.

사쿠타도 만주 한 개를 입안에 넣었다. 하지만 실내의 긴장된 분위기 때문에 맛이 느껴지지 않았다.

사쿠타는 마이가 끓여준 차가 식기 전에 한 모금 홀짝였다.

그러자 입에서 자연스럽게 한숨이 새어나왔다.

그 후, 사쿠타는 찻잔을 코타츠에 내려놓았다.

"그럼 중요한 점부터 확인할까 하는데……."

그러자 마이는 이 타이밍을 기다렸다는 듯이 그렇게 말했다. 의문으로 가득 찬 마이의 눈동자는 정면에 앉아있는 쇼코를 향하고 있었다.

마이가 이러는 이유는 뻔했다. 쇼코의 존재 자체가 의문 덩어리이기 때문이다. 사쿠타도, 그리고 마이 또한 이 자리에 있는 『쇼코』 이외의 『마키노하라 쇼코』를 한 명 알고 있다. 올해 여름에 만난 중학교 1학년 여자애. 버려진 고양이 앞에서 어쩔 줄을 몰라 하면서 멍하니 서있던 소녀다.

지금은 그 고양이에게 『하야테』라는 이름을 붙여준 후, 직접 기르고 있다.

외모가 꽤 닮았기에 동일인물 같지만, 나이가 달랐다. 중학교 1학년인 어린 여자애와, 대학생으로 보이는 성인 여성. 연하와 연상.

여름에 어린 쇼코와 만난 후부터 커다란 의문이 머릿속에 계속 존재했다. 무슨 이야기를 하건 일단 그 점부터 명확하게 해둬야만 한다. 마이가 방금 말한 것처럼 그것은 중요한 점이다. 매우 중요한 점인 것이다…….

"예. 궁금한 게 뭐죠?"

쇼코는 찻잔을 든 채 차분한 목소리로 물었다.

"두 사람은 언제부터 동거했던 거야?"

"동거한 적 없어요!"

마이가 뜻밖의 질문을 던지자, 사쿠타는 주저 없이 반론했다.

"한집에서 같이 살고 있는 건 맞잖아?"

"표현을 문제시하는 게 아니라고요. 그보다 확인하고 싶다는 게 그거예요?"

마이가 가장 먼저 확인하고 싶은 건 『쇼코 씨』에 관한 여러 의문일 거라고 사쿠타는 생각했다.

"이게 가장 중요한 점이야."

"그것 말고도 물어볼 게 꽤 있을 것 같은데요."

아무래도 사쿠타와 마이의 마음속 우선순위는 다른 것 같았다.

"아무튼, 언제부터 같이 산거야?"

마이가 같은 질문을 또 던졌다. 차분하면서도 박력이 느껴지는 목소리로 말이다. 그녀는 사쿠타의 목소리가 들리지 않는 듯한 태도를 취했다.

사쿠타는 고개를 돌리면서…….

"으음, 어, 어제부터예요."

……하고 얼버무리듯 대답했다. 빙빙 돌리며 이야기를 하다 보면 이 상황을 모면할 괜찮은 아이디어가 생각날지도 모른다. 사쿠타는 그런 꿍꿍이를 품고 있었지만…….

"사쿠타 군, 무슨 소리를 하는 거예요. 목요일부터 같이 살았잖아요."

또 한 명의 당사자가 그렇게 대답한 순간, 사쿠타의 헛된 희망은 물거품이 되었다.

목, 금, 토, 일, 월…… 하고 쇼코는 손가락을 하나씩 접으면서 말했다.

"오늘로서 딱 동거 닷새째네요."

"그러니까, 동거가 아니라……."

사쿠타는 그 점만이라도 정정하려 했다. 분명 아무런 의미도 없는 짓이겠지만, 입 다물고 있을 수가 없었다.

"동거 닷새째인 걸로 알면 되는 거죠?"

"아까와 같은 패턴을 반복하지 말아줄래요?"

하나도 웃기지 않았다. 사쿠타는 마이의 차가운 시선을 받으며 점점 얼어붙었다.

"반복은 개그의 기본이잖아요?"

쇼코는 눈치가 없는지 이 상황에서도 즐겁게 웃고 있었다. 사쿠타는 마이 쪽을 쳐다볼 자신이 없었다.

"아, 그래도 목요일에는 피치 못할 사정이 있어서 쇼코 씨가 우리 집에 묵었던 거예요. 그러니 본격적으로 이 집에서 지내기 시작한 건 금요일부터죠."

아마 사쿠타 본인도 자기가 무슨 소리를 하고 있는 것인지 감이 오지 않을 것이다. 이제 와서 하루 줄여봤자 아무 의미가 없으니까 말이다.

하지만 인간은 부질없다는 걸 알면서도 발버둥을 치는 생물이다.

"목요일이라면…… 카에데의 기억이 돌아온 날이지?"

"예? 아, 예."

카에데(花楓)는 사쿠타의 여동생이다. 2년 전에 집단 괴롭힘을 당하면서 해리성 장애를 앓기 시작한 그녀는 예전의 모든 기억을 잃었다. 아니, 마음을 짓누르는 부담으로부터 자기 자신을 지키기 위해 마음속 깊은 곳에 틀어박혔던 것이다. 그 사이, 『카에데(花楓)』는 『카에데』로서, 이 집에서 사쿠타와 살았다.

그런 그녀는 지난 주 목요일, 원래대로 되돌아왔다. 여동생의 해리성 장애가 나으면서, 『카에데(花楓)』의 기억과 인격이 되돌아온 것이다. 『카에데』의 기억과 인격의 소멸이라는 대가로 치르면서…….

"그랬구나……."

마이의 입에서 자그마한 목소리가 흘러나왔다. 그 목소리에는 감정이 어려 있었다. 마이의 진심에서 우러난 감정 같지만, 사쿠타는 그 감정이 무엇인지 알 수 없었다. 사라진

『카에데』를 떠올리고 있는 것 같지만, 희미하게 숙인 마이의 표정에는 그것 이외의 감정이 섞여 있는 것처럼 느껴졌다. 하지만, 그 감정의 정체를 알 수가 없었다.

"저기, 사쿠타 군에게 화내지는 말아주세요."

마이가 입을 다물자, 그녀를 대신하듯 쇼코가 입을 열었다.

"사쿠타 군은 아무 잘못 없어요. 제가 갈 곳이 없으니 재워달라고 부탁한 거예요."

"그럼 오늘부터는 저희 집에서 지내 주세요."

마이는 눈동자만을 움직여서 쇼코를 쳐다보더니, 담담한 목소리로 그렇게 말했다.

"당신이 걱정할 일은 일어나지 않았으니 괜한 걱정 하지 마세요."

"앞으로도 일어나지 않을 거라는 보장은 없잖아요."

마이는 사무적인 목소리로 말을 이었다.

"사쿠타 군이 마이 씨와의 교제에 만족하고 있다면, 이상한 짓을 할 생각조차 하지 않을 거예요."

쇼코는 마이와 마주보고 앉아있는데도 태도에 변함이 없었다. 눈치가 없는 것도 아니면서, 눈치 없는 발언을 계속 늘어놓았다. 아니, 이 상황을 즐기고 있는 듯한 느낌마저 드는 것은 어째서일까. 아마 사쿠타의 착각은 아닐 것이다. 쇼코의 목소리에는 도발적인 뉘앙스가 명백하게 어려 있으며, 뻔뻔한 불륜녀를 멋지게 연기하고 있었다. 왜 이러는 것인지는 전혀 짐작되지 않지만 말이다……

두 사람 사이에 끼인 사쿠타의 위는 맹렬하게 수축되고 있었다.

"충분히 만족시켜주고 있어요."

마이의 목소리가 약간 작아졌다. 고개 또한 살짝 숙이더니, 코타츠 위에 놓인 귤을 쳐다보았다.

"사쿠타 군, 마이 씨의 말이 사실인가요?"

쇼코는 그야말로 최악의 타이밍에 사쿠타에게 말을 걸었다. 아니, 의도적으로 이 타이밍에 그에게 말을 건넨 것이리라. 사쿠타가 아는 『쇼코 씨』는 이런 장난을 좋아하는 누나였다. 이번만큼은 장난이라고 하기엔 도가 지나치지만 말이다……

게다가 쇼코는 사쿠타를 더 몰아붙이려는 것처럼 그의 허벅지에 손을 얹었다.

"어떤가요?"

그리고 그의 허벅지를 매만졌다.

"우왓."

사쿠타는 등골을 타고 전류가 흐르는 듯한 느낌을 받더니 무심코 신음을 흘렸다.

"……"

마이가 미심쩍은 눈길로 사쿠타를 쳐다보았다. 그리고 곧 뭐가 어떻게 된 것인지 눈치챈 마이 또한 코타츠 안으로 손을 뻗었다.

"윽!"

사쿠타가 비명을 지른 것은 다른 쪽 허벅지를 꼬집혔기 때문이다.

"만족하지?"

마이는 차가운 목소리로 물었다.

"예. 물론이죠."

"그럼, 제가 이 집에서 지내더라도 문제될 게 없겠군요. 그리고 마이 씨가 괜한 걱정을 할 필요도 없는 거네요."

쇼코는 자연스럽게 대화의 주도권을 움켜쥐었다. 아무래도 이 모든 것은 사쿠타와 마이에게서 방금 그 말을 듣기 위해 파둔 함정이었던 것 같았다.

"그건……."

마이는 말을 이으려다 결국 입을 다물었다. 쇼코에게서 시선을 떼지는 않았지만, 그녀가 당혹스러워하는 것이 손에 잡힐 듯이 느껴졌다. 마이가 이 정도로 완벽하게 당하는 광경을 본 것은 처음인 것 같았다. 상대를 컨트롤해서 주도권을 쥐는 것은 마이의 특기지만, 지금은 일방적으로 당하고 있었다.

"아, 아무튼, 절대 안 돼요."

마이는 평소와 달리 논리가 아니라 감정에서 비롯된 말을 토했다. 아무래도 쇼코 상대로는 평소 같은 페이스를 유지할 수가 없는 것 같았다.

"정말 괜찮으니까 걱정할 필요 없어요."

"그래도 안 돼요."

"그리고 만약 무슨 일이 생기더라도 문제될 건 없어요."

쇼코는 장난기 섞인 미소를 머금었다.

"어째서죠?"

"저는 사쿠타 군을 좋아하거든요."

"푸읍~!"

사쿠타는 입안에 있던 차를 단숨에 뿜었다. 그리고 콜록, 콜록 하고 격렬하게 기침을 했다.

"정말, 더러워졌잖아요."

쇼코는 휴지로 코타츠 위를 닦더니, 사쿠타의 등을 상냥하게 문질러줬다.

마이의 시선이 사쿠타에게 날카롭게 꽂혔다. 묘하게 차갑고 조용한 시선이었다. 그 시선에 담긴 것은 단순한 짜증이나 분노가 아니었기에, 어떻게 생각하면 좋을지 판단을 내릴 수가 없었다. 하지만 뭔가 깊은 감정이 어려 있다는 사실만은 느낄 수 있었으며, 그 감정이 사쿠타의 마음을 인정사정없이 짓눌러댔다. 어쩌면 마이는 진짜로 화가 난 것일지도 모른다. 그런 생각이 든 순간, 사쿠타의 간담이 서늘해졌다.

"자, 잠깐, 스톱."

그 압력을 견디다 못한 사쿠타가 코타츠에서 빠져나갔다. 그리고 그는 집전화로 도움을 요청하기로 했다. 두 사람이 무슨 말을 하기도 전에 수화기를 들더니, 그대로 전화번호를 입력했다.

사쿠타가 입력한 전화번호는 그의 몇 안 되는 친구 중 한 명인 후타바 리오의 핸드폰 번호다. 완벽하게 외우고 있는 그 열한 자리 숫자를 누르자, 신호가 세 번 가기도 전에 상대방이 전화를 받았다.

"무슨 일이야?"

짤막한 한 마디였다. 리오가 그녀다운 반응을 보이자, 사쿠타는 안도감을 느꼈다.

"플리즈 헬프 미."

"누구시죠?"

"아즈사가와예요."

"알아."

"그럼 왜 물어본 건데?"

"그것보다, 무슨 일이야?"

"실은 쇼코 씨와 재회했어."

"바람피우는 거야?"

농담처럼 들리지 않는 리오의 그 발언은 일단 무시하기로 했다.

"지금 쇼코 씨가 우리 집에 있어."

"그럼 나는 이 사실을 사쿠라지마 선배에게 메일로 알리면 되겠네."

"마이 씨도 지금, 우리 집에 있어."

사쿠타가 현재 상황을 알려주자, 전화가 끊겼다. 아니, 상대방이 끊었다.

"……."

일단, 다시 전화를 걸어보았다.

"또 뭔데?"

수화기에서 리오의 귀찮아 죽겠다는 듯한 목소리가 흘러나왔다.

"왜 전화를 끊은 거야?"

"마음의 전파 상태가 갑자기 나빠졌어."

"그게 무슨 소리야?"

"수라장에 나를 끌어들이지 말라고 완곡하게 말했을 뿐이야."

"뭐, 그럴 거라고 생각했어."

사쿠타도 전화기 너머에 있는 친구가 이런 소리를 한다면 바로 끊고 싶어질 것이다. 아니, 아마 끊을 것이다.

"아무튼, 도와줘."

"싫어."

"그게 친구에게 할 소리야?"

"나를 친구라고 생각한다면, 치정 문제 같은 걸 나와 상의하려고 하지 마."

"지금 데리러 갈 테니까, 우리 집에 와서 상황 좀 수습해줘."

"데리러 오지 마."

"늦은 시간이니까 사양하지 말라고."

"이 일에 얽히고 싶지 않을 뿐이야."

"사람 한 명 살리는 셈치고 선처 좀 해줘."

"하아……."

리오는 한숨을 내쉬었다. 마치 사쿠타에게 들려주려는 것처럼, 그 한숨은 깊디깊었다.

"알았어. 어머니가 지금 차로 나리타에 간다니까, 아즈사가와의 집까지 태워달라고 할게."

"진짜 고마워."

"미리 말해두겠는데, 너와 상의하는 건 어디까지나 쇼코 씨의…… 사춘기 증후군에 관해서야. 아즈사가와의 바람 같은 건 내 알바 아냐."

"……그쪽도 좀 선처해줘."

"아무튼, 나중에 봐."

사쿠타는 리오가 전화를 끊을 때까지 기다린 후, 수화기를 내려놓았다. 그리고 휴우 하고 한숨을 내쉰 다음, 사쿠타는 혹한의 코타츠로 돌아갔다.

20분 후, 사쿠타의 집에 도착한 리오는 거실 상황을 보자마자…….

"그냥 돌아가도 돼?"

하고 본심을 털어놓았다.

사쿠타는 그런 리오의 등을 밀어서 코타츠 한편에 앉혔다. 참고로 리오는 오늘 처음으로 어른 쇼코와 만났다.

"확실히 나이를 먹고 성장한 쇼코 양 같기는 하네."

"일부러 이렇게 와줘서 고마워요."

쇼코는 리오를 향해 고개를 꾸벅 숙였다.

"후타바도 왔으니까, 이제 그만 쇼코 씨도 이야기를 해주세요."

대체 『쇼코 씨』의 정체는 무엇인가. 『마키노하라 양』과 어떤 관계인가……. 여름부터 계속 품고 있던 의문의 답을 드디어 알 수 있게 됐다.

"더는 물러설 곳이 없는 것 같군요."

쇼코는 체념이 어린 듯한 어조로 그렇게 말하면서 자세를 고쳤다.

"사실 저는……."

그리고 진지한 표정으로 사쿠타, 마이, 리오를 둘러보며 잠시 말을 멈췄다. 그 후…….

"때때로, 이렇게 커져요."

……하고 진지한 표정으로 말했다.

"……."

"……."

"……."

사쿠타, 마이, 리오의 침묵이 포개졌다. 그리고 김샌 듯한 분위기가 흘렀다. 쇼코의 충격발언을 듣고도 딱히 놀라거나 당황하지 않았다. 「이럴 줄 알았다」는 감정이 앞섰던 것이다.

　"저는, 때때로, 이렇게 커져요."

　다른 이들이 뜻밖의 반응을 보이자, 쇼코는 한 번 더 같은 말을 했다.

　"……"

　역시, 아무도 입을 열지 않았다.

　"저기, 제 말 못 들었나요?"

　"들었어요."

　사쿠타가 어쩔 수 없이 대답했다.

　"이해했나요?"

　"이해했어요."

　이번에는 리오가 고개를 끄덕였다.

　"이런 사춘기 증후군도 있구나."

　마이는 작은 목소리로 그렇게 말했다.

　"다들 전혀 놀라지를 않네요. 괜히 뜸을 들여서, 제 입장만 난처해졌어요."

　쇼코는 불만을 표시하듯 입술을 삐죽 내밀었다.

　"이런 일이 일어난 이유는 혹시 짐작이 되나요?"

　사쿠타는 쇼코의 반응을 개의치 않으면서 질문을 던졌다.

　"제 입장만 난처해졌어요……."

쇼코가 풀이 죽었다고 해서 한발 물러설 수는 없다. 오늘 이야말로 쇼코가 모든 진실을 실토하게 해야만 하는 것이다.

"쇼코 씨가 별일도 아닌 걸 가지고 괜히 뜸을 들인 탓에 이렇게 된 거예요."

"때때로 커지는 건 어엿한 별일이라고 생각하는데 말이죠."

"역시 병과 관련이 있는 건가요?"

사쿠타는 쇼코의 주장을 듣지 못한 척하면서 계속 추궁했다. 공세를 늦췄다간 쇼코가 이야기를 돌릴 위험성이 있기 때문이다.

"아마 그럴 거예요."

쇼코 씨는 순순히 대답하면서 마이와 리오를 쳐다보았다. 두 사람 다 그녀의 의도를 눈치챘는지 「병에 대해 알고 있어요」 하고 눈빛으로 말하며 고개를 끄덕였다.

쇼코는 심장병을 앓고 있다. 이식수술을 받지 않는 한, 중학교를 졸업할 때까지 사는 것도 힘들 거라는 게 의사의 소견이다. 그런 잔혹한 현실 앞에서, 중학교 1학년밖에 되지 않은 소녀가 아무것도 느끼지 않을 리가 없다. 아무 고민도 없을 리가 없는 것이다. 아침 해가 떠올릴 때마다 자신에게 남은 시간이 줄어가고 있다는 것을 느끼며 마음이 비명을 지르더라도 이상할 게 없다. 그런 상황이 사춘기 증후군의 발병으로 이어진 거라면 충분히 납득이 되었다.

목숨을 위태롭게 하는 병에 걸린 쇼코의 현재 상황에는

그 정도로 강렬한 설득력이 존재하는 것이다.

"어른이 되는 게······."

쇼코는 코타츠 위에 있는 귤을 쥐었다. 그리고 양손으로 그 귤을 굴리면서······.

"······제 꿈이었어요."

······하고 쇼코는 대답했다.

"의사 선생님한테서 중학교를 졸업하는 것조차 어려울지도 모른다는 말을 듣고······ 그게 어떤 의미인지 이해했을 때부터였을 거예요. 고등학생이 되고 싶다, 대학생이 되고 싶다고 생각했어요."

쇼코는 손 안에 있는 귤을 소중하기 그지없다는 듯이 양손으로 살며시 감싸 쥐었다.

"그러니 지금 이 자리에 있는 저란 애는 고등학생도, 대학생도, 어른도 될 수 없다고 생각하며 하루하루를 살고 있는 어린 제가 마음속으로 그린 꿈이라고 생각해요."

쇼코의 말을 곱씹듯, 사쿠타도, 마이도, 그리고 리오도 한동안 입을 다물고 있었다. 그리고 잠시 후, 사쿠타가 가장 먼저 입을 열었다.

"뭐 하나만 물어봐도 될까요?"

"예. 물론이죠."

"방금 그 이야기는 엄청 납득이 되지만······."

사쿠타는 말끝을 흐리면서 쇼코를 미심쩍은 눈길로 쳐다

보았다.

"납득이 되지만?"

"『쇼코 씨』와 『마키노하라 양』은 성격이 많이 다른 것 같은데요."

"그런가요?"

"『쇼코 씨』는 꽤 뻔뻔하잖아요."

그리고 어린 쇼코는 솔직하고, 겸손하며, 매우 착한 아이다. 마이를 가지고 놀 만큼 배짱이 좋지도 않다.

"뻔뻔…… 여자애 셋과 한 코타츠에 둘러앉아있는 사쿠타 군에게 그런 말을 듣고 싶지는 않네요."

"이런 소리를 하니까 뻔뻔하다는 소리를 듣는 거예요."

"불평은 어린 저한테 하세요. 지금 이 자리에 있는 전 어린 제가 마음속으로 그린, 장래에 되고 싶은 이상적인 자기 자신이니까요."

"저기, 『쇼코 양』 말인데요."

바로 그때, 리오가 끼어들었다.

"자기 자신이 때때로 커진다는 걸 모른다고 생각하면 될까요?"

질문 같지만, 확신이 담긴 확인 같은 느낌이 들었다. 다짐을 받는 듯한 분위기가 어려 있었다. 그리고 사쿠타는 리오가 이런 식으로 묻는 이유를 알고 있었다.

사쿠타는 2년 전에 고등학생이 된 쇼코와 만났다. 하지만, 올해 여름에 만난 중학교 1학년인 쇼코는 사쿠타를 기억하지 못했다. 처음 만났을 때 나눈 인사 또한 「처음 뵙겠습니다」였던 것이다.

게다가 때때로 커진다는 사실을 알고 있다면, 그 점이 태도에서도 드러날 것이다. 솔직하고, 뭔가를 숨기는 게 서툰 쇼코의 성격이라면 말이다.

"예전에 커졌을 때는 어떻게 대처했죠?"

"아무 짓도 하지 않았어요."

"예?"

"어느새 원래대로 되돌아가거든요."

"가족들은 어쩌죠? 며칠 동안 계속되면 걱정할 텐데요."

어딘가에 숨어있더라도, 위중한 병에 걸린 딸이 사라지면 바로 경찰에 연락하지 않을까. 그러고 보니 쇼코가 사쿠타의 집에서 머무른 것도 벌써 닷새째다. 경찰이 수사를 시작했더라도 이상할 게 없다.

"아, 그 점이라면 걱정하지 마세요."

쇼코는 태연한 어조로 대답했다.

"어째서죠?"

"아까 때때로 커진다고 말하기는 했지만, 실은 좀 어폐가 있어요. 제가 커진 동안에도 어린 저는 이 세계에 존재하는 것 같아요."

"비슷한 이야기를 전에 들은 적이 있는 것 같네."

사쿠타는 맞은편에 앉아있는 리오를 쳐다보았다. 한 사람의 인간이 두 명으로 늘어난다. 사쿠타는 그런 현상을 일전에 목격한 적이 있다. 그게 바로 리오에게 일어났던 사춘기 증후군이었다. 그때는 둘 중 한 명이 성장하지는 않았지만 말이다.

"저는 어린 저를 만난 적이 없어요. 하지만 좀 신경이 쓰여서 오늘 낮에 집에 가봤죠. 그랬더니 엄마가 집을 나서더라고요. 그래서 잠시 동안 미행을 해봤는데…… 제가 예전에 다녔던 병원으로 향하셨어요. 아마 어린 저는 입원 중일 거예요. 그래서 사쿠타 군이 전화를 걸어도 받지 않는 거예요."

"그랬군요……."

사쿠타가 전화를 걸어도 어린 쇼코는 받지 않았다. 아직 전화가 오지도 않았다. 입원 중이라면 납득이 됐다.

"그럼 일단 결론은 나왔네."

"그래."

지금 이 자리에 있는 쇼코가 어린 쇼코가 꿈꾼 장래의 모습이라면, 어린 쇼코에게서 이야기를 들어본다면 해결의 실마리를 찾을 수 있을지도 모른다.

"어차피 카에데도 보러 가야 하니까, 내일 만나러 가봐야겠어."

쇼코가 다니는 병원에는 사쿠타의 동생인 카에데가 입원해 있었다.

바로 그때, 리오가 아무 말 없이 자리에서 일어났다.

"화장실 가는 거야?"

"아냐. 이제 돌아갈래."

"왜?"

"이야기도 얼추 끝난 것 같으니 내가 있을 필요가 없잖아?"

"오늘은 자고 가."

"아즈사가와."

"왜?"

"기분 나쁘거든?"

"너, 이런 상황에 처한 나를 버릴 생각인 거야? 너무한 거 아냐?"

"너무한 사람은 바람을 피운 아즈사가와, 바로 너야."

사쿠타는 그 말을 듣고 말문이 막히고 말았다.

"후타바 양, 미안하지만 나도 부탁할게."

사쿠타에게 도움의 손길을 내밀어준 사람은 뜻밖에도 마이였다. 쇼코의 이야기를 들으면서도 그녀는 계속 입을 다물고 있었기에, 왠지 오래간만에 목소리를 들은 듯한 느낌이 들었다.

"오늘은 나도 이 집에서 묵을 거니까, 후타바 양도 같이 있어줘."

"……."

마이가 이런 말을 할 거라고는 생각도 못했는지, 리오는 눈을 동그랗게 떴다. 방금 그 발언의 내용보다, 이런 부탁을 받았다는 사실 자체에 충격을 받은 것 같았다.

"알았어요. 사쿠라지마 선배가 하자는 대로 할게요."

리오는 그렇게 말하며 다시 코타츠에 들어왔다.

"마이 씨의 부탁은 들어주는 거야?"

"아즈사가와의 부탁은 넌더리가 날 정도로 들어줬거든."

"나는 남의 도움 없이는 살 수 없는 인간이거든. 앞으로도 잘 부탁해."

바로 그때, 이번에는 마이가 몸을 일으켰다.

"집에 돌아가서 씻고, 옷 좀 갈아입은 다음에 다시 올게."

마이는 누가 묻기도 전에 혼잣말을 하듯 그렇게 말했다.

"아, 배웅할게요."

"괜찮아. 근처잖아."

그 말은 사실이다. 마이는 맞은편 맨션에 살고 있으니까 말이다.

"쇼코 씨, 후타바. 미안한데 잠시 나갔다 올게."

"예. 알았어요."

사쿠타가 현관에 오자…….

"이러지 않아도……."

……하고 마이가 말했다.

"변명할 기회를 주세요."

"……."

마이는 아무 말 없이 현관을 나섰다. 거절하지 않았으니 허락한 거라고 생각하기로 했다. 사쿠타는 허둥지둥 신발을 신고 그녀를 쫓아갔다. 사쿠타는 엘리베이터를 기다리는 마이의 옆에 섰다. 반짝이고 있는 램프는 1층을 가리키고 있었다. 사쿠타는 「천천히 와도 돼」 하고 마음속으로 생각하며……

"저기, 마이 씨."

……하고 무작정 입을 열었다.

"사쿠타."

바로 그때, 마이가 사쿠타의 말을 막았다. 그녀의 차분한 목소리가 주위에 울려 퍼졌다.

"예."

"미안해."

마이가 느닷없이 사과를 했다. 사쿠타는 그 말의 의미를 알 수 없었기에……

"예?"

……하고 물었다. 지금 사과를 해야 하는 사람은 사쿠타다. 그런데 왜 마이가 미안하다고 말한 것일까. 사쿠타는 머릿속이 새하얗게 된 탓에 뭐가 어떻게 된 것인지 짐작조차 되지 않았다.

"카에데 일로 사쿠타가 가장 힘들어할 때…… 곁에 있어주지 못해서 미안해."

"……"

엘리베이터의 램프에서 눈을 떼지 않고 있는 마이의 얼굴에는 왠지 쓸쓸함이 어려 있는 것 같았다. 금방이라도 울음을 터뜨릴 것만 같았다. 그렇기에, 사쿠타는 무의식적으로 마이를 향해 몸을 기울이더니, 그대로 그녀를 끌어안으려 했다.

하지만 마이가 한 걸음 물러선 바람에, 사쿠타의 손은 허공을 갈랐다. 꼴사납다는 생각이 불현듯 들었다.

"한동안 그런 건 무리일 것 같아."

마이는 사쿠타와 시선조차 마주하지 않은 채 거절의 의미가 담긴 말을 입에 담았다.

사쿠타가 할 말을 찾아내기도 전에, 벨이 울리면서 엘리베이터가 도착했다.

"여기서 헤어지자."

마이는 혼자서 엘리베이터에 탔다. 결국 사쿠타는……

"……마이 씨, 미안해요."

……이라는 말밖에 하지 못했다.

"나는 그런 말을 들으려고 사쿠타와 사귀는 게 아냐."

문이 닫히자, 마이의 모습은 1층으로 내려가는 엘리베이터와 함께 사라졌다.

이 짧은 대화 속에서 말로 된 화살이 몇 개나 가슴에 꽂힌 것일까. 마이의 말이 옳다. 사쿠타 또한 사과나 하기 위해서 마이와 사귀고 있는 게 아니다.

"……."

이제는 반성의 말조차 입에서 나오지 않았다.

2

다음날 방과 후, 사쿠타는 열차 안에 있었다. 시치리가하마 역에서 탄 후지사와 행 열차다.

"바다는 넓네……."

겨울의 상냥한 햇살을 받은 바다가 옅게 빛나며 하늘빛깔을 반사하고 있었다. 하늘과 땅을 나누는 수평선이 그 둘의 조화를 더욱 도드라지게 했다.

사가미 만(灣)에 인접한 후지사와와 가마쿠라를 잇는 해안가 로컬 노선이 사쿠타에게 매일같이 이 절경을 보여줬다.

방과 후 시간대에는 이 노선을 이용하는 관광객도 많았다. 요즘 들어서는 해외에서 온 손님도 많으며, 유창한 영어를 구사하는 금발 미남이 「어메이징!」 하고 흥분한 목소리로 외치며 카메라의 셔터를 눌러대기도 했다.

"바다는 정말 넓네……."

그런 최고의 풍경이 눈앞에 펼쳐져 있는데도, 사쿠타의 텐션은 바닥을 치고 있었다.

"일부러 남한테 들리게 현실도피 하지 마."

그렇게 말한 사람은 사쿠타와 문을 사이에 두고 서있는 리오였다. 그녀는 이 열차에 탄 후부터 쭉 책만 보고 있었다.

"침울한 친구를 좀 상냥하게 대해줄 수는 없어?"

"충분히 상냥하게 대해주고 있거든? 부활동까지 쉬면서 같이 병원에 가주고 있잖아."

말투에서 성가셔 하는 느낌이 팍팍 흘러나왔다. 리오는 사쿠타에게 말을 건네면서도 책에서 눈을 떼지 않았다.

"그리고 바람을 피운 사람은 아즈사가와잖아. 피의자인 아즈사가와가 침울한 건 이상하지 않아?"

"부탁이니까 살살 좀 하라고."

지나칠 정도로 지당한 말인지라 한 마디 한 마디가 가슴에 콕콕 박혔다. 리오의 말이 전부 옳다. 반론할 여지는 눈곱만큼도 없다. 하지만 그렇다고 해서 아무렇지도 않은 듯이 행동하는 것 또한 어려웠다. 어젯밤에 마이에게 거절을 당했던 것이 강렬한 충격으로서 남아 있기에 느긋할 수가 없었다.

지금까지도 마이를 화나게 한 적이 있지만, 이번은 예전과 비교조차 되지 않는다. 지금 생각해보면 예전의 일들은 그녀의 기분을 약간 상하게 한 정도에 지나지 않았던 것이다.

"내가 태도를 통해 반성의 뜻을 드러내고 있는 거라고 생각해줬으면 좋겠어."

"나한테 이해를 구하기보단, 오늘 아침에 일찍 일어나서 사쿠라지마 선배를 배웅이라도 하며 성의를 보이는 편이 좋앗을 것 같은데 말이야."

"……."

리오가 또 아픈 곳을 정확하게 찔렀다.

"일어나봤더니, 이미 출발한 후였습니다…… 였잖아? 솔직히 말해 꽤 심각한 상황이야."

리오가 말한 것처럼, 사쿠타가 오늘 아침에 눈을 떠보니 마이는 이미 촬영지인 카나자와로 떠났다. 그리고 테이블 위에는…….

―나 먼저 나갈게.

……라는 사무적인 내용이 짤막하게 적힌 메모가 놓여 있었다.

평소 같았으면 마이는 아무리 이른 아침에 출발해야 할지라도 사쿠타에게 배웅을 시키기 위해 두들겨 패서라도 깨웠으리라. 그리고 「사쿠타가 잘 다녀오라는 키스를 하고 싶을 것 같아서 깨운 거야」 하고 장난기 섞인 목소리로 말했을 것이다.

그런 즐거운 이벤트와는 그야말로 대조적인 메모를 본 순간, 사쿠타의 등골을 타고 차가운 무언가가 흘렀다. 다음날이 되었는데도, 상황이 개선되는 것은 고사하고 악화만 된 것 같았다.

"쇼코 씨가 상냥하게 깨워준 덕분에 일어난 아즈사가와를 감싸줄 여지는 없고, 위로해줄 마음도 안 들어."

"……어제는 머릿속이 마이 씨 생각으로 가득 차버린 바람에 좀처럼 잠이 오지 않았다고."

마이를 배웅하고 싶다는 마음은 물론 있었다. 이런 경우, 「하려고 했었다」는 것은 아무런 의미도 지니지 못하지만 말이다…….

"변명은 사쿠라지마 선배에게 하는 게 어때?"

"……."

리오는 바른 소리를 했다. 지당하기 그지없는 말만 늘어놓았다. 사쿠타는 대꾸조차 할 수가 없었기에, 열차 안을 향해 고개를 돌렸다. 그러자 가장 먼저 눈에 들어온 것은 해파리의 라이트업쇼를 전면에 내세운 에노시마 인근 모 수족관의 광고였다. 크리스마스 이벤트를 홍보하고 있는 것 같았다.

"쇼코 씨를 묵게 한 것도 상황적으로 봤을 때 정상참작의 여지가 있지 않아? 카에데의 일이 있었던 직후였으니까…… 사쿠라지마 선배도 그 점은 이해해줄 거야."

"카에데를 변명거리로 삼을 수는 없어."

사쿠타의 동생인 카에데는 2년 전, 중학교에서 집단 괴롭힘을 당하다 해리성 장애에 걸렸다. 그 영향으로 카에데(花楓)는 자신의 기억과 인격을 봉인한 후, 『카에데』라는 또 다른 인격으로서 2년 동안 사쿠타와 함께 살았다.

지난주에 해리성 장애 증상이 호전되면서 『카에데(花楓)』가

돌아왔다. 그것은 『카에데』로서의 기억과 인격이 사라진다는 것을 뜻했다. 2년 동안 그녀와 보냈던 평범한 나날들. 그 평범한 하루하루가 두 번 다시 돌아오지 않는다는 사실을 사쿠타는 알았다. 돌아와선 안 된다는 사실도 이해했다. 이것은 여동생이 걸린 해리성 장애가 치료된 결과다. 『카에데』가 최선을 다해 노력한 결과, 이 현재에 도달한 것이다……

하지만, 설령 그것이 옳다고 할지라도 상실감은 쉽게 메워지지 않았으며, 이 상황에 금세 납득하고 받아들이는 것도 무리였다.

마음이 비명을 지르는 것은 필연이나 다름없었다. 그 아픔이 원인이 되어, 사춘기 증후군에 의해 사쿠타의 가슴에 생긴 상처가 다시 벌어졌다. 검붉은 피로 손바닥이 범벅이 되었을 때 느낀 감각을 사쿠타는 아직 기억하고 있었다. 정말 고통스러웠고, 마음이 아팠으며, 하염없이 슬펐다.

바로 그때, 쇼코가 나타나서 버팀목이 되어주지 않았다면 자신은 어떻게 되었을까. 지금도 동생이 2년 만에 돌아왔다는 사실을 긍정적으로 받아들이지 못했을지도 모른다. 가슴의 통증 또한 가라앉지 않았을지도 모른다. 그 정도로 커다란 구멍이 사쿠타의 마음에 생겼던 것이다.

하지만, 사쿠타는 그것을 변명거리로 삼을 수 없다고 생각했다. 해서는 안 되며, 하고 싶지도 않았다.

"아무튼 빨리 화해해."

"어떻게 하면 될까?"

"네가 그걸 나와 상의하려고 하면 엄청 성가실 것 같으니까, 빨리 화해하라고 말한 거야."

"할 수만 있다면 나도 빨리 용서를 받고 싶어."

하지만 뭘 어떻게 하면 예전 같은 관계로 되돌아갈 수 있을까. 솔직히 말해 짐작조차 되지 않았다.

사쿠타는 도움을 청하기 위해 리오를 쳐다봤지만, 그녀는 여전히 책에 몰두해 있었다.

"그 책, 그렇게 재미있냐?"

"재미있어."

리오는 책의 표지가 보이도록 가볍게 들어보였다. 타이틀은 『초끈이론을 풀다』였다. 일부러 『끈을 푼다』와 『이론을 푼다』는 의미로 해석될 수 있게 말을 맞춘 것인지, 아니면 우연히 저렇게 된 것인지는 모르겠지만, 꽤 위트있는 제목이었다.

"초끈이론, 이라. 장래와 장래에 내가 마이 씨의 기둥서방으로 살게 되는 이론이야#1?"

"그건 단순한 기둥서방 이론이야."

"이론조차도 아닐걸?"

"제대로 일하지 않는다면 버림받을 거야."

"열심히 일할 거야."

"뭐, 그 전에 차일지도 모르지만 말이야."

#1 **초끈이론** 일본어인 끈(紐)은 '기둥서방'이라는 의미의 속어로도 쓰인다.

"불길한 소리 하지 마."

"······."

"이 타이밍에 입 다물지 마."

"버림받는 이유를 꼭 들어야겠어?"

"······됐어. 이미 알고 있거든."

"그럼 아무 말도 않겠지만······."

리오는 의미심장한 말투로 그렇게 말하면서 책에서 눈을 뗐다. 그리고 사쿠타의 눈을 지그시 쳐다보았다. 그의 대답을 기다리고 있는 듯한 표정이었다.

"왜 그래? 할 말이라도 있어?"

왠지 리오의 말이 마음에 걸렸다.

"아즈사가와는 아마 착각을 하고 있을 거야."

"뭐?"

"······."

리오는 대답하지 않았다. 열차가 종점인 후지사와 역에 도착하자, 그녀는 책을 덮으며 열차에서 내렸다. 사쿠타는 그녀의 옆에 나란히 섰지만, 개찰구로 향하는 인파 속에서 이야기를 나누는 것은 힘들었다.

하지만······.

"아즈사가와는 여자 마음을 몰라."

리오는 힌트 같은 한 마디를 사쿠타에게 건넸다.

"여자 마음······. 뭐, 나는 남자거든."

사쿠타는 병원으로 향하면서 여자 마음에 대해 생각해봤지만, 결국 병원에 도착할 때까지 리오가 말한 「착각」의 의미를 눈치채지 못했다.

마이는 사쿠타가 쇼코를 자기 집에서 지내게 한 것 때문에 화가 났다. 원인은 명확하며, 상황 또한 매우 심플하다. 그 안에 착각할 여지는 존재하지 않는다.

"……정말 모르겠네."

목적지인 병원에 도착했으니, 더는 생각에 잠길 수 없다. 결국 사쿠타는 「착각」에 관한 것은 일단 숙제로 남겨두기로 했다.

사쿠타가 리오와 단둘이서 병원에 온 것은 쇼코를 만나기 위해서다.

우선 종합 안내 데스크에서 쇼코가 입원한 병실을 확인했다.

요즘에는 보안과 프라이버시 문제 때문에 아무에게나 환자에 관한 정보를 알려주지 않는다. 하지만 이곳은 카에데가 신세를 지고 있는 병원이라 사쿠타도 자주 왔었기에, 「아는 사이예요」라는 말 한 마디만으로 쇼코가 입원한 병실을 알아낼 수 있었다.

"301호실이래."

사쿠타는 뒤편에 서있는 리오에게 그렇게 말했다.

"진짜로 입원 중이였네."

두 사람은 안내판을 통해 병실 위치를 얼추 확인했다.

"그래."

어른 쇼코가 말한 대로였다.

두 사람은 엘리베이터를 타고 3층으로 이동했다. 복도에서는 입원병동 특유의 정적이 흘렀다. 외래병동보다 시간이 더디게 흐르는 듯한 느낌이 들었다.

301호실은 복도 가장 끝에 있었다.

문에 달린 플레이트에는 『마키노하라 쇼코』라고 예쁜 글씨체로 적혀 있었다.

사쿠타는 일단 문에 노크를 했다.

"예. 들어오세요."

문 너머에서는 귀에 익은 쇼코의 목소리가 들렸다.

어린 쇼코의 목소리다.

"그럼 들어갈게."

사쿠타는 소리가 거의 나지 않는 슬라이드식 문을 열었다.

병실은 개인실이었으며, 창문이 남쪽으로 나 있어서 햇빛이 잘 들어왔다.

쇼코는 그 방 한가운데에 놓인 침대에 앉아 있었다.

하지만 옷을 갈아입는 도중이었는지, 잠옷 바지를 반쯤 올린 채 다리를 버둥거리고 있었다. 햇빛을 거의 받지 않은 듯한 새하얀 허벅지가 눈부셨다. 쇼코가 허리를 살짝 들자, 새하얀 팬티가 언뜻 보였다.

"엄마, 오늘은 좀 일찍…… 어, 어라?"

쇼코는 눈을 껌뻑이면서 잠시 동안 꼼짝도 하지 않았다.

"사쿠타 씨?"

"사쿠타 씨 맞아."

사쿠타가 그렇게 대답한 순간, 쇼코는 크게 숨을 들이마셨다.

그 모습을 본 사쿠타는 리오와 함께 병실을 나선 후, 서둘러 문을 닫았다.

"꺄아아아아아앗!"

잠시 후, 병실 안에서 비명이 터져 나왔다.

"……."

곧 옆에서 비난 섞인 시선이 날아왔다. 리오는 변태라도 본 듯한 눈빛으로 사쿠타를 쳐다보고 있었다.

"노크도 했고, 대답을 듣고 나서 문을 열었단 말이야."

그러니 무죄를 주장해도 될 것이다.

"아즈사가와가 내 알몸을 본다면, 그 트라우마는 평생 갈 거야."

"잠깐만. 상의는 입고 있었다고."

"하의는?"

"바지를 올리고 있었지."

"속옷 색깔은 뭐였어?"

"그 질문에 답한다면, 너는 나한테 독설을 퍼부을 거지?"

"그 짧은 시간에 그렇게 똑똑히 관찰한 거야? 역시 아즈사가와는 돼지 꿀꿀이라니깐. 소름이 돋아."

대답을 하지 않았는데도 독설을 들었다.

"저, 저기……."

문이 약간 열리더니, 잠옷을 입은 쇼코가 문밖으로 얼굴을 내밀었다. 그녀는 사쿠타와 쇼코를 병실 안으로 들이더니…….

"죄, 죄송해요. 못난 꼴을 보였네요."

……하고 얼굴을 새빨갛게 붉히면서 말했다.

쇼코는 침대에 앉았고, 사쿠타와 리오는 침대 옆에 원형 의자와 접이식 의자를 두고 앉았다.

"우리야말로 느닷없이 찾아와서 미안해."

"아, 아뇨. 비명을 지를 사람은 제가 아니라 사쿠타 씨예요. 흉한 꼴을 보여서 정말 죄송해요. 그, 그런데, 오늘은 무슨 일로 찾아오신 건가요?"

사쿠타의 얼굴을 똑바로 쳐다보는 쇼코의 얼굴에는 긴장감이 흐르고 있었다. 뭔가 나쁜 짓이라도 했을 때 보일 법한 반응이었다.

"하야테와 보러 오지 않으려나 싶어서 연락을 해봤는데, 전화를 안 받아서…… 혹시 입원했나 싶어 와본 거야."

"죄, 죄송해요. 스마트폰을 집에 두고 왔거든요……."

쇼코는 그렇게 말하면서 베갯머리에 있던 스마트폰을 쥐

더니, 등 뒤에 숨기려고 했다.

사쿠타는 은근슬쩍 옆에 있는 리오를 쳐다보았다. 그러자 리오는 살며시 고개를 끄덕였다. 눈빛 교환이 성공한 직후, 리오는 가방에서 자신의 스마트폰을 꺼내서 조작했다.

그 순간, 병실에서 핸드폰 벨소리가 울려 퍼졌다.

"아! 앗!"

쇼코는 등 뒤에 숨겨둔 스마트폰을 조작해서 벨소리를 멈췄다.

"으음…… 죄송해요. 실은 거짓말을 했어요."

"내 전화를 받았다간 입원 중인 게 들켜서 걱정을 끼칠 거라고 생각한 거지?"

"으으, 맞아요……."

"걱정 정도는 하게 해줘. 안 그러면 무력감에 짓눌리고 말 거야."

농담 투로 말하기는 했지만, 방금 그 말은 사쿠타의 진심이었다. 병에 대해서는 해줄 수 있는 게 없는 만큼, 하다못해 걱정이라도해주고 싶었다.

"죄, 죄송해요."

"그래도 용서 못해."

"예엣?!"

"이럴 때는 사과 삼아서 응석을 부리면 아즈사가와가 기뻐할 거야."

리오는 당혹스러워하는 쇼코를 향해 그렇게 말했다.

"후타바, 말 한 번 잘했어."

"그, 그런가요? 으음, 하지만……."

"뭐 없어?"

사쿠타가 재촉하자…….

"그, 그럼, 때때로라도 괜찮으니까 또 만나러 와줬으면 좋
겠어요."

쇼코는 머뭇거리면서 그렇게 말했다.

"싫어."

"너무해요! 사쿠타 씨가 말하라고 해서 말한 건데!"

"귀찮으니까 매일 올래."

"예?"

쇼코는 놀랐는지 눈을 동그랗게 떴다.

"때때로 오라며? 하지만 어느 정도 빈도로 오라는 건지
모르겠거든."

"예. 고마워요!"

"아, 그래도 방과 후에 아르바이트를 하는 날은 좀 힘들지
도 몰라."

그런 이야기를 나누고 있을 때, 옆에서 시선이 느껴졌다.
리오의 시선이었다. 고개를 돌려보니, 그녀는 평소보다 더
차가운 시선으로 쳐다보고 있었다.

"왜 그런 눈으로 쳐다보는 건데?"

"아즈사가와가 당당하게 쇼코 양을 헌팅하는 걸 보고 질렸을 뿐이야."

"저, 헌팅당한 건가요? 갑자기 가슴이 뛰네요."

"아, 헌팅은 아니야."

"그런가요. 유감이에요……."

이미 『쇼코 씨』의 존재가 파문을 부르고 있는데, 어린 쇼코까지 참전했다간 차마 눈뜨고 볼 수 없는 상황이 벌어질 것이다.

"저기, 사쿠타 씨."

"응?"

"응석을 받아주기로 한 김에, 제 상담 상대가 되어주지 않겠어요?"

"좋아."

사쿠타가 그렇게 대답하자, 쇼코는 사이드테이블을 향해 손을 뻗었다. 그녀가 쥔 것은 층층이 쌓인 교과서 위에 놓여 있는 프린트였다. 쇼코는 접혀 있는 그 종이를 펼치더니…….

"이것에 대해 상담을 하고 싶어요."

……하고 말하면서 사쿠타와 리오에게 보여줬다.

종이 위쪽에는 『미래 계획표』라고 워드 프로그램의 글씨체로 적혀 있었다. 성명란에는 『4학년 1반 마키노하라 쇼코』라고 예쁜 글씨체로 적혀 있었다.

"이건……."

"초등학교 4학년 때, 수업시간에 한 거예요."

"그러고 보니 나도 옛날에 했었어."

연표 형식으로 장래 일정을 자기가 직접 기입하는 것이다. 학교 측으로서는 학생이 장래에 대해 생각해볼 계기가 되었으면…… 하는 의미에서 시행한 수업이라고 생각한다.

사쿠타는 자신이 당시에 뭐라고 적었는지 생각나지 않았다. 아마 딱히 복잡하게 생각하지는 않았을 것이다. 근처 중학교에 입학해서, 졸업하고…… 근처 고등학교에 진학한 후, 느닷없이 일본제일의 대학에 들어가며, 졸업 후에는 총리대신이 되어 돈을 잔뜩 번다고 적어두지 않았을까? 초등학생이 아는 대학이라면 보통 거기뿐이며, 대단한 사람 하면 바로 떠오르는 게 총리대신이다. 그리고 돈이 좋다는 건 당시에도 알고 있었으리라.

사쿠타가 그렇게 적지 않았더라도, 반에 한 명 정도는 이런 식으로 적은 애가 있을 것이다.

그 정도로 순수하고, 미래의 연표를 채워나가는 것에 주저나 머뭇거림이 없었다. 불안과 두려움을 느끼지 않은 것이다. 반쯤 놀이 삼아서 받았던 수업이었다. 사쿠타에게 있어서는 말이다…….

하지만, 지금 눈앞에 있는 미래 계획표 프린트는 다르다. 거의 텅 비어 있었다. 태어나서 80세까지 적는 칸이 있지만, 5분의 1 정도만 기입되어 있었다. 고등학교 입학과 졸업까지만 적혀 있었다. 그 이후에는 전부 공란이었다. 묵직한 의미를 지닌 공백이 그 자리를 채우고 있었다.

그 이유가 쇼코가 앓고 있는 병과 관련이 있다는 사실은 확인해볼 필요도 없었다. 쇼코는 태어날 때부터 심장 질환을 앓고 있으며, 의사에게서 중학교를 졸업하는 것조차 힘들지도 모른다는 말을 들으며 지금까지 살아온 것이다.

"……."

그렇기에, 뭐라고 말해야 좋을지 감이 오지 않았다.

반 친구가 순진무구하게 장래에 대해 이야기하는 교실에서, 쇼코는 대체 어떤 심정으로 이 프린트를 쳐다봤을까. 그것을 상상하기만 해도 가슴이 옥죄어 들었다. 말로 형용할 수 없는 기분에 휩싸였다.

"적고 싶은 건 잔뜩 있었어요."

쇼코는 문득 입을 열었다.

"어른이 되어서 하고 싶은 일도 많았어요……. 그리고 다른 애들처럼 어른이 되어서, 어른이 된 저를, 아빠와 엄마에게 보여주고 싶었어요……."

"그랬구나."

"하지만 수업시간에는 쓸 수 없었어요. 제가 장래 이야기를 하면, 주위에 있는 어른들이 난처해하거든요."

"……."

"초등학교에 입학하고 얼마 지나지 않아서 깨달았어요. 아아, 나는 그런 이야기를 하면 안 되는 구나, 하고 생각했죠."

"그런 이야기라니?"

"1학년 때, 제가 「어른이 되면 꽃집 주인이 되고 싶다」고 말했더니, 담임선생님이 손으로 입을 감싸 쥐며 아무 말도 못했어요……. 교실 안의 분위기도 이상해졌고요……."

그 담임한테 악의는 없었을 것이다. 오히려 쇼코를 가족처럼 여겼지 않을까. 그렇기 때문에 쇼코의 병에 대해서도 잘 알고 있으며, 그녀의 말을 듣고 솟구치는 감정을 억누르지 못한 것이리라.

"제가 프린트를 가득 채웠다간 선생님이 곤란해 할 거라고 생각했어요. 그래서 못 적었죠……. 그랬더니 선생님이 천천히 써도 된다면서 숙제로 줬어요."

"그걸 쭉 가지고 있었던 거야?"

프린트가 이곳에 있다는 것은 그 숙제를 아직 끝내지 못했다는 사실을 뜻했다.

"책상 서랍에 넣어뒀어요. 언젠가 쓸 생각이었거든요."

그것은 마음 편히 장래에 대해 이 프린트에 써도 되는 날이 오기를 바라면서 한 행동일지도 모른다.

"때때로 꺼내봤지만…… 역시 쓰지 못했어요. 결국 숙제를 끝내지 못한 채 초등학교를 졸업하고 말았죠."

아직도 이 프린트를 가지고 있는 건, 언젠가 쓰고 싶다……는 마음을 지니고 있기 때문일까. 이것을 씀으로서 무언가를 극복할 수 있다는 것을 알고 있기 때문일까. 양쪽 다 정답이라는 생각이 들었다. 하지만 위중한 병을 앓고 있는 쇼코의 마음을 안다고는 도저히 말할 수가 없었다. 그것을 알 수 있는 이는 당사자뿐이리라.

"중학교를 졸업한다는 내용을 도저히 쓸 수가 없었어요. 하지만……."

쇼코는 당혹스러운 어조로 그렇게 말하면서 프린트를 쳐다보았다. 그 프린트를 본 사쿠타와 리오의 얼굴에 의문이 어렸다. 쇼코의 말과 프린트의 내용이 일치하지 않았기 때문이다.

"응? 그럼 이건 뭔데?"

사쿠타가 손가락으로 가리킨 것은…….

―중학교 졸업.

―바다가 보이는 고등학교에 입학!(미네가하라 고교에 다니고 싶어!)

―운명의 남성과 만남.

―힘차게 고등학교를 졸업!

……하고 적혀 있었다.

"실은 이것에 대해 상담하고 싶었어요."

"이것, 말이구나."

"이건 제가 적은 게 아니에요."

"……."

왠지 이야기가 뜻밖의 방향으로 흘러가고 있었다.

"그게 무슨……."

"저는 이런 걸 적은 적이 없어요. 제가 쓴 게 아니에요."

그렇다면 대체 누가 쓴 것일까? 왠지 섬뜩했다.

하지만 사쿠타는 마음 한편으로 이 일의 범인이 누구인지 짐작이 되었다. 또 한 명의 쇼코다. 어른 쇼코. 쇼코 씨.

사쿠타의 옆에 앉아있는 리오 또한 뭔가를 생각하고 있는 듯한 눈치였다. 사쿠타는 리오의 견해를 나중에 차분히 듣자고 생각했다. 지금까지의 대화로 볼 때, 어린 쇼코는 어른 쇼코에 대해 알지 못했다. 그렇다면 이 자리에서 『쇼코 씨』에 대해 이야기를 할지 말지는 신중하게 판단하는 편이 좋을 것이다. 자신의 병 때문에 힘들어 하고 있는 어린 쇼코에게, 사춘기 증후군에 대한 것까지 알려줘서 힘들게 하는 것은 바람직하지 않다는 생각이 들었던 것이다.

"저기, 마키노하라 양."

"예?"

"이건 마키노하라 양이 당시에 쓰고 싶었던 내용이야?"

사쿠타는 쇼코가 쓴 게 아니라는, 중학교 졸업부터 고등학생까지의 항목을 손가락으로 가리켰다.

"좀 달라요."

"그게 무슨 소리야?"

"그게……지금 쓰고 싶은 내용에 가까워요."

"그렇구나. 그럼 지금은 이 다음에 뭐라고 쓰고 싶어?"

"으음, 그건…….'

"어쩌면 그게 수수께끼를 풀 열쇠일지도 몰라. 그리고 나와 후타바에게는 이야기해도 돼."

사쿠타가 옆에 있는 리오를 힐끔 쳐다보았다. 리오는 사쿠타가 멋대로 그렇게 말한 것에 약간 불만을 느끼고 있는 것 같지만, 내용 자체를 정정할 생각은 없어 보였다. 잠자코 있다는 게 증거다.

"그럼 이야기할게요……. 우선, 대학에 가고 싶어요."

쇼코는 자신의 마음을 확인하는 듯한 어조로 중얼거렸다.

"멋진 애인이 생기면 좋겠어요."

쇼코는 약간 부끄러워하면서 고개를 돌렸다.

"그리고 그 사람과 가까워지면 한집에서 살고…….'

"학생시절에 말이야?"

"예. 그리고 그대로 결혼에도 성공한다면 정말 행복할 거예요."

"……꽤 공격적인 인생이네."

"아빠와 엄마는 학생 때 결혼했어요. 그게 평범한 거라고 쭉 생각해왔어요."

지금은 그게 흔치 않다는 걸 알고 있다는 듯이, 쇼코는 애매한 미소를 지었다.

부모님이 젊다고 생각했지만, 설마 그렇게 일찍 결혼에 골인했을 줄은 몰랐다. 어쩌면 쇼코를 가졌기 때문에 결혼을 한 것일지도 모른다.

그런 생각을 하고 있을 때, 노크 소리가 들렸다.

"아, 예."

문을 열고 들어온 이는 중년의 간호사였다. 쇼코의 어머니도 들어왔다. 사쿠타는 그녀를 향해 고개를 숙였다. 사쿠타는 하야테라는 이름의 고양이를 넘겨주는 자리에서 쇼코의 부모님과 인사를 나눴다. 그래서 두 사람과 안면이 있었다.

"쇼코 양, 검사 시간이야."

"예. 저기, 사쿠타 씨."

"또 올 테니까 그때 하던 이야기를 계속하자."

"예. 기다리고 있을게요!"

사쿠타와 리오는 환하게 웃고 있는 쇼코에게 배웅을 받으면서 병실을 나섰다. 두 사람은 엘리베이터 쪽으로 걸어갔다.

"어떻게 생각해?"

사쿠타는 미래 계획표에 적혀 있던 내용에 관해 이야기했다.

"가장 유력한 건 쇼코 양이 자기가 직접 적었다는 걸 잊었다는 거겠지."

"상식적으로 생각한다면 말이야."

"필적도 같았고, 그 부분을 나중에 따로 적은 것처럼 보이지도 않았잖아."

사쿠타도 그 점에 대해서는 같은 생각이었다. 연필로 쓴 그 글자에서는 별다른 차이점을 발견하지 못했다. 글자의 짙은 정도와 선의 굵기도 일치하는 것 같았다. 다른 날에 쓴 것이라면 연필로 쓴 글자가 흐릿해진 정도에서 미묘하게 차이가 날 텐데도 말이다.

　"비상식적으로 생각한다면 『쇼코 씨』의 짓일 거야."

　"그렇다면, 이유가 뭘까?"

　"장난삼아 그런 게 아닐까?"

　리오는 왠지 자포자기한 듯한 말투였다. 자신이 한 말을 믿지 않는다는 증거다.

　"쇼코 씨의 성격을 생각해보면 확실히 그럴 가능성도 있긴 해."

　하지만 그런 짓을 해봤자 혼란만 가중될 뿐이다. 실제로 어린 쇼코는 당혹스러워 하고 있다. 왜 자기 자신을 난처하게 만드는 짓을 한 것일까. 이유가 짐작조차 되지 않았다.

　"일단 수확은 있었네."

　"그래."

　"『쇼코 씨』라는 존재는, 『쇼코 양』이 그날 쓰지 못했던 미래 계획표를 실행하기 위해 나타난 거라고 보면 될 거야."

　"혹은 일어났을지도 모르는 미래를, 쇼코 씨가 미리 체험해보기 위해 나타난 것일지도 몰라."

　"결국 『쇼코 씨』가 말한 대로라는 거네."

─그러니 지금 이 자리에 있는 저란 애는 고등학생도, 대학생도, 어른도 될 수 없다고 생각하며 하루하루를 살고 있는 어린 제가 마음속으로 그린 꿈이라고 생각해요.

딱 한 번만 들은 말인데도 귀에 똑똑히 남아 있었다. 강렬하고, 절실하며, 순수한 마음이 그 말에 담겨 있었던 것이다. 그것은 소망이라고 해도 과언이 아닐 것이다. 그 마음이 가슴 한가운데를 세게 움켜쥐고 있었다.

사쿠타와 리오는 도착한 엘리베이터를 탄 후, 아무 말 없이 1층에서 내렸다.

두 사람은 아까 지났던 복도를 따라 걸음을 옮겼다.

그 동안 사쿠타는 쇼코의 병에 대해 생각했다. 치료가 쉽지 않다는 것은 알고 있으며, 이해 또한 하고 있다고 여겼다. 하지만 오늘 쇼코에게서 그 병에 관한 감정을 듣자, 가슴속이 안타까운 심정으로 가득 찼다.

저렇게 솔직하고, 긍정적으로 살고 있는 쇼코를 구해주고 싶다. 하지만 사쿠타는 쇼코의 병을 고칠 수 없다. 그런 어쩔 도리가 없는 사실이 사쿠타의 가슴속 깊은 곳에서 꿈틀거리고 있었다.

자신이 어찌할 수 없는 일.

하지만, 어떻게든 하고 싶다고 생각하는 일.

결국 아무 것도 할 수 없기에, 이 감정과 잘 어울리며 살아갈 수밖에 없다는 사실이 너무나도 괴로웠다.

"아즈사가와는 이제까지처럼 그 애를 대하면 될 거야."

사쿠타가 무슨 말을 하기 전에, 리오가 혼잣말을 하듯 그렇게 말했다.

"맞아."

상대를 걱정하는 마음은 소중하다고 생각한다. 하지만 지나치게 걱정했다간, 『걱정을 끼쳤다』, 『괜히 신경 쓰게 했다』 하고 쇼코가 느끼며 힘들어할지도 모른다.

그러니 예전과 똑같이 대하는 게 가장 좋을 것이다.

"그것 말고 우리가 할 수 있는 거라고는 이것뿐일 거야."

데스크 앞에서 걸음을 멈춘 리오가 카운터 구석에 놓인 녹색 인쇄물을 향해 손을 뻗었다. 곱게 접힌 그 종이에는 『장기 제공 의사 표시 카드』라고 적혀 있었다.

리오는 그 종이를 두 개 쥐더니, 하나를 사쿠타에게 내밀었다.

"……."

사쿠타는 아무 말 없이 고개를 저었다.

그러자 리오의 눈동자 깊은 곳에 잠시 동안 의문의 빛이 어렸지만…….

"그래. 아즈사가와는 이미 가지고 있구나."

……하고 말하며 곧 납득했다.

"두 달 정도 됐어."

쇼코의 병에 대해 알고 얼마 지나지 않았을 때의 일이다.

근처 편의점에서 이 인쇄물을 발견한 사쿠타는 이미 작성해서 지갑에 넣어뒀다.

리오는 한 장을 카운터에 두더니, 다른 한 장을 가방에 집어넣었다.

물론 이런다고 쇼코가 구원받는 것은 아니다. 쇼코에게 장기를 제공해줄 사람이 나타나지도 않는다. 직접적으로는 아무런 의미도 없지만, 쇼코가 구원받기를 원한다면 자신도 이것을 가지고 있는 것이 올바른 행동이라는 생각이 들었다.

"그런데 아즈사가와는 어떻게 할 거야?"

"뭘 말이야?"

"쇼코 씨와의 결혼 말이야."

"……."

"이미 알고 있겠지만, 이 나라의 남성은 열여덟이 넘어야 결혼할 수 있다고 법으로 정해져 있어."

"잠깐만. 비약이 너무 심하잖아."

"쇼코 씨와의 일을 해결하기 위해 쇼코 양에게 고교 졸업 후의 스케줄에 관해 물은 거지? 추가되어 있었다는 내용에도 『운명의 남성과 만남』이 있었잖아. 그건 아즈사가와지? 아즈사가와가 2년 전에 미네가하라 고교의 교복을 입은 여고생 쇼코 씨와 만났을 때의 일 아닐까?"

리오는 사쿠타에게 입을 열 틈을 주지 않으려는 것처럼 말을 한꺼번에 쏟아냈다. 그리고 그 내용은 사쿠타의 견해와 일치했다.

"그럴 가능성이 크긴 해……."

"그리고 목적을 달성한 결과, 여고생 쇼코 씨는 사라졌어. 정확하게는 사춘기 증후군이 일시적으로 가라앉은 거겠지."

"그리고 이번에는 그 뒤를 이어 대학생 버전이 등장했다는 거구나."

"만약 쇼코 양이 쓰지 않은 미래 계획표를 달성해야만 하는 거라면, 결혼은 피할 수 없어."

"어이, 후타바."

다른 해결책은 없는 것일까.

"친구로서 결혼식에 참가해줄 테니까 안심해."

"아니, 저기…… 진짜로 그러게 된다면 부탁할게."

사쿠타는 반론을 할까도 생각했지만, 지금은 그것도 귀찮아졌다.

그 후, 사쿠타는 병원 입구에서 리오와 헤어졌다. 사쿠타는 동생인 카에데의 문병을 가야 하기 때문이다.

사쿠타는 병실로 향하기 전에 자판기 코너에서 음료수를 샀다. 머릿속이 너무 복잡한 나머지 목이 마르다는 사실을 이제야 눈치챈 것이다.

따뜻한 커피를 마시기 위해 버튼을 향해 손을 뻗다. 오른편 구석에 있는 스포츠 드링크 페트병이 눈에 들어왔다. 『사쿠라지마 마이』가 광고하는 상품이다. 그것을 본 순간, 사쿠타는 주저 없이 그 상품을 골랐다.

사쿠타는 반 정도만 마시고 뚜껑을 닫았다. 한번에 다 마시지 못한 것이다. 이제 그만 카에데의 병실에 가자고 생각하며 벤치에서 일어난 순간……

"아, 오빠."

귀에 익은 목소리가 들려왔다.

이 세상에서 사쿠타를 『오빠』라고 부를 사람은 그의 여동생뿐이다. 『카에데(花楓)』와 『카에데』뿐인 것이다. 그리고 지금 이 세상에는 『카에데(花楓)』만이 존재했다.

고개를 돌려보니, 슬리퍼를 신은 카에데가 발소리를 내며 사쿠타에게 다가왔다. 그리고 간호사 누님이 카에데의 곁을 지키고 있었다.

"왜 병원에 왔으면서 병실에 오지 않고 이런데서 농땡이를 피우고 있는 거야?"

여동생은 볼을 한껏 부풀리며 그렇게 말했다.

"카에데 양은 오빠가 평소 오던 시간에 안 오니까 『오빠가 왜 이렇게 늦는 거지?』하고 몇 번이나 말했어."

간호사 누님이 그렇게 말했다.

"그, 그렇지 않아. 그냥 좀 늦네, 하고 말했을 뿐이야."

"그리고 마중을 가겠다고……."

"재, 재활훈련 삼아 산책을 하고 싶었던 것뿐이야, 오빠.

나, 내일 퇴원하잖아."

"음음, 많이 쓸쓸했을 거야."

"그, 그렇지 않다고요."

카에데와 간호사 누님의 대화를 듣던 사쿠타는 퍼뜩 어떤 중요한 사실을 떠올렸다.

본인이 방금 말한 것처럼, 카에데는 내일 퇴원한다. 그러면 사쿠타가 살고 있는 그 집으로 돌아오는 것이다. 쇼코가 얹혀살고 있는 그 집으로······.

원래는 어젯밤에 해결책을 찾아낼 생각이었지만, 마이의 갑작스러운 일시적 귀가 때문에 사태가 더 꼬이고 말았다.

과연 오빠가 연상의 누님과 동거를 하고 있는 것을 여동생은 어떻게 생각할까. 게다가 쇼코 씨는 『애인』도 아니다.

"오빠, 내 말 듣고 있는 거야?"

"아~, 물론 듣고 있어."

"그건 안 듣고 있을 때의 대답이잖아."

"내일은 평소와 같은 시간에 올 테니까 짐정리를 해둬."

"이미 시작했어. 방금까지 짐을 싸고 있었단 말이야."

내일 퇴원을 고대하는 듯한 어조로 그렇게 말하는 여동생을 보면서, 사쿠타는 어떤 결론에 도달했다.

―내일 일은, 내일의 자기 자신에게 맡기자.

분명 내일의 자기 자신이 어떻게든 해줄 것이다.

그렇게 결론을 내린 사쿠타는 이 건에 대해서는 이제 생각하지 않기로 했다.

생각할 일이 더 늘어났다간, 머리가 이상해질 것만 같았다.

3

면회시간이 종료되는 오후 여섯 시까지 카에데와 같이 있었던 사쿠타는 병원을 나와서 후지사와 역으로 돌아갔다. 자신이 아르바이트를 하는 패밀리 레스토랑에 시프트 표를 제출하는 것을 깜빡했던 것이다.

평소 같으면 깜빡하더라도 점장이 집으로 전화를 해서 알려줄 테니 딱히 문제될 것은 없다. 하지만 지금은 쇼코가 사쿠타의 집에서 지내고 있는 것이다. 사쿠타가 집에 없을 때 전화가 오기라도 하면 여러모로 골치 아파지리라. 피할 수 있는 문제라면 가능한 한 피하는 편이 좋다.

그래서 패밀리 레스토랑에 들른 사쿠타는 평소보다 늦게 귀가했다. 걸음을 옮길 때마다 배에서 꼬르륵 소리가 났다. 집에 돌아가면 쇼코가 저녁을 준비해뒀을 것이다. 그녀는 「신세를 지고 있으니 이렇게라도 답례를 하고 싶어요」하고 말하며 사쿠타에게 부엌을 양보하지 않았다. 부엌에서 요리를 하고 있는 쇼코의 모습을 떠올리려고 한 순간, 마이의 화난 얼굴이 뇌리를 스쳤다.

"아, 본인이 하도 고집을 부려서 어쩔 수가 없었어요."

사쿠타는 일단 변명을 늘어놓았다.

길을 가던 사쿠타는 빨간 불인 횡단보도 앞에서 멈춰 섰다. 신호가 바뀌기를 기다리며 올려다본 12월의 밤하늘에는 옅은 구름이 떠다니고 있었다.

한 달만 지나면 올해도 끝난다. 짧게도, 길게도 느껴진 1년이었다. 이런저런 일이 있었던 것만은 사실이다. 마이와의 만남. 마이와의 교제. 사춘기증후군이 일으킨 사건에도 몇 번이나 휘말렸다. 그런 일들이 벌써부터 그립게 느껴졌다.

내년이 되면 『쇼코 씨』가 나타나면서 시작된 이번 일도 「그런 일도 있었지」 하고 중얼거리며 지금 같은 기분으로 떠올릴 수 있을까.

그러기 위해서는 뛰어넘어야 하는 높은 허들이 존재했다. 적어도 오늘 발견한 해결책과는 다른 방법을 모색할 필요가 있었다.

"역시, 결혼은 좀⋯⋯."

그런 생각을 하는 사이, 신호가 파란 색으로 바뀌었다. 사쿠타는 횡단보도를 지나기 위해 걸음을 옮겼다. 그 순간, 엉덩이에게 충격이 느껴졌다. 누군가에게 걷어차인 것만 같았다.

"아얏."

사쿠타는 엉덩이를 감싸 쥐며 뒤편을 돌아보았다.

그의 등 뒤에는 상류층 학교의 교복을 입은 한 여고생이 서있었다. 청초한 느낌의 교복과 대비를 이루는 듯한 황금색 머리카락이 사이드로 모아 묶인 채 빛을 받아서 반짝이고 있었다. 눈가를 돋보이게 하는 날라리 화장 또한 무릎 아래까지 가리는 긴 치마와 어울리지 않았다.

"……."

언짢은 표정으로 입술을 삐죽 내민 그 여고생은 짜증 섞인 시선을 사쿠타에게 보내고 있었다.

"죄송한데, 지갑을 안 가지고 있어요."

상대가 아무 말도 하지 않자, 사쿠타가 먼저 입을 열었다.

"뭐?"

"나한테서 돈 뜯어내려는 거지?"

"헛소리 하지 마~!"

상대가 또 걷어차려고 하자, 사쿠타는 일단 피했다.

"우왓, 꺄앗! 피하지 마!"

사쿠타는 헛발질을 하고 불평불만을 늘어놓는 이 여고생을 안다.

그녀의 이름은 토요하마 노도카.

마이의 이복자매다. 그리고 지금은 언니인 마이의 맨션에서 같이 살고 있다.

"너, 아이돌 레슨은 어떻게 한 거야?"

아이돌 그룹 『스위트 불릿』의 일원으로서 연예계에서 활동 중인 노도카는 방과 후에 노래와 댄스 연습을 할 때가 많다. 그녀가 귀가하기에는 아직 이른 시간대인 것이다.

"사쿠타와는 상관없어."

"뭐, 그건 그렇습죠."

사쿠타는 그다지 궁금하지도 않았기에 그렇게 대답하면서 걸음을 내디뎠다. 다 건너기 전에 신호가 빨간색으로 바뀌기라도 하면 위험하니까 말이다.

"아, 기다려. 오늘은 미팅만 있는 날이야."

결국 사쿠타의 질문에 대답해준 노도카는 허둥지둥 그의 따라갔다. 노도카와 사쿠타의 맨션은 인접해 있기에, 두 사람의 귀갓길은 같았다.

"……."

"……."

두 사람은 잠시 동안 아무 말 없이 집으로 향했다.

조용한 주택가에 들어서자, 두 사람의 발소리가 주위에 울려 퍼졌다.

"무슨 말이라도 좀 해봐."

"뭐?"

"그리고 걸음이 너무 빨라."

노도카가 사쿠타의 팔을 꽉 잡아당겼다.

"나는 빨리 돌아가고 싶어. 배도 고프고, 여러모로 생각해야 할 것도 있단 말이야."

"사쿠타는 언니 생각만 해."

"그러니까, 여러모로 생각해야 할 게 바로 마이 씨에 관한 거야."

"거짓말."

"진짜라고."

"그럼 오늘은 무슨 날인지 말해봐."

노도카는 공원 앞에서 멈춰 섰다.

"뭐?"

노도카가 느닷없이 묘한 질문을 던지자, 사쿠타는 걸음을 멈췄다.

"잔말 말고 말해봐."

노도카는 사쿠타의 농담을 원천적으로 차단하려는 것처럼, 진지한 눈빛으로 쳐다보았다.

"12월 2일. 화요일이잖아."

"언니의 생일이야."

노도카는 주저 없이 그렇게 말했다.

"……."

방금, 노도카가 뭐라고 했지? 생일. 누구의…….

"진짜로……."

사쿠타의 목에서 갈라진 목소리가 흘러나왔다. 그 뒤를 이어 그 사실이 지니는 의미를 사쿠타는 머리로 이해했다. 몸이 초조함을 느끼기 시작했으며, 마음이 술렁거리면서 다리가 풀릴 뻔했다.

"정말 못 말리겠네."

노도카는 어이없다는 듯한 목소리로 말했다.

"그래서 언니는 촬영이 끝나지 않았는데도 어제 돌아왔던 거야."

"하지만 나는 아무 말도 못 들었다고."

"사쿠라지마 마이의 생일 정도는 인터넷으로 검색해보면 바로 알 수 있다구~."

노도카는 호주머니에서 꺼낸 스마트폰의 화면을 손가락으로 조작했다. 그리고 어떤 인터넷 페이지에 접속하더니, 그것을 사쿠타에게 보여줬다.

그것은 마이가 소속된 예능사무소의 공식 사이트였다. 그리고 『사쿠라지마 마이』의 프로필에는 『생일 12월 2일』이라고 적혀 있었다.

"미리 말해줬다면……."

사쿠타는 말을 끝까지 잊지 못했다. 소 잃고 외양간 고치기나 다름없기 때문이다.

"어떻게 말을 하겠어. 사쿠타는 카에데 때문에 요즘 들어 정신이 없었잖아? 그런 상황에서 어떻게 언니가 자기 입으로 사쿠타에게 생일을 말하겠냥 말이야!"

그러니 사쿠타가 눈치챘어야만 했다. 노도카는 그렇게 말하고 싶은 것이다. 말하고 있는 것이다. 하지만 그러지 못했기에 화를 내고 있다. 짜증을 내고 있다.

"언니는 촬영지에서 사쿠타를, 카에데를, 계속 걱정했어. 매일 나한테 전화해서 사쿠타 이야기만 했다구."

"……."

"그런 상황이니까 말하지 못한 거야……. 그래도 생일을 같이 보냈다고 생각하고 싶어서, 무리를 해가며 어제 돌아왔던 거라고 생각해."

"……."

"그런데, 꽤 괜찮아 보인다 했더니……. 왜 사쿠타는 다른 여자에게 위로받고, 기운을 차린 건데! 너무하잖아!"

노도카가 화내는 것도 당연했다.

사쿠타 또한 자기 자신에게 화가 났다. 자기 자신이 한심했고, 자기 자신에게 화가 났다. 할 수만 있다면 시간을 되감고 싶었다. 하지만 그럴 수는 없다. 그러니 지금 할 수 있는 일을 할 수밖에 없는 것이다.

"토요하마."

"확 죽어버려."

"그 전에 스마트폰 좀 빌려줘."

"싫어."

"아직 12월 2일이잖아."

"……."

"부탁해."

"……알았어. 생일 축하한다는 말이라도 해줘."

노도카는 약간 난폭한 손길로 사쿠타에게 스마트폰을 건넸다. 사쿠타 때문에 짜증이 나기는 했지만, 마이를 위한 일이라고 생각해서 폰을 빌려준 것이리라.

사쿠타가 전화를 걸자 신호가 세 번 가기도 전에 전화가 연결됐다.

"여보세요."

스마트폰에서는 여성의 활기찬 목소리가 흘러나왔다. 쇼코의 목소리였다. 사쿠타는 자신의 집에 전화를 걸었던 것이다.

"집전화가 울려도 받지 말아달라고 내가 말했을 텐데요?"

만약 아버지에게서 걸려온 전화를 쇼코가 받는다면 괜한 오해를 할 게 뻔했다. 분명 골치 아픈 일이 벌어질 것이다. 주말에 아버지가 찾아온다고 하는 사태가 벌어진다면 그야말로 최악이다. 그것만은 피하고 싶다.

"사쿠타 군은 사소한 일도 신경 쓰는 군요."

"절대 사소한 일이 아니거든요?"

"저기, 사쿠타?"

노도카는 전화 상대가 마이가 아니라는 사실을 눈치챈 것 같았다. 사쿠타는 그런 노도카에게 「금방 끝나」 하고 작은 목소리로 말했다. 그러자 노도카는 미심쩍은 표정을 지으며 입을 다물었다.

"그런데 사쿠타 군. 무슨 일이죠?"

"일이 생겨서 집에 못 돌아갈 것 같으니까, 먼저 밥 먹어요. 그리고 자기 전에 문단속을 철저하게 하세요."

"예. 카나자와산 여행 선물을 기대하고 있을게요."

"……."

"어? 카나자와에 가는 거 아닌가요?"

"맞긴 한데, 어떻게 알았어요?"

쇼코는 사쿠타의 질문에 답하지 않았다. 그저…….

"잘 다녀와요."

……하고 말하며 전화를 끊었다.

"뭐, 됐어. 아, 전화 잘 썼어."

사쿠타는 노도카에게 스마트폰을 돌려줬다.

"사쿠타, 진심이야?"

"뭐가?"

"진짜로 지금 카나자와에 갈 거야? 요코하마 시의 카나자와 구가 아니란 말이야."

"이시카와 현의 카나자와지? 신칸센을 타면 오늘 안에 갈 수 있지 않을까? 아직 7시잖아."

"45분이거든?"

"곧 여덟 시구나. 아슬아슬하겠는걸."

"폰으로 검색해볼 테니까 잠시만 기다려."

노도카는 스마트폰의 화면에 손가락을 댔다. 그리고 몇 번 조작한 후…….

"아, 가능할지도 모르겠어. 후지사와에서 우쓰노미야 선 직통 열차로 오미야에 가서, 신칸센을 타면 11시 35분에 도착한대."

"후지사와에서 열차가 몇 시에 출발하는데?"

"7시 55분. 10분 남았어."

이제부터 뛰어가면, 10분 안에 역에 도착할 수 있을 것이다.

"그럼 가볼게."

"카나자와에 도착하면 연락해. 언니가 어디 있는지 은근 슬쩍 물어볼게."

"토요하마의 번호는 외우고 있지 않다고."

"바보, 손 내밀어봐."

노도카는 약간 짜증을 내면서 가방에 손을 집어넣고 뒤적거렸다. 그리고 그녀는 펜 한 자루를 가방에서 꺼냈다.

"빨리 내밀란 말이야."

노도카는 사쿠타가 머뭇거리면서 내민 손에 펜으로 뭔가를 적었다. 왠지 손이 간질간질했기에…….

"오우…….."

……하고 사쿠타는 이상한 비명을 흘렸다.

"진짜로 확 죽어버려."

노도카는 쓰레기를 쳐다보는 듯한 눈길로 사쿠타를 쳐다보았다. 하지만 노도카는 계속 손을 놀렸다. 그녀가 사쿠타의 손바닥에 쓴 것은 열한 자리 번호였다. 노도카의 핸드폰 번호다.

"그 펜, 유성이지?"

손바닥을 옷에 문질러봤지만 전혀 지워지지 않았다.

"지워질 염려가 없으니 잘 된 거 아냐?"

"내가 자기 동생의 핸드폰 번호를 몸에 새긴 채 갔다간, 마이 씨가 화낼 거라고."

"언니가 너를 확 쥐어뜯어버렸으면 좋겠어."

"뭐, 아무튼 잘 부탁해."

"바보, 빨리 가기나 해."

"기다리라고 한 사람은 바로 너잖아. 이 바보야."

사쿠타는 농담을 던지면서 역으로 돌아갔다. 열차를 놓치지 않기 위해 뛰어갔다. 곧 숨이 찼지만, 사쿠타는 새하얀 입김을 토하며 계속 뛰었다.

내일 일은 내일의 자기 자신에게 맡기면 된다.

하지만, 오늘 일은 그럴 수 없다.

오늘 일은 오늘의 자기 자신이 어떻게든 해야만 하는 것이다.

그러니, 지금은 전력을 다해 뛸 수밖에 없다.

4

무사히 19시 55분 출발 우쓰노미야선 직통열차에 탄 사쿠타는 1시간 20분 정도 걸려서 오미야 역에 도착했다. 그는 그곳에서 호쿠리쿠 신칸센 열차표를 샀다. 모든 좌석이 지정석이니, 열차에 타기만 하면 그 다음에는 자기 자리에 앉아서 카나자와에 도착하기만 기다리면 된다.

창밖은 어둑어둑해서 잘 보이지 않았다. 이야기 상대도 없고, 시간을 보낼 아이템도 없으니 얌전히 앉아있을 수밖에 없었다. 빨리 도착했으면 하는 상황인데, 할 일이 없으니 마음만 초조해졌다. 시속 260킬로미터로 이동하고 있는데도, 더욱 서두르고 싶은 심정이었다.

그런 사쿠타의 마음과는 달리, 호쿠리쿠 신칸센 카가야키 519호는 담담하게 계속 달렸다. 나가노 현의 나가노 역, 도야마 현의 도야마 역에 정차하며 계속 나아간 열차는 예정 시각인 23시 35분에 정확하게 이시카와 현 카나자와 역에 도착했다.

열차가 서기 전에 자리에서 일어난 사쿠타는 하차 도어 앞에서 대기했다. 그리고 도어가 열리자마자 플랫폼으로 뛰어내렸다.

사쿠타는 개찰구로 향하면서 공중전화를 찾았다. 플랫폼에서 에스컬레이터로 내려간 직후에 녹색 전화기를 발견한 그는 서둘러 그곳으로 뛰어갔다. 그리고 손바닥에 적힌 열한 자리 전화번호를 입력했다. 땀을 흘렸는데도 유성 매직으로 적힌 숫자는 전혀 지워지지 않았다. 아마 이번 주 동안 계속 남아있을 것이다.

전화기에서 첫 신호가 흘러나온 순간, 상대방이 전화를 받았다.

"사쿠타?"

노도카의 목소리가 들렸다. 사쿠타의 전화를 기다리고 있었는지 금방 전화를 받았다.

"마이 씨가 어디 있는지 알아냈어?"

"사쿠타는 지금 어디 있는데?"

"아직 개찰구 밖으로 나가지 않았어."

"마침 잘 됐네. 10분 전에 메일을 보냈을 때, 언니는 역 동쪽 출입구의 교차로에 있다고 했어. 촬영이 끝난 후, 스태프가 케이크를 준비해줬다면서 사진을 보내왔으니까, 철수가 늦어지고 있는 것 같아."

"동쪽 출입구의 교차로구나. 땡큐."

"시간이 없으니까 서둘러!"

노도카는 그렇게 외치며 전화를 끊었다.

사쿠타는 수화기를 내려놓은 후, 『동쪽 출입구』라고 적힌 안내판을 따라 내달렸다.

개찰구를 빠져나온 그는 좌우를 둘러보며 교차로라는 글자를 찾았다.

돔의 뼈대 부분 같은 거대한 천장 밑을 빠져나가자, 드디어 역 밖으로 나갈 수 있었다. 그 순간, 차가운 바람이 사쿠타의 온몸을 덮쳤다.

　게다가 새하얀 솜 같은 것이 흩날리고 있었다. 그것도 대량으로…….

　"맙소사……."

　사쿠타의 입에서 자연스럽게 그런 말이 흘러나왔다.

　마치 당연하다는 듯이 하늘에서 눈이 내리고 있었던 것이다.

　신사 입구의 기둥문처럼 생긴 역 앞 장식물에 눈이 약간 쌓여 있었다. 조명 불빛을 받고 있는 그 장식물이 왠지 몽환적으로 보였다. 고개를 돌려보니 눈을 맞고 있는 역 전체가 아름다운 광경을 자아내고 있었다.

　"카나자와는 정말 끝내주네."

　사쿠타는 솔직한 감상을 입에 담았다. 하지만 지금은 걸음을 멈출 때가 아니었다. 사쿠타는 관광을 하기 위해 이곳에 온 게 아니다.

　역 밖은 버스 로터리였다. 하지만 상당히 넓은 그곳에서 사람 한 명을 찾는 것은 쉽지 않아 보였다.

　하지만 사쿠타는 강렬한 불빛이 한곳을 비추고 있다는 사실을 눈치챘다. 그쪽을 쳐다보니 조명 스탠드가 눈에 들어왔다. 긴 장대에 달린 거대한 마이크도 보였다. 저곳에서 촬영을 하고 있는 게 틀림없다.

　외부인의 접근을 막는 로프가 쳐져 있고, 촬영 관계자를 둘러싸듯 사람들이 몰려 있었다. 이 지역 사람들일까, 아니면 관광객일까. 반반인 것 같았다.

사쿠타가 다가가니, 박수 소리가 들렸다. 아무래도 유명한 중견 배우가 퇴장하고 있는 것 같았다. 「수고하셨습니다」, 「감사합니다」 같은 인사말이 들렸다. 나이가 꽤 있는 듯한 남성이 스태프와 팬들을 향해 인사를 한 후, 마이크로버스에 탔다. 문이 닫히자 버스가 출발했다.

그 직후, 주위에서 환성인지 비명인지 분간이 되지 않는 목소리가 터져 나왔다. 스태프들 사이에서 화려한 분위기를 지닌 여배우가 나타난 것이다. 마이다.

"오늘 수고하셨어요. 촬영 최종일인 내일도 잘 부탁드려요."

마이는 주위의 스태프들을 향해 정중하게 말을 건넨 후, 사쿠타도 만난 적이 있는 매니저의 안내를 받으며 흰색 미니밴으로 향했다. 그리고 미니밴에 타기 전에 팬들을 향해 고개를 숙였다.

사쿠타도 그 팬들 사이에 있었지만, 이런 상황에서 말을 걸 수는 없었다. 경솔한 행동을 취했다간 마이에게 폐가 될 것이다.

슬라이드식 문이 닫히자, 차는 그대로 출발했다. 사쿠타는 배웅하는 스태프들을 곁눈질하며 서둘러 내달렸다.

하지만 사람이 뜀박질로 차를 쫓아가는 것은 무리다. 결국 사쿠타는 첫 번째 모퉁이에서 차를 놓치고 말았다.

"하아…… 하아……."

사쿠타는 어깨를 들썩이며 좌우를 둘러봤지만, 차는 보이지 않았다. 방금 전력질주를 한데다, 마음이 초조해진 탓에 땀이 났다. 도박하는 심정으로 첫 번째 교차로까지 뛰어갈 생각도 했다. 신호에 걸려 차가 서 있다면 따라잡을 수 있을지도 모른다. 하지만 사쿠타는 이 근처 지리를 모르는데다, 눈까지 내리고 있었다. 이런 상황에서 기적처럼 방금 놓친 차를 찾아내는 것은 무리다. 현실은 드라마와 다른 것이다.

이렇게 되면 다시 한 번 노도카에게 연락을 해서 마이의 숙박지를 알아봐달라고 부탁하는 편이 나을지도 모른다. 그랬다간 날짜가 12월 3일이 되겠지만⋯⋯. 어쩔 수 없다.

"정말 못 말린다니깐, 하고 말하면서 웃어준다면 좋겠는데 말이야."

사쿠타의 입에서 약한 소리가 흘러나왔다. 그리고 그의 입가에 메마른 웃음이 어렸다.

"하나도 안 웃겨."

그 목소리는 낙담한 사쿠타의 뒤편에서 들려왔다. 사쿠타가 아는 목소리였다⋯⋯. 그 음색을 들은 순간, 사쿠타의 마음은 긴장과 놀라움과 기쁨을 동시에 느꼈다.

"⋯⋯."

믿기지 않는다는 심정으로 뒤를 돌아보았다. 그러자, 건물 뒤편에서 누군가가 튀어나왔다. 출발 전의 마라톤 선수처럼 방한복으로 온몸을 감싼 사람이었다. 밤이라 어두운데다,

후드를 눌러쓴 탓에 상대방의 얼굴은 보이지 않았다.

"사쿠타가 왜 여기 있는 거야?"

가로등 불빛이 비춘 그 사람은 바로 사쿠타가 방금 놓쳤던 바로 그 인물이었다.

"마이 씨……."

사쿠타는 놀라지 않을 수가 없었다. 대체 왜 마이가 여기 있는 걸까.

"이쪽으로 와."

마이는 주위가 신경 쓰이는지, 사쿠타의 팔을 잡아끌면서 골목 쪽으로 데려갔다.

그 골목의 끝에는 아까 봤던 흰색 미니밴이 서있었다. 사쿠타가 쫓아갔던 차다.

후방좌석의 문이 열려 있었으며, 마이는 사쿠타를 그 차에 밀어 넣었다.

"안쪽으로 들어가."

"예."

사쿠타의 뒤를 이어 차에 탄 마이가 문을 닫았다.

차는 천천히 달리기 시작했다. 운전을 하고 있는 사람은 마이의 매니저였다. 이름은 아마 하나와 료코였을 것이다. 옛날 별명은 홀스타인이었다고 일전에 마이에게 들은 적이 있다.

후드를 벗자, 마이의 얼굴이 드러났다. 정면을 바라보고 있는 마이의 얼굴은 화장 덕분인지 엄청 투명한 느낌이 감돌며 평소보다 더 아름다웠다. 『마이 씨』라기보다 연예인 『사쿠라지마 마이』라는 느낌이 강했다. 화려하고, 텔레비전 너머에 있는 듯한 존재감을 지녔으며, 편하게 말을 걸기 힘든 아우라가 감돌고 있었다.

마이도 사쿠타에게 말을 걸지 않았다. 그녀는 언짢은 듯한 표정으로 스쳐지나가는 차를 무심히 쳐다보고 있었다.

"……."

"……."

차 안에서는 묘한 긴장감이 흐르고 있었다. 말을 하면 안 될 듯한 분위기였다.

하지만 사쿠타에게는 머뭇거릴 시간이 없었다. 차 안의 디지털 시계는 밤 11시 56분을 가리키고 있었다.

"마이 씨, 언제 나를 발견한 거예요?"

촬영현장에서 철수할 때도 눈길이 마주치지 않았다. 사쿠타는 수많은 인파 사이에 섞여 있었던 것이다. 마이가 그 짧은 시간에 사쿠타를 발견했을 거라고는 생각하기 어려웠다.

"그 교복, 꽤 눈에 띄어."

현립 미네가하라 고등학교의 교복. 확실히 한참 떨어진 곳에 있는 카나자와에서 본다면 눈에 띌 것이다. 하지만 수많은 인파 때문에 교복이 눈에 들어오지 않았을 것이다. 게다가 마이는 사쿠타가 카나자와에 있다는 걸 알 리가 없었다.

"노도카가 하도 끈질기게 연락을 해대기에, 어쩌면 이런 일이 벌어질지도 모른다고 생각했어."

"그 녀석, 은근슬쩍 물어본다고 했으면서……."

느닷없이 나타나서, 생일을 축하해준다. 이 계획은 어긋나고 말았다. 마이는 놀라지 않았고, 사쿠타가 와줘서 기뻐하는 것 같지도 않았다.

"여기까지 오느라 돈이 꽤 들었지?"

"뭐, 맞아요."

"돌아갈 차비는 있어?"

"신칸센에 타지만 않는다면 어찌어찌……."

그것은 거짓말이다. 아르바이트를 해서 번 돈을 전부 탕진해서 이곳까지 왔던 것이다. 돌아가기 위해서는 매달 아버지가 보내주는 생활비에 손을 댈 수밖에 없을 것 같았다. 한동안 초라한 식생활을 하게 될지도 모른다.

"하아……."

마이는 땅이 꺼져라 한숨을 내쉬었다.

"얼마나 필요해?"

아무래도 거짓말이 들통 난 것 같았다. 마이는 뒤쪽에 있는 좌석을 향해 손을 뻗더니, 가방에서 지갑을 꺼냈다.

"……그, 그게 말이죠……."

멋대로 처들어 와놓고 돌아갈 차비를 애인에게 빌린다니, 왠지 폼이 나지 않았다.

"후지사와에서 카나자와까지 가는데 1만 5천 엔 정도 들 거예요."

핸들을 쥔 료코가 태연한 목소리로 그렇게 말했다.

"자, 받아."

마이는 1만 엔짜리 지폐 두 장을 사쿠타에게 건넸다.

"꼭 갚을게요……."

사쿠타는 이 순간, 자신이 정말 못나 보일 거라는 생각이 들었다. 이래서는 완전히 기둥서방이다. 초끈이론이다.

"묵을 곳은 있어?"

마이는 연달아 공격을 날렸다.

"이 근처에서 적당히 시간을 때울게요."

"이렇게 눈이 내리는데?"

"……."

마이가 반론이나 시치미 떼는 것을 용납하지 않는 듯한 어조로 그렇게 말하자, 사쿠타는 결국 입을 다물었다. 완전히 어린애 취급을 당하고 있었다.

"료코 씨. 미안한데, 스태프 분들이 묵는 호텔에 빈 방이 없는지 알아봐줄래요?"

"차를 세운 다음에 연락해볼게요."

"……고맙습니다."

사쿠타는 순순히 감사 인사를 했다. 이제는 거부하는 게 오히려 폐가 될 것만 같았다.

"그런데?"

마이는 한숨을 내쉬면서 재촉하듯 말을 이었다.

"나한테 할 말 없어?"

마이의 눈길은 차 안의 시계를 향하고 있었다. 현재 시각은 밤 11시 59분이다.

"마이 씨, 생일 축하해요."

사쿠타가 그 말을 한 직후, 시계의 디지털 표시가 바뀌었다. 시각을 나타내는 숫자가 제로 세 개로 바뀌었다. 12월 3일이 된 것이다.

"바보, 너무 늦었잖아."

마이는 사쿠라를 향해 고개를 돌리더니, 드디어 미소를 지었다.

마을 중심지에 있는 역에서 벗어나듯 달리던 차는 느긋한 속도로 오르막길을 올라가며 5분 정도 달린 후, 멈춰 섰다.

운전석에 있는 료코는 사이드브레이크를 당겼다. 그리고 안전벨트를 벗더니……

"도착했어요."

……하고 말하면서 사쿠타와 마이를 돌아보았다.

"고마워요, 료코 씨."

"데이트는 딱 15분만이에요. 또 주간지에 사진이 찍혔다간, 저는 사장님을 볼 면목이 없다고요."

"걱정하지 마세요. 두 번째라 화제가 되지 않을 거예요."

"정말, 마이 씨!"

"조심할게요."

마이는 어린애 같은 말투로 그렇게 말했다.

"그리고 애인한테서 기운 좀 나눠받으세요."

료코는 약간 심술궂은 표정을 지으며 그렇게 말했다.

"카나자와에 돌아온 다음부터 계속 침울해 보인다며, 스태프 분들과 감독님이 걱정했단 말이에요."

"료, 료코 씨, 무슨 소리를 하는 거예요!"

마이는 그 말을 듣더니 그녀답지 않게 흐트러진 모습을 보였다.

"이상한 소리 하지 마세요."

마이가 입술을 삐죽 내밀면서 항의를 하자, 왠지 어린애 같아 보였다. 아니, 자기 또래 소녀 같아 보인다고 할까? 사쿠타는 그 모습을 보더니 무심코 옅은 미소를 머금었다.

"왜 히죽거리는 거야? 자, 가자."

마이는 문을 열더니 밖으로 나가려고 했다. 바깥 공기를 느낀 사쿠타는 몸을 부르르 떨었다.

"마이 씨, 좀 추운데요."

"이걸 빌려줄게."

마이는 입고 있던 방한복을 벗어서 사쿠타에게 건넸다. 마이는 그 안에 꽤 따뜻해 보이는 코트를 입고 있었다.

사쿠타는 방한복을 걸치면서 먼저 차에서 내린 마이의 뒤를 쫓았다. 가슴 부분에 영화의 타이틀 로고가 새겨져 있다는 걸 이제야 깨달았다. 이번 촬영을 위해 준비한 옷 같았다.

눈이 약간 쌓인 길을 종종걸음으로 달려간 사쿠타는 곧 마이의 옆에 나란히 섰다. 그 순간, 시야가 확 트였다.

"......."

사쿠타가 입을 쩍 벌린 것은 눈앞에 카나자와의 야경이 펼쳐져 있기 때문이다.

"촬영 첫날에 료코 씨가 여기에 데려와줬어. 정말 멋지지?"

"매니저 분은 이 근처 지리를 잘 아나 보네요."

"결혼 직전까지 갔던 옛 애인의 본가가 이곳에 있대."

"마음이 꽤 복잡하겠네요."

아마 그녀가 카나자와에 온 것은 상대방의 부모님에게 인사를 하기 위해서였을 것이다. 진짜로 결혼 직전까지 갔던 것이리라. 대체 어떤 이유로 파혼을 한 것인지는 모르겠지만, 본인에게는 물어보지 않는 편이 좋을 것 같았다.

"그런데 마이 씨."

"왜?"

"기운이 없었군요."

"사쿠타야말로 그렇게 큰일이 있었는데도 괜찮아 보이네."

마이는 주저 없이 카운터를 날렸다.

"진짜로 풀이 죽어 있었다고요."

농담이나 거짓말이 아니라, 『카에데』에 대한 감정은 지금도 사쿠타의 마음속에 남아 있었다.

"……쇼코 씨에게 고마워해야겠네. 두 번이나 사쿠타를 구해줬잖아."

2년 전, 쇼코 씨는 처음으로 사쿠타를 구해줬다. 중학교 3학년이었던 사쿠타는 시치리가하마의 해안에서 고등학생인 쇼코와 만났고, 그녀에게 구원받았다. 그리고 지난 주, 『카에데』를 잃고 상실감에 삼켜질 뻔한 사쿠타를 『쇼코 씨』가 꾸짖으며 또 한 번 그를 구해줬던 것이다.

"나는 곁에 있어주지 못했는데……."

마이는 감정을 억누른 목소리로 그렇게 말했다. 그런 그녀의 표정은 왠지 쓸쓸해 보였다.

"그건……."

어쩔 수 없는 일이다…… 하고 사쿠타는 말하려다, 결국 관뒀다.

2년 전에는 사쿠타가 마이와 사귀지 않았다. 연인 사이도 아니었다. 그 이전에, 만난 적도 없었다.

이번 또한 마이가 책임감을 느낄 필요는 전혀 없다. 카나자와에서 자신이 주연을 맡은 영화의 촬영을 하고 있었으니까 말이다.

"사쿠타에게 버팀목이 될 누군가가 필요한 상황이라는 건

나도 알고 있었어."

하지만 마이는 납득하지 못한 듯한 표정을 짓고 있었다.

"내가 그 누군가가 아니었다는 게 좀 충격이었던 것 같아."

마이는 남 이야기를 하듯 그렇게 말했다. 하지만 원래 그런 것일지도 모른다. 자기 자신도 모르던 스스로의 감정과 마주칠 때가 있다. 항상 어른스럽던 마이 또한 그 미지의 감정과 조우하고 당황했던 것이다.

"마이 씨가 내 곁에 있기만 해도 나는 마음이 행복해져요."

"그럼 나는 아무 것도 안 하는 거잖아."

"그러니 더 대단하다고 생각해요. 나도 마이 씨에게 있어 그런 존재가 되고 싶어요."

사쿠타는 마이의 대답을 원하며 그녀를 곁눈질했다. 하지만 마이는 노골적으로 고개를 돌렸다. 결국 사쿠타가 계속 말을 이었다.

"어제…… 아니지, 그저께네요. 아무튼 돌아와 줘서 정말 기뻤어요."

"타이밍은 나빴던 것 같지만 말이야."

"그 점은 부정 못하겠네요."

사쿠타는 쓴웃음을 지었다. 그 순간에는 정말 뭘 어떻게 해야 감이 오지 않았다.

"옛날 여자한테 위로받으면 어쩌냔 말이야."

"그러니까, 쇼코 씨와는 그런 사이가 아니고, 나는 마이 씨를……."

"못 믿겠어."

사쿠타가 필사적으로 변명을 했지만, 마이는 딱 잘라서 그렇게 말했다.

"너무해~."

"그것보다 춥네."

마이는 화제까지 바꿨다. 그녀는 사쿠타가 걸친 스태프점 퍼를 마치 돌려달라는 듯한 눈길로 쳐다보고 있었다.

"알았어요."

사쿠타가 지퍼를 내리고 점퍼를 벗으려 한 순간, 마이가 사쿠타의 품속으로 파고들었다.

"빨리 지퍼 올려. 춥단 말이야."

사쿠타는 마이의 명령대로 그녀를 품속에 둔 채 점퍼의 지퍼를 올렸다.

"한동안은 이런 게 안된다고 하지 않았어요?"

일전의 거절은 정말 강렬했다. 떠올리기만 해도 마음이 꺾일 것만 같았다.

"추우니까 괜찮아."

"겨울, 만세~."

"그리고 이제 변명 같은 건 안 해도 돼."

"그래도 좀 들어줬으면 좋겠는데 말이죠."

"만나러 와줬으니까 이제 됐다는 의미야."

마이의 목소리는 아까보다 작아졌다. 약간 삐친 것처럼도, 멋쩍어하는 것처럼도 들렸다. 허세를 부리는 것처럼도 들렸다. 사쿠타는 마이의 뒤편에 있기 때문에 그녀의 표정을 볼 수 없었다. 하지만 마이를 이렇게 가깝게 느낄 수 있는 것만으로도 만족했다.

"……."

"……."

"사쿠타."

"예."

"눈, 감아."

"왜요?"

"잔말 말고, 빨리 감아."

마이는 부끄러움을 타고 있는 것처럼 목소리에 여유가 없었다. 순순히 시키는 대로 하면 왠지 좋은 일이 있을 것 같았기에, 사쿠타는 눈을 감았다.

마이가 몸을 꿈틀거렸다. 옆으로 몸을 돌리더니, 사쿠타의 볼을 향해 손을 뻗었다. 마이의 숨결이 가까운 곳에서 느껴졌다. 체온도 느껴졌다. 샴푸 냄새인지, 화장품 냄새인지, 아니면 다른 무언가의 냄새인지는 모르겠지만, 눈이 내리는 이 추운 날씨 속에서도 달콤한 향기가 희미하게 코끝을 스쳤다.

"사쿠타……."

상냥하면서도 왠지 요염한 목소리였다.

마이는 천천히 숨을 참았다.

그녀가 몸을 쭉 뻗는 게 느껴졌다.

마이는 사쿠타에게 몸을 맡기듯 기대더니…….

"아야야야얏!"

그대로 그의 볼을 힘껏 꼬집었다.

사쿠타는 반사적으로 눈을 떴다.

"마이 씨, 아프다고요!"

사쿠타가 고통을 호소했지만, 마이는 손가락에서 힘을 빼지 않았다.

"왜, 왜 이러는 건데요?!"

분위기가 엄청 좋았기에 키스라도 해주려는 건 줄 알았는데…… 이건 너무 심했다.

"사쿠타의 얼굴을 보고 안심한 순간, 왠지 짜증이 치솟았어."

마이는 진심으로 언짢은 표정을 지었다.

"잘 생각해보니, 바람피운 벌도 아직 안 줬잖아."

"그러니까, 바람이 아니라……."

변명을 하지 않아도 된다고 말한 사람은 어디 사는 누구였더라.

"아, 그래도 마이 씨가 안심했다니 다행…… 아, 아야야야얏!"

사쿠타가 화제를 돌리려고 한 순간, 이번에는 양쪽 볼을 전부 꼬집었다.

"그것보다, 사쿠타. 선물은?"

"예?"

"생일선물 말이야."

"내가 생일선물인 걸로 하면 안 될까요?"

여기까지 오느라 지갑 안에 있던 돈을 전부 탕진하고 말았다. 아르바이트비가 들어오는 계좌에는 몇 백 엔만 남아 있었다.

"안 돼."

"크리스마스 때 분발할 테니까 용서해줘요."

"나, 그 시기에 스케줄이 어떻게 될지 아직 몰라."

"마이 씨와 같이 케이크를 먹고 싶은데 말이죠."

"올해는 카에데와 함께 보내도록 해."

"여동생과 크리스마스를……."

"그러면 나도 선물을 줄게."

마이는 노려보는 듯한 눈길로 사쿠타를 응시했다. 하지만 불가사의하게도 전혀 무섭지 않았다. 주위가 어둑어둑한 데도 알 수 있을 만큼, 마이의 얼굴은 새빨갰던 것이다.

"사귀기 시작하고 반년이나 지난 데다…… 오늘 답례도 해야겠지."

마이는 속삭이는 듯한 목소리로 그렇게 말했다. 귀를 기울이지 않았다면 바람 소리 때문에 못 들었을 것이다.

"마이 씨, 혹시 야한 생각 하고 있어요?"

"……남녀가 평범하게 하는 거잖아?"

"그렇기는 하죠."

"그러니까 딴 여자 앞에서 실실 웃으면 용서 안 할 거야."

항상 당당하던 마이가 지금은 수치심과 추위 때문에 몸을 웅크리고 있었다. 가녀린 분위기를 자아내며, 사쿠타에게 몸을 맡기고 있었다. 그런 마이가 너무 귀여운 나머지, 사쿠타는 이성을 오랫동안 유지할 수가 없었다. 그는 충동에 몸을 맡긴 채, 마이를 꼭 끌어안았다.

"자, 잠깐, 사쿠타! 아직 안 돼!"

"마이 씨가 너무 귀여워서 이러는 거잖아요."

완전히 그렇고 그런 쪽의 스위치가 켜졌다.

"꺄아, 어, 어디를 만지는 거야?!"

"윽!"

부끄러워 죽으려 하는 마이의 발꿈치가 사쿠타의 발등에 작렬했다.

사쿠타에게서 떨어진 마이는 흐트러진 머리카락을 손으로 가다듬더니…….

"아, 료코 씨한테서 메일이 왔네."

……하고 말하면서 사쿠타를 깔끔하게 무시했다.

"사쿠타의 방을 잡았대."

"……고마워요."

너무 아파서 말이 나오지 않을 지경이었다. 방금까지 제자리에서 껑충껑충 뛰던 사쿠타가 이번에는 몸을 웅크렸다.

"호들갑스럽네."

"진짜로 아프다고요."

사쿠타는 울상을 지으면서 원망 섞인 눈길로 마이가 신은 부츠를 쳐다보았다. 저건 그야말로 흉기다.

"자업자득이야. 이상한 데를 만졌잖아."

"……"

사쿠타의 오른손에는 부드러운 감촉이 남아 있었다. 추운 겨울 하늘 아래에서도, 이 감촉만은 잊을 수가 없다.

"정말, 상상 좀 하지 마."

"마이 씨는 어른이니까, 내가 무슨 상상을 하던 신경 쓰지 않을 거죠?"

"진짜로 기분 나쁘거든?"

"너무해~."

"참. 쇼코 씨의 문제가 해결될 때까지, 나도 사쿠타의 집에서 지낼 거야."

"만약 해결되지 않는다면 쭉 우리 집에서 사는 거네요."

이번 사춘기 증후군의 해결책은 아직 찾지 못했다. 아니, 딱 하나 찾기는 했지만 현실적이지 않았다.

"그것도 좋지만, 사쿠타는 나와 단둘이 지내지 못해도 괜찮은 거야?"

마이는 도발적인 미소를 지었다. 어느새 마이는 평소와

다름없는 미소를 짓고 있었다. 자동차가 서있는 곳을 향해 걸어가는 그녀의 발걸음은 가볍고 즐거워보였다. 사쿠타는 행복한 기분을 맛보며 마이의 등을 응시했다.

내일은 퇴원한 카에데가 집으로 돌아온다. 집에는 쇼코가 있다. 그리고 영화 촬영을 마친 마이까지 쳐들어온다면, 그 야말로 말로 형용할 수 없는 상황이 펼쳐질 것이다. 생각만 해도 위에 구멍이 뚫릴 것 같은 사태다. 그러니 마음을 느긋하게 먹는 편이 나을 것이다. 어차피 인생이라는 것은 어떻게든 굴러갈 테니까 말이다.

"뭐, 내일 일은 내일의 자기 자신이 어떻게 해주겠지."

사쿠타가 그렇게 혼잣말을 중얼거리면서 차에 탄 순간…….

"이미 그 내일이 됐는데?"

마이가 그에게 잔혹한 현실을 알려줬다.

제2장

그녀의 미래 계획표

1

청결한 느낌이 감도는 흰색 병실 문에 노크를 두 번 하자……

"예. 들어오세요."

문 너머에서 쇼코의 밝은 목소리가 들려왔다.

"나야…… 아즈사가와야."

일전…… 정확하게는 어제, 사쿠타가 병실에 들어가 보니 쇼코는 옷을 갈아입고 있었다. 사쿠타는 그런 실수를 반복하지 않기 위해, 미리 자신이 누구인지 밝혔다. 경험을 통한 학습이 가능해야 어엿한 인간이라 할 수 있으리라.

"아, 사쿠타 씨! 지금은 입고 있으니까 들어와도 돼요!"

쇼코의 활기찬 대답은 얼마 전에 유행했던 알몸 연예인의 대사를 연상케 했지만, 아마 그건 우연이리라.

사쿠타가 문을 열어보니, 쇼코는 오늘도 침대 위에 있었다. 손에는 만화책을 들고 있었다. 로고가 핑크색인 걸 보면 아마 순정만화일 것이다.

"……"

쇼코가 순진무구한 미소를 짓자, 사쿠타는 한순간 말문이 막혔다. 왠지 쇼코가 어제보다 작아 보였던 것이다. 겨우 24시간이 지났을 뿐인데 좀 마른 것처럼 보였다.

"사쿠타 씨?"

"아…… 혹시 내가 방해했어?"

사쿠타는 만화책을 쳐다보며 침대 옆에 놓인 원형 의자에 앉았다.

"아뇨. 어제부터 쭉 기다리고 있었어요."

쇼코는 만화책을 사이드테이블에 뒀다. 타이틀 밑에 적힌 작가의 이름은 『시이나 마시로』였다. 어딘가에서 들은 적이 있는 이름이었다. 지난 달, 문화제 때 교내에서 미아가 된 20대 중반 정도의 예쁜 누나와 같은 이름이다. 동성동명일까. 아니면 진짜로 이 만화를 그린 사람일까. 뭐, 어느 쪽이든 상관없지만 말이다.

"받아, 여행 선물이야."

사쿠타는 들고 있던 종이봉투를 쇼코에게 내밀었다. 쇼코는 순순히 그것을 받았다. 하지만 그녀의 얼굴에는 의문부호가 떠올라 있었다.

"여행 선물, 이라고요?"

쇼코는 그렇게 말하면서 고개를 갸웃거렸다.

"실은 방금 카나자와에서 돌아왔어."

"예?! 사쿠타 씨, 어제 저녁까지만 해도 병원에 있었잖아요. 제 문병을 왔었죠?"

"병원을 나선 다음에 신칸센 막차를 타고 갔었어. 그리고 오늘 낮에 거기서 돌아온 거야."

그리고 방금 후지사와로 돌아온 사쿠타는 집에 들르기 전에 쇼코를 문병하러 왔다.

사쿠타는 하암, 하고 하품을 샜다. 어차피 학교를 무단결석하게 됐으니 잠시 관광이라도 하고 돌아가자는 생각을 한 게 문제였다. 「카나자와에 왔으니 겐로쿠엔과 히가시차야 거리, 그리고 무가(武家) 저택 터는 보고 가지 그래?」하고 마이가 조언을 해줬기에 그곳들을 둘러본 것이다. 돈을 절약하기 위해 버스를 이용하지 않고 걸어서 돌아다녔더니 피곤했다. 적당히 눈이 내린 그 명소들의 경치는 일부러 찾아가서 볼만 했지만 말이다.

"사쿠타 씨는 역시 어른이네요."

"그게, 마이 씨의 생일이라서…… 하암~."

사쿠타는 또 하품을 했다. 신칸센을 타고 오면서 잠시 눈을 붙이기는 했지만, 두 시간 정도의 수면으로는 졸음을 떨쳐낼 수가 없었다.

"왠지 멋져요."

"그렇지도 않아."

쇼코에게 이런 말을 들으니 죄책감이 느껴졌다. 사쿠타가 진짜로 흠잡을 곳이 없는 어른이라면, 마이의 생일을 미리 파악해뒀을 것이며, 만나러 간 연인에게서 차비를 빌리지도 않았을 것이다. 게다가 묵을 곳도 연인 측에서 준비해줬다……. 숙박비용 또한 마이가 부담해줬다.

결과적으로 보자면 마이에게 여러모로 폐를 끼쳤다. 쇼코에게 준 여행선물 또한, 차비가 좀 남아서 살 수 있었으며, 아르바이트 비를 받으면 바로 갚아야만 할 것이다.

"꺼내 봐도 될까요?"

쇼코는 그렇게 말하면서 종이봉투 안을 쳐다보았다.

"그래."

"왠지 가슴이 뛰어요."

쇼코는 눈을 반짝이며 종이봉투 안에 있는 내용물을 꺼냈다.

가장 먼저 나온 것은 기다란 상자였다. 그 안에 든 것은 일전에 마이가 사왔던 토끼 모양 만주다. 어른 쇼코가 맛있게 먹었기에 어린 쇼코 몫을 사온 것이다.

다른 하나는 원통 모양을 한…… 요즘 여자 회사원들 사이에서 유행하는 스테인리스 보틀이다.

"안에 뭐가 들어있나요?"

쇼코는 무게를 통해 안에 뭔가가 들었다는 사실을 눈치챈 것 같았다.

"열어봐."

"예."

쇼코는 약간 신중한 손놀림으로 뚜껑을 열었다.

"이건……."

그 안에는 쇼코도 아는 게 들어 있었다. 하지만 처음 본 것처럼 기뻐했다. 이 지방에서는 좀 더 날씨가 추워져야 볼 수 있으며, 1년을 통틀어도 겨우 몇 번 볼 수 있는 것이다.

"눈?!"

쇼코는 손가락으로 안에 든 것을 만져보더니, 깜짝 놀랐다.

그렇다. 스테인리스 보틀 안에 든 것은 바로 눈이다.

어젯밤에 카나자와에서 내리기 시작한 눈은 아침까지 쭉 내렸다. 그리고 사쿠타가 아침에 일어나보니, 카나자와의 마을을 새하얗게 물들이고 있었던 것이다.

역에 있는 선물 가게에서 우타쓰 산의 실루엣이 그려진 카나자와 한정 판매 스테인리스 보틀을 발견한 사쿠타는 그 안에 눈을 채워서 가지고 가자는 생각을 했다. 참고로 우타쓰 산은 마이와 야경을 보러 갔던 산의 이름이다.

"차가워!"

쇼코는 비명에 가까운 고함을 지르면서 눈을 손바닥 위에 올려놓았다. 그리고 즐거워하면서 양손으로 눈공을 만들었다.

가져온 눈은 거의 녹지 않은 것 같았다.

"눈이 잔뜩 내렸나요?"

"아침에 일어나보니 15센티미터는 쌓여 있었어."

"엄청나네요. 이곳에는 전혀 내리지 않았어요."

쇼코는 창밖을 쳐다보았다. 창밖에는 맑고 푸른 하늘이 존재했다. 투명한 느낌이 감도는 겨울 하늘이었다.

"아직 그렇게 춥지 않잖아. 크리스마스 즈음은 되어야 눈이 내릴 거야."

"크리스마스…… 또 보러 갈 수 있으면 좋겠네요."

남쪽 하늘을 쳐다보는 쇼코의 얼굴에는 추억이 어려 있었다.

"응?"

"아, 에노시마의 조명장식 말이에요. 작년에 부모님과 함께 보러 갔었는데…… 아름다웠어요. 정말 눈부셨죠. 마치 꿈속 세상에 와있는 것만 같았어요!"

쇼코는 몸을 앞으로 쑥 내밀며 자신이 본 게 얼마나 멋졌는지 설명했다.

"사쿠타 씨는 본 적 있나요?"

"멀찍이서 본 적은 있어."

에노시마에 있는 전망등대인 시캔들이 이 시기부터 라이트업된다는 것은 알고 있다. 해가 일찌감치 지는 이 계절에는 방과 후에 물리실험실에 잠시 들렀다 하교하면 밖이 껌껌해진다. 그리고 열차를 타고 집으로 돌아가다 보면 에노시마의 조명장식이 자연스럽게 눈에 들어오는 것이다.

"그걸 혼자서 보러 가는 건 완전 벌칙 게임일 거야."

특히 크리스마스 밤은 지옥이리라. 커플들이 우글우글할 것이다.

"사쿠타 씨에게는 마이 씨가 있잖아요."

"그 날 스케줄이 어떻게 될지 모른대."

가능하면 같이 보내고 싶지만, 어쩔 수 없다. 마이는 인기 여배우인『사쿠라지마 마이』니까 말이다.

"마이 씨는 바쁘군요."

"당당하게 데이트를 하면 눈에 띄기도 하거든. 그래도 이 근처에서 사니까, 한 번 정도는 근처에서 보고 싶네."

"그, 그럼, 저와 같이 가지 않을래요?"

"마키노하라 양과?"

"저, 저기, 크리스마스가 아니라도 괜찮아요. 그리고 리오 씨나 카에데 씨, 노도카 씨도 불러서 다같이……."

쇼코의 얼굴이 점점 빨개졌다. 그와 반비례하듯 쇼코의 목소리는 점점 작아졌다.

"으음, 그렇게 할까?"

"예? 정말 괜찮겠어요?"

쇼코의 얼굴에 미소라는 이름의 환한 꽃이 피었다.

"마키노하라 양이 퇴원하면, 퇴원 축하 삼아서 보러 가자."

"예! 기대하고 있을게요!"

쇼코는 방긋 웃었다.

"아, 맞다. 사쿠타 씨."

"응?"

"일전에 했던 이야기 말인데요……."

쇼코는 남은 눈을 스테인리스 보틀에 넣고, 수건으로 젖은 손을 닦은 후, 눈에 익은 프린트를 사쿠타에게 보여줬다.

그것은 쇼코의 『미래 계획표』가 적힌 프린트다.

그 프린트는 여전히 텅텅 비어 있었다…….

"······이거 말이구나."

"예."

쇼코가 설명을 하지 않았는데도, 사쿠타는 프린트를 본 순간 그녀가 하고 싶은 말이 뭔지 눈치챘다. 누가 봐도 바로 깨달을 수 있을 만큼 눈에 확 띄었던 것이다.

"늘어났구나."

"예. 늘어났어요."

어제 봤을 때는 고등학생 항목까지만 적혀 있었다. 그 다음은 전부 빈칸이었던 것이다. 틀림없다. 그런데 지금은 그렇지 않았다.

─대학에 입학.

─운명의 남성과 재회.

─과감하게 고백!

······라는 세 줄이 추가되어 있었던 것이다.

필적은 똑같았다. 불가사의하게도 나중에 따로 적은 듯한 느낌도 없었다. 좀 낡은 이 프린트에 처음부터 적혀 있었던 것만 같았다.

하지만 사쿠타가 그 점보다 더 신경 쓰이는 것은 바로 추가된 내용이다.

짐작되는 구석이 있었던 것이다.

어른 쇼코와의 재회.

그리고······.

—저는 사쿠타 군을 좋아하거든요.

쇼코는 일전에 이렇게 말했다.

적어도 이 두 가지는 어른 쇼코의 행동과 연관 지을 수 있을 것 같았다. 리오가 말한 대로 되어가고 있었다. 『쇼코 씨』는 그 날, 『마키노하라 양』이 쓰지 못했던 미래 계획표를 쓰기 위해 나타났다. 2년 전에 사쿠타가 만났던 고등학생 『쇼코 씨』는 고등학생 란을 채웠기 때문에 사라졌다. 그렇게 생각한다면, 납득되는 부분이 많았다.

하지만 만약 그게 사실이라면, 이번 사춘기 증후군은 대학생 쇼코가 『대학생』 공란을 채워야만 끝날지도 모른다.

그렇다면 쇼코가 쓰려고 하는 내용이 문제였다.

동거는 이미 하고 있으니 괜찮을지도 모르지만, 그 다음…… 결혼은 역시 무리다.

"사쿠타 씨?"

쇼코는 입을 다문 사쿠타의 얼굴을 올려다보았다.

"후타바와 상의해볼게."

"예. 고마워요."

쇼코는 구김 없는 미소를 지었다. 분명 이 불가사의한 상황 때문에 불안을 느끼고 있을 것이다. 병 때문에 공포에 사로잡혀 있으리라. 하지만 쇼코는 그런 감정을 사쿠타의 앞에서 드러내지 않았다. 남들에게 걱정을 끼치고 싶지 않다. 사쿠타에게 걱정을 끼치고 싶지 않다. 그런 마음이 브레이크를 걸고 있는 것이리라.

그리고 그 브레이크가 크나큰 부작용을 초래했다. 사춘기 증후군이라는 부작용을 말이다.

문제는 이 사실을 알고 있는데도, 사쿠타에게는 근본적인 원인을 해소할 수단이 없었다.

사쿠타는 쇼코의 병을 고칠 수 없다.

말로 하면 단순하기 그지없는 사실이, 사쿠타의 가슴 한 가운데를 공허하게 만들었다.

그 후, 사쿠타는 쇼코와 둘이서 토끼 모양 만주를 먹었다. 그리고 오후 네 시가 되자, 그는 「또 올게」 하고 말하며 병실을 나섰다.

이제 그만 오늘 퇴원하는 카에데를 데리러 가야만 한다.

엘리베이터 앞에 가보니, 도착을 알리는 벨소리가 나면서 문이 열렸다. 그리고 한 여성이 엘리베이터에서 내렸다. 30 대 후반 정도로 보이는 그 여성은 바로 쇼코의 어머니다.

"어머, 아즈사가와 군."

그녀는 사쿠타를 향해 고개를 꾸벅 숙였다.

"안녕하세요."

"쇼코를 만나러 이렇게 일부러 와줘서 고마워."

"아뇨. 개의치 마세요."

"쇼코 말인데, 「사쿠타 씨가 와줬다」면서, 어제는 정말 기뻐했었어. 처음에는 자기가 입원했다는 걸 알리지 말아달라고 했으면서 말이야. 아, 엘리베이터 탈거지?"

문이 닫히려고 하자, 사쿠타는 버튼을 눌렀다.

"또 올게요."

엘리베이터를 계속 잡고 있을 수도 없기에, 사쿠타는 짤막하게 인사를 건네며 안으로 들어갔다.

"응. 그 애도 기뻐할 거야. 정말 고마워."

문이 천천히 닫혔다. 문틈으로 보인 그녀의 표정이 한순간 흐려진 듯한 느낌이 들었다. 하지만 제대로 본 것인지 확인하기도 전에 문이 완전히 닫히고 말았다.

사쿠타만을 태운 엘리베이터가 소리를 내며 움직이기 시작했다. 사쿠타는 벽에 기대면서…….

"좋지 않나 보네."

쇼코를 향한 걱정이 담긴 한 마디를 토했다.

카에데의 병실에 가보니, 방 안은 깔끔하게 정리되어 있었다.

옷가지, 그리고 사쿠타가 가져다준 소설은 튼튼해 보이는 종이봉투와 토트백에 들어 있었다. 침대의 시트가 제거되어서 그런지 방안이 살풍경해 보였다. 어제까지만 해도 병실 안에서 느껴지던 온기가 어느새 완전히 사라졌다.

"오빠, 왜 이렇게 늦은 거야?"

"시간에 딱 맞춰 왔다고."

학교에 가서 수업을 듣고 병원에 왔다면 딱 지금쯤 도착했을 것이다.

"아버지는?"

퇴원 수속 및 병원비 지불은 아버지가 하기로 했다. 그래서 카에데가 퇴원하는 오늘은 아버지가 일을 일찌감치 끝내고 이곳에서 합류하기로 했었다.

"아빠는 아침에 왔었어. 수속도 그때 마쳤대."

"응? 그래?"

"오전에 하기로 했던 일이 오후로 미뤄진 것 같아."

"그럼 미리 연락해주지 그랬어."

"안 그래도 그러려고 아침에 아빠의 핸드폰으로 전화를 했는데……."

쓰레기라도 쳐다보는 듯한 카에데의 시선이 사쿠타에게 꽂혔다.

카에데가 이러는 이유는 방금 한 말을 통해 얼추 짐작이 되었다. 그녀는 방금「전화를 했다」고 말한 것이다.

누구에게?

사쿠타에게 말이다.

그리고 사쿠타는 스마트폰도, 핸드폰도 없다. 그러니 사쿠타가 있을 집에 전화를 했을 것이다. 현재, 대학생 누님이 더부살이를 하고 있는 바로 그 집에 말이다.「전화를 받지 말아주세요」하고 말해뒀는데도 거리낌 없이 전화를 받는 쇼코가 있는 집이기도 했다…….

"딴 사람이, 받았어?"

여동생의 반응을 보니 뭐가 어떻게 된 것인지 짐작이 되었다. 하지만 만일의 가능성을 기대하며 일단 질문을 던졌다.

"여자가 받았어."

이 대답을 예상했으면서도, 이렇게 직접 들으니 가슴이 뜨끔했다.

"정말?"

"정말이야~. 진짜로 깜짝 놀랐다니깐."

카에데는 볼을 부풀리며 항의했다.

"뭐, 설명할 수고를 덜었네. 실은 어떤 누님이 우리 집에서 얹혀살고 있어. 이해 좀 해줘."

"어떻게 이해를 하냔 말이야."

"2년 동안 이 세상의 상식이 달라졌어. 이 정도는 평범한 일이라고."

"변태로 변태한 건 분명 오빠뿐일 거야."

"사춘기 남자들은 이 시기에 하나같이 변태를 해."

"하, 하지만, 오빠는 애, 애인이 있잖아?"

카에데는 회심의 일격을 날리는 듯한 뜨거운 목소리로 항의했다.

"괜찮으니까 걱정하지 마."

"뭐가?"

"그 애인도 오늘부터 우리 집에서 살기로 했거든."

사쿠타는 잘난 척 하는 듯한 어조로 그렇게 말했다. 여동생이 퇴원하는 날에 대체 무슨 소리를 하는 거냐는 생각도 들지만, 이렇게 되어버렸으니 어쩔 수 없다. 카에데도 체념하게 만들 수밖에 없는 것이다.

"뭐?"

카에데는 눈을 크게 뜨면서 입을 쩍 벌렸다.

"카에데는 여전히 다 죽어가는 금붕어 흉내를 잘 내네."

"그런 짓 한 적 없어~. 그, 그것보다, 오, 오빠, 방금 뭐라고 했어?!"

"다 죽어가는 금붕어……."

"그 앞에 말이야!"

"그 애인도 오늘부터 우리 집에서 살기로 했다는 이야기 말이야?"

애인…… 즉, 마이는 「영화 촬영이 끝나면 바로 돌아갈게」하고 말했다. 촬영이 예정대로 끝났다면 지금쯤 카나자와를 출발했으리라.

"……."

카에데는 또 입을 쩍 벌리며 딱딱하게 굳어버렸다.

"뭐가 어떻게 된 건지 모르겠어……."

카에데는 쥐어짜낸 듯한 목소리로 그렇게 말했다.

"그러니까, 현재 우리 집에는 대학생 누님이 얹혀살고 있거든? 그리고 오늘부터 내 애인도 우리 집에서 지내기로 했어. 간단하지?"

"그런 말도 안 되는 현실을 어떻게 받아들여! 대체 뭐가 어떻게 된 거야! 어떻게 된 거냐구!"

"흥분하는 건 몸에 안 좋으니까 진정해."

"오빠야말로 좀 당황하란 말이야."

"나는 그런 짓에 질렸거든."

그날 밤…… 즉, 이틀 전 야간에 마이와 쇼코가 딱 마주친 순간부터, 마음이 초조와 당황을 쉴 새 없이 오고갔다. 이제 슬슬 휴식을 취하지 않았다간 사쿠타도 버티지를 못할 것이다.

"카에데."

"왜?"

"포기해. 이게 현실이야."

"……으, 응. 알았어. 힘낼게."

"그래. 힘내."

유연성이 넘치는 마음을 지닌 동생이라 정말 다행이다.

"하지만, 물어볼 게 하나 있는데……."

"뭔데?"

"오빠의 애인에 관한 거야."

"아~."

카에데는 뭔가를 알고 있는 듯한 눈빛으로 사쿠타를 쳐다보았다. 하지만 한편으로 그녀의 눈빛은 마치 믿기지 않는다는 듯이 흔들리고 있었다.

"오빠의 애인이 사쿠라지마 마이 씨라는 건 거짓말이지? 일기에도 적혀 있었지만, 그럴 리가 없잖아? 아빠에게 물어봐도 공허한 눈길로 창밖을 바라보며 애매하게 웃기만 하던데…… 아니지? 그렇지?"

카에데는 어째선지 필사적인 표정으로 그렇게 말을 늘어놓았다.

일단 사쿠타가 할 수 있는 것은 공허한 눈길로 창밖을 쳐다봤다는 자신의 아버지에게 마음속으로 사과하는 것뿐이리라. 아무래도 이제 그만 마이를 제대로 소개해야만 할 것 같았다.

"뭐, 그건 네가 직접 확인해봐. 어차피 몇 시간 후에는 만날 거잖아."

사쿠타는 카에데에게 그렇게 말했다.

솔직히 말해, 자신의 오빠가 바로 그『사쿠라자미 마이』와 사귀고 있다는 이야기를 못 믿는 게 어찌 보면 당연했다. 상대방의 입장에서 생각해보면 알 수 있다. 사쿠타 또한 카에데가 국민적 지명도를 자랑하는 연예인과 사귄다고 말한다면, 동생이 이상한 망상에 사로잡혀 있다고 생각할 것이다. 그쪽 방면의 전문의에게 진료를 받아보라고 적극적으로 권하리라.

"좋아. 돌아가기 전에 할 말은 다한 것 같네. 그럼 가자."

카에데가 또 괜한 소리를 하기 전에 출발하자고 생각한 사쿠타는 토트백과 종이봉투를 양손에 쥐었다. 그리고 그대로 병실을 나서려 했다.

"아, 오빠. 잠깐만 기다려."

"마음의 준비라면 돌아가면서 해."

"그게 아니라……."

"응?"

카에데의 목소리 톤이 신경 쓰여서 돌아보니, 그녀는 자신의 손가락 끝을 쳐다보며 머뭇거렸다. 카에데가 뭔가 하기 힘든 말을 할 때 취하는 버릇이다. 그런 점은 2년 전이나 지금이나 변함이 없었다.

"저기…… 말이야……."

"화장실 가고 싶어?"

"……미안해."

카에데는 작디작은 목소리로 말했다. 하지만 그 목소리 안에 담긴 마음은 전혀 작지 않았다. 2년이라는 시간이 흘러 지금에 이르는 과정에서 쌓이고 쌓인 모든 것이 담긴 「미안해」인 것이다.

"신경 쓰지 마."

"내가 뭘 미안해하는 건지 알긴 하는 거야?"

카에데는 머뭇거리면서 고개를 들었다. 그녀는 불안이 섞인 눈동자로 사쿠타를 올려다보았다.

"전부 자기 탓이라고 생각하는 거지?"

"……내 탓 맞잖아."

"말도 안 되는 소리 하지 마."

카에데가 집단 괴롭힘을 당한 것은 그녀의 잘못이 아니다. 그것 때문에 등교거부를 하게 된 것도, 사춘기 증후군에 걸린 것도 마찬가지다. 해리성 장애에 걸린 것도 그녀의 잘못이 아니다. 그런 딸을 본 모친이 너무 힘든 나머지 마음의 병을 앓게 된 것 또한 카에데의 잘못이 아니다. 부모님과 함께 살 수 없게 된 것도, 사쿠타가 후지사와로 이사를 한 것도. 전부 카에데의 잘못이 아닌 것이다.

"오버하지 마."

"너무해~."

"카에데도 최선을 다했던 거잖아. 그러니 됐어."

"……왠지……."

카에데는 불만을 표시하듯 입술을 삐죽 내밀었다. 그런 그녀가 눈으로 무슨 말을 하고 싶어 하는 것 같았기에…….

"응?"

사쿠타는 그녀에게 말을 해보라는 듯한 눈길을 보냈다. 그러자, 카에데는…….

"오빠, 좀 멋있어진 것 같아."

……하고 작은 목소리로 말했다.

"……."

사쿠타는 무심코 입을 쩍 벌렸다.

"치, 칭찬을 해줬는데, 왜 죽은 생선 같은 눈빛을 띠는 건데?"

"친동생한테서 그런 말을 들었더니 소름이 돋았거든."

"진짜 너무해~."

"아, 그게 말이지……. 너도 나한테「카에데, 귀여워졌구나」 같은 말을 들으면……."

"……오빠, 기분 나빠."

여동생은 사쿠타의 말을 끝까지 들어보지도 않고 바로 그렇게 말했다.

"자아, 돌아가자."

사쿠타는 이번에야말로 병실을 나섰다.

"아, 잠깐만 기다려."

카에데가 복도로 나간 사쿠타를 쫓아오더니, 그의 옆에 딱 붙어서 섰다.

"오빠, 항상 곁에 있어줘서 고마워."

"카에데, 짐, 절반만 들어줘."

"멋쩍어 하는 거야?"

"진짜로 무거워."

"진짜 약해빠졌네……."

카에데는 불평을 하면서도 토트백을 들어줬다.

사쿠타는 그 덕분에 자유로워진 손을 카에데의 머리에 얹었었다.

"왜, 왜 그래?"

"전부 카에데 덕분이야."

"응? 뭐가?"

사쿠타가 진짜로 멋있어졌다면, 그건 2년 동안 해온 경험 덕분일 것이다. 지금의 자신은 『카에데(花楓)』와 『카에데』가 준 것이나 다름없다는 사실을 사쿠타는 알고 있다. 그러니…….

"나야말로 고마워."

"무슨 소리를 하는 건지 모르겠네."

"몰라도 돼."

"싫어~."

사쿠타는 그런 대화를 나누면서 카에데와 함께 병원을 나섰다. 집으로 향하면서도 쭉 같은 대화를 나눴다. 쭉, 질리지도 않으며 계속 나눴다.

2

카에데가 무사히 퇴원한 다음날 아침.

"아침이야. 일어나."

사쿠타는 애인이 상냥하게 몸을 흔들어준 덕분에 잠에서 깨어났다.

"으음~."

사쿠타는 반쯤 졸면서 그런 소리를 냈다. 서서히 몸의 감각이 돌아오자, 등과 허리에서 통증이 느껴졌다. 침대의 감촉 또한 평소와 명백하게 달랐다. 왠지 딱딱했다. 아니, 사쿠타가 자고 있었던 곳은 자기 방의 침대가 아니라 거실에 있는 코타츠 안이었다. 그는 손발을 코타츠 안에 집어넣고 거북이 같은 자세로 자고 있었던 것이다.

자신이 이러고 있는 이유는 잠에서 덜 깬 머리로도 생각이 났다.

협의 결과, 사쿠타는 자신의 방에 예비용 이부자리를 하나 더 깔아서 마이와 쇼코에게 제공하기로 한 것이다.

"자아, 일어나."

마이는 사쿠타의 어깨를 잡고 흔들었다.

"굿모닝 키스를 해줄 때까지는 못 일어날 것 같아요."

사쿠타는 기회를 잡았다고 생각하며 일단 어리광을 부렸다.

"그래? 그럼 나 먼저 학교에 갈게."

유감스럽게도 마이는 재빨리 물러섰다. 하다못해 「안 일어나면 밟을 거야」 하고 말한 후, 진짜로 밟아줬으면 했다. 좀 세게 말이다…….

"그럼 굿모닝 키스는 제가 해줄게요."

다른 사람의 목소리가 들리더니, 마이 이외의 누군가가 다가왔다. 눈을 감고 있지만, 누군가의 그림자가 자신에게 드리워진 게 느껴졌다. 눈꺼풀 너머가 어두워지더니, 타인의 체온이 다가왔다.

이런 짓을 할 사람은 쇼코뿐이다. 어른 쇼코 말이다.

"쇼코 씨는 그러면 안 돼요."

사쿠타가 눈을 반쯤 떠보니, 마이가 쇼코를 살며시 밀쳐냈다. 코타츠 밖으로 삐져나온 사쿠타의 머리를 사이에 둔 채, 두 사람은 무릎을 꿇고 앉았다. 마이가 오른편, 그리고 쇼코는 왼편에 있었다.

"어제 저희의 동거를 허락해줬잖아요."

쇼코는 태연한 어조로 그렇게 말했다.

그 말은 거짓이 아니다. 확실히 어제 그런 이야기가 오갔던 것이다. 우선 사쿠타는 어린 쇼코에게서 들은 『미래 계획표』에 관한 이야기를 두 사람에게 해준 후, 앞으로 어떻게 할 것인지 의견을 교환했다.

카에데가 잠든 오후 열 시부터 시작된 논의는 오전 세 시까지 계속됐다. 결과는 마이가 「알았어요. 동거까지는 허락할게요. 다른 건 상황을 좀 더 지켜본 후에 결정하도록 하죠」하고 말하며 최종적으로 한 발 물러섰다.

이 모든 것은 어린 쇼코가 일으킨 사춘기 증후군을 해결하기 위한 결단이다. 사춘기 증후군이라는 불가사의한 형태로라도, 위중한 병에 걸린 어린 쇼코가 미래의 자기 자신을 경험할 수 있게 해주고 싶다는 마음도 마이는 지니고 있을 것이다. 그리고 사쿠타 또한 같은 심정이었다.

"제가 허락한 건 동거만이에요."

"동거 중인 남녀라면 키스 정도는 아무렇지도 않게 할 텐데요?"

쇼코는 태연한 어조로 그렇게 말했다. 맞는 말이지만 그런 정론을 이런 상황에서 용케도 입에 담는다는 생각이 들었다. 하트가 정말 튼튼했다.

"그건 그럴지도 모르지만……."

마이는 반격할 말을 찾지 못했는지 말끝을 흐렸다.

"그럼 굿모닝 키스를 해도 문제될 건 없겠군요."

쇼코는 또 사쿠타에게 키스를 하려고 했다. 하지만 그보다 먼저…….

"그럼 제가 하겠어요."

마이가 그렇게 말했다. 얼굴이 새빨간 것은 화가 났기 때문인지, 부끄럽기 때문인지, 아니면 분하기 때문인지……. 아마 그 모든 감정이 복잡하게 뒤섞여 있는 것이리라.

사쿠타는 최근 며칠 동안 마이의 새로운 일면을 실컷 봤다. 「역시 내 애인은 귀엽네」 하고 생각하고 있을 때, 마이와 시선이 마주쳤다.

"……."

"……사쿠타?"

사쿠타는 일단 조용히 눈을 감았다. 그리고 아무 일도 없었다는 듯이 자는 척을 했다. 그러자 마이가 사쿠타의 머리를 살짝 때렸다.

"아얏."

"이미 일어났잖아."

"금방 다시 잠들 테니까 잠시만 기다려줘요."

"자지 마."

마이는 사쿠타의 이마를 아까보다 세게 때렸다.

"쿨~."

"진짜로 화낼 거야."

마이의 목소리가 갑자기 낮아졌다. 차갑게 얼어붙었다.

"예, 죄송해요."

사쿠타는 코타츠에서 나오며 상체를 일으켰다. 역시 등과 허리가 아팠다. 어깨와 목도 저렸다. 그뿐만 아니라 온몸이 삐걱거렸다.

왠지 몸이 나른한 것 같은 느낌이 들었다.

"사쿠타 군, 얼굴이 빨개요."

"정말이네……."

오른편에서는 마이가, 왼편에서는 쇼코가 그의 얼굴을 들여다봤다.

"감기 걸린 거야?"

마이는 자연스럽게 사쿠타의 이마에 손을 댔다.

"열이 있네."

마이는 곧 난처한 듯한 목소리로 그렇게 말했다.

"정말인가요?"

마이가 손을 떼자, 이번에는 쇼코가 자신의 이마를 사쿠타의 이마에 댔다.

"쇼, 쇼코 씨!"

마이가 항의의 뜻이 섞인 비명을 질렀다.

"아, 진짜네요."

쇼코 씨는 아무 일도 없었다는 듯이 그렇게 말하며 사쿠타에게서 떨어졌다. 그리고 어이없다는 듯이 쳐다보는 마이를 못 본 척하면서……

"코타츠에서 자니까 감기에 걸리는 거예요."

……하고 말했다. 대체 누구 때문에 사쿠타가 코타츠에서 자게 된 건지 알면서 저런 소리를 하는 것일까.

"제 이부자리에서 같이 자도 된다고 했잖아요."

쇼코는 마치 사쿠타가 잘못했다는 듯이 볼을 부풀렸다. 마이도 이 집에서 지내고 있는 상황에서 그런 짓을 할 수는 없다. 아니, 마이가 묵지 않더라도 그럴 수는 없다.

자신의 입에서 흘러나온 숨결이 뜨거웠다. 아무래도 온몸이 아픈 것은 코타츠에서 잤기 때문만은 아닌 것 같았다. 감기에 걸린 탓인 것이다. 몸을 일으켰더니 아까보다 더 나른했다.

"꿈이 아니구나……"

그 목소리는 사쿠타의 등 뒤에서 들려왔다. 사쿠타는 고개만 움직여서 자신의 뒤편을 쳐다보았다. 카에데가 방문을 열고 밖으로 나왔다.

"좋은 아침, 카에데."

"좋은 아침이에요."

마이와 쇼코가 카에데에게 인사를 건넸다.

"……조, 좋은 아침이에요."

잠옷 차림인 카에데는 문에 찰싹 붙은 채 당혹스러운 표정을 지었다. 하지만 인사는 제대로 해야 한다고 생각한 것인지, 그렇게 말하면서 고개를 숙였다.

하지만 그 허세도 오래가지 않는지, 곧 도움을 요청하듯 자신의 오빠인 사쿠타를 쳐다보았다.

"일어났구나, 카에데."

"응. 일어났어."

머리가 제대로 돌아가지 않는 사쿠타가 할 수 있는 것은 이게 전부였다. 못난 오빠라 미안했다.

"오늘은 학교에 못 갈 것 같네."

"그럴 것 같아요."

자신의 목소리가 멀게 느껴졌다. 평소와 다른 곳에서 목소리가 흘러나오는 걸까. 아니, 그럴 리가 없다. 귀로 말을 하는 것 같은 느낌도 들지만, 그런 무시무시한 생물이 되는 것은 사양하고 싶다.

"……정말, 어쩔 수 없네. 자아, 일어나. 쉴 거면 방에서 쉬어."

사쿠타는 어찌어찌 혼자서 몸을 일으켰다. 몸이 붕 떠있는 듯한 느낌이 들었고, 발걸음도 이상했다. 하지만 자기 집에서 길을 잃지는 않았다.

사쿠타는 벽에 손을 짚으면서 자신의 방에 들어갔다.

"아, 사쿠타. 기다려."

마이가 그렇게 말했지만, 사쿠타는 서있는 것도 힘들었기에 그대로 침대에 쓰러졌다. 몸을 꿈틀거리며 이불 안에 들어가 보니, 온기와 함께 좋은 향기가 그를 감쌌다.

"금방 시트와 베개 커버를 바꿔줄게."

마이는 그렇게 말하면서 사쿠타를 일으키려했다. 하지만 더는 움직일 수가 없었다.

"따뜻하니까 그냥 이대로 있을래요. 좋은 냄새도 나거든요……."

머릿속이 멍한 상태에서 그렇게 대답한 사쿠타는 엎드린 자신의 뒤통수를 누가 때린 듯한 느낌을 받았다. 하지만 지금 바로 잠들고 싶다는 생각이 그 감각을 머릿속에서 지웠다.

"이상한 소리 하지 마."

꿈속으로 빠져드는 사쿠타는 방금까지 마이가 이 이부자리에서 잠을 잤다는 사실을 머릿속으로 이해했다. 하지만 더는 아무 생각도 할 수 없었다. 눈을 감고, 감각을 차단하며, 아무 것도 들리지 않게 했다. 그저 졸렸다. 이 나른함에서 1초라도 빨리 해방되고 싶었다.

눈을 떠보니, 눈에 익은 방의 천장이 사쿠타를 내려다보고 있었다.

커튼 너머를 밝게 비추고 있는 햇빛이 불이 꺼진 방안을 저녁노을 같은 빛깔로 물들이고 있었다.

시계를 보니 오후 한 시가 약간 지났다. 평일 점심 때 특유의 독특한 정적이 밖에서 전해져왔다. 근처 초등학교도, 중학교도 아직 수업 중이며, 주택가에 있는 사람들 또한 적을 시간대. 이런 시간대에 집에 있으면 왠지 마음이 진정되지 않았다.

몸은 아직 나른하지만, 잠은 완전히 깼다.

바로 그때, 방문이 천천히 열렸다.

"아, 일어났나요?"

문을 열고 들어온 사람은 바로 쇼코였다. 자신이 지나갈 수 있을 정도만 문을 연 그녀는 문틈으로 방 안에 들어오더니, 문을 살며시 닫았다.

"예. 일어났어요."

"기분은 어떤가요?"

"끝내주게 나빠요."

"그런 소리를 할 수 있는 걸 보면 아침때보다는 좋아진 것 같네요."

쇼코는 웃으면서 그렇게 말하더니, 사쿠타가 앉아있는 침대에 걸터앉았다.

"마이 씨는요?"

"역시 사쿠타 군은 그것부터 묻네요."

"학교에 잘 갔나요?"

사쿠타는 쇼코의 말주변에 놀아나지 않으며, 자신이 할 말만 계속했다.

"학교를 쉬고 사쿠타 군을 간병할까 고민하는 눈치였지만, 결국 늦기 전에 등교했어요."

"그래요. 다행이네요. 카에데는요?"

"사쿠타 군을 걱정했어요."

"오버하기는……."

감기에 걸렸을 뿐인데 말이다.

"여성을 둘이나 집에 데려왔으니, 걱정하는 것도 당연해요."

"그런 걱정이었군요……."

뭐, 확실히 걱정할 만했다. 엄청 걱정될 것이다.

"지금은 나스노와 놀고 있어요. 오전에는 둘이서 같이 나스노를 목욕시켰어요."

"그러고 보니 한동안 목욕을 안 시켰네요."

어쩌면 야생의 냄새가 좀 났을지도 모른다.

"사쿠타 군에게 전수받은 고양이 씻기기 술법으로 깨끗하게 씻겼으니 안심해도 돼요."

"그게 뭔데요?"

"하야테를 주웠을 때, 사쿠타 군이 고양이를 목욕시키는 법을 가르쳐줬잖아요?"

"아~."

올해 여름에 있었던 일이다. 이 집에서 맡기로 한 하야테를 돌보기 위해서, 어린 쇼코가 매일같이 찾아왔었다. 그리고 사쿠타와 함께 고양이에게 밥을 주는 법, 목욕을 시키는 법을 연습했다.

하지만 그 시간을 공유하고 있는 것은 어린 쇼코 쪽이기에, 어른 쇼코에게 이런 말을 들어도 그다지 실감이 나지 않았다.

두 사람이 동일인물인 것은 틀림없지만, 사쿠타는 어른 쇼코와 어린 쇼코를 동일시할 수가 없었다.

어린 쇼코와의 관계는 올해 여름에 시작되었고, 눈앞에 있는 쇼코와의 관계는 2년 전 그 날부터 시작됐다. 그 두 만남을 별개의 기억으로서 사쿠타의 무의식이 인식하고 있는 것이다. 의식적으로 그 둘을 연관 짓는 것은 아직 어려웠다.

게다가 어른 쇼코에게는 아직 명확하지 않은 점이 있었다. 어쩌면 지금이야말로 그걸 확인할 좋은 기회일지도 모른다.

"쇼코 씨."

"예. 무슨 일이죠?"

쇼코의 눈동자가 사쿠타를 내려다보았다.

"물어볼 게 있어요."

재회한 후에도 확인해보지 않았던 그것은 바로…….

"스리 사이즈?"

"숫자 같은 것에는 관심 없어요."

"형태와 감촉이 소중하다는 거군요. 사쿠타 군은 대단해요."

대체 뭐가 대단하다는 것일까. 사쿠타는 몸 상태가 나쁜 탓에 쓸데없는 대화에 어울려줄 기력이 없었기에, 빙빙 돌리지 말고 딱 잘라 물어보기로 했다.

"지금 내 눈앞에 있는 쇼코 씨는 2년 전, 시치리가하마 해변에서 나와 만났던 그 쇼코 씨인가요?"

"……."

쇼코는 대답하지 않았다. 그저 지그시 사쿠타를 바라보기만 했다.

"그 날, 내가 좋아하게 됐던 쇼코 씨인가요?"

사쿠타는 표현을 바꿔 같은 질문을 또 던졌다. 이러면 못 들은 척 하지 못할 것이다.

그러자 쇼코는 미소를 머금으며 말했다.

"당시의 사쿠타 군은 마음이 배배 꼬였었죠."

"뭐, 모르는 사람이 되게 친한 척을 하면서 말을 거니, 그런 태도를 취할 수밖에 없었을 거예요."

"그런 사쿠타 군이 아니나 다를까 이렇게 삐뚤어진 성격으로 자라다니…… 제가 그때 괜한 소리를 했던 걸지도 몰라요."

"이 정도면 충분히 잘 자랐다고요."

"역시 실수한 것 같네요."

"쇼코 씨."

"자아, 한 숨 더 자요."

쇼코는 그렇게 말하면서 침대에서 일어났다.

"그때는 정말 고마웠어요."

"……."

"나는 쇼코 씨에게 구원받았어요."

쇼코는 그 말을 듣더니 사쿠타를 향해 고개를 돌리며…….

"잘 자요."

……하고 상냥한 목소리로 말했다.

사쿠타는 그 말에 따르듯 천천히 눈을 감았다. 그러자 한동안 어딘가로 여행을 떠났던 수마가 다시 돌아오는 게 느껴졌다.

사쿠타의 의식은 점점 꿈속으로 빠져들었다. 그런 와중에…….

"구원받은 사람은 바로 저예요, 사쿠타 군."

……하는 말이 들렸다.

하지만 사쿠타는 의식의 끈을 놓은 바람에 그게 꿈인지 현실인지 분간할 수가 없었다.

다음에 사쿠타가 눈을 뜬 순간, 방은 어둠에 뒤덮여 있었다. 커튼 너머에는 태양이 존재하지 않았으며, 문틈 사이로 복도의 불빛이 희미하게 스며들었다.

사쿠타는 이런 어둠 속에서 타인의 인기척을 느꼈다. 침대에 누군가가 걸터앉아 있었다.

"쇼코 씨?"

"미안하지만 나야."

들려온 것은 쇼코의 목소리가 아니었다. 어둠에 익숙해진 사쿠타의 눈에 들어온 것은 마이의 언짢은 듯한 얼굴이었다.

"으음……."

"변명은 다 낫고 나서 해. 낮에는 쇼코 씨가 쭉 간병해줬지?"

"모르겠어요. 계속 자고 있었거든요."

이럴 경우, 그런 진실은 딱히 의미가 없었다.

"좀 괜찮아졌어?"

마이는 그렇게 물으면서 사쿠타의 이마를 향해 손을 뻗었다. 아직 열이 있는 것 같았다. 그리고 마이의 손은 차갑고 기분이 좋았다.

"아침보다는 열이 좀 내려간 것 같네."

마이는 다른 한 손을 자신의 이마에 대더니, 서로의 체온을 비교했다. 왠지 포즈가 귀여워보였다.

"목욕은 힘들 테니까, 하다못해 옷이라도 갈아입을래?"

"귀찮으니까……."

그냥 있을래요…… 하고 사쿠타는 말하려고 했지만, 이미 침대에서 몸을 일으킨 마이가 불을 켜고 벽장을 열었다.

그녀는 갈아입을 셔츠를 가지고 침대로 돌아왔다.

"내가 도와줄 테니까 상의만 갈아입어."

"그럼 혼자서 할게요. 마이 씨한테 감기가 옮기기라도 하면 큰일이잖아요."

사쿠타는 그렇게 말하며 마이를 말렸다. 하지만 그녀의 대답은…….

"싫어."

……였다.

"예?"

"조금은 애인다운 일을 하고 싶단 말이야."

마이는 삐친 듯한 어조로 그렇게 말했다.

"언제나 해주잖아요."

"예를 들자면?"

"다리를 밟는다거나……."

"……."

사쿠타의 대답이 틀렸는지, 마이의 눈빛이 변했다. 무슨 일이 있어도 사쿠타가 옷을 갈아입을 걸 도와줄 심산 같았다. 그 사실을 증명하듯, 마이는 셔츠 자락을 꼭 움켜쥐고 있었다.

"자, 만세~ 해봐."

저항해봤자 아무 소용없다고 생각한 사쿠타는 순순히 두 팔을 들었다. 그러자 마이는 셔츠를 잡아당겨서 단숨에 벗겼다.

아직 몸이 좋지 않은지, 상반신 알몸이 되자 몸이 부르르 떨렸다.

"사쿠타, 너……."

셔츠를 갠 마이의 시선은 사쿠타의 가슴을 향했다. 그녀의 목소리에는 놀라움과 걱정이 어려 있었다.

마이가 쳐다보고 있는 것은 사쿠타의 가슴에 새겨진 손톱자국 같은 세 줄기 상처였다. 예전에는 오래된 흉터 같았던 그 상처에는 현재 희미하게 피가 배여 있었다. 내출혈이 일어난 것처럼 보였다.

"이건……."

사쿠타는 뭐라고 얼버무릴지 한순간 생각했다. 하지만 마이와 눈이 마주치자, 그럴 생각이 사라졌다. 일단 알고 있는 것을 전부 털어놓는 것이야말로 마이가 괜한 걱정을 하지 않게 하는 최선의 방법이라는 생각이 들었다.

"『카에데』의 일이 일어났던 날에, 또 피가 났어요……. 지금은 이렇게 됐죠."

아마 사쿠타의 마음이 느낀 고통에 상처가 반응한 것이리

라. 애초에 이 모든 일은 2년 전에 시작되었다. 집단 괴롭힘 때문에 해리성 장애에 걸린 여동생을 구하지 못했다는 후회에서 비롯된 상처인 것이다. 사쿠타는 흩어져가는 가족을 보며 느낀 마음의 고통이 이런 형태로 나타난 거라고 생각했다. 그리고 『카에데』의 일 때문에 지난주에 재발한 것이 아닐까.

"아프지는 않아?"

"지금은 안 아파요."

피가 난 순간에는 아팠다. 하지만 그것이 상처에서 느껴진 고통인지, 아니면 마음의 고통인지는 애매했다. 이제는 떠올릴 수도 없었다.

"이것도 사춘기 증후군이지?"

"아마도요."

"그렇구나……."

마이는 무슨 말을 하려다 참았다. 그리고 사쿠타는 그녀가 무슨 말을 하려다 만 것인지 상상이 되었다. 이 상처가 2년 전에 카에데를 구하지 못했다는 후회에서 비롯된 것이라면, 카에데가 돌아왔으니 나아야 정상이다. 하지만 지금도 상처는 존재했다. 그 뿐만 아니라 악화되고 있었다. 이래서는 『카에데』가 성불하지 못할 것이다. 사쿠타가 후회하지 않도록, 『카에데』는 그를 여동생의 소원을 들어준 멋진 오빠로 만들어준 것이다.

"……"

"천천히 해도 돼."

마이는 고개를 숙인 채 생각에 잠긴 사쿠타에게 상냥한 목소리로 말을 걸었다.

"마음의 상처는 낫는데 시간이 걸릴 거야."

"뭐, 이제 와서 폼을 잡아봤자 아무 소용없기도 하고요."

"자, 또 만세~ 해봐."

마이는 벽장에서 꺼낸 셔츠를 펼치면서 그렇게 말했다. 그녀는 왠지 즐거워보였다. 사쿠타를 간병하는 걸 즐기고 있는 것 같았다.

사쿠타도 즐거웠지만, 이대로 어리광을 부릴 수는 없다.

"혼자 입을게요."

사쿠타는 그렇게 말하면서 마이에게서 셔츠를 빼앗았다.

"안 돼."

그러자 마이가 사쿠타에게서 셔츠를 빼앗으려 했다.

"아, 이제 진짜로 괜찮아요. 마이 씨, 고마워요."

"평소에는 시도 때도 없이 어리광을 부리려고 하면서, 오늘은 왜 이러는 거야?"

"뭐, 나도 마음 같아서는 그러고 싶지만……."

마이는 사쿠타의 말을 이해하지 못했는지, 영문을 모르겠다는 눈빛을 띠었다.

"마이 씨가 감기에 옮아서 일을 펑크 내기라도 했다간, 평소 신세지고 있는 사람들에게 폐를 끼칠 거잖아요."

사쿠타는 그렇게 말하며 셔츠를 입었다. 그러자 마이는 입을 꾹 다문 채 사쿠타를 쳐다보았다. 화가 난 것일지도 모른다고 사쿠타는 생각했지만, 실은 그렇지 않았다.

"저기, 그건 그렇지만…… 이 정도로 감기에 옮지는……."

마이는 그런 설득력 없는 변명을 늘어놓으며 물고 늘어졌다. 왠지 마음껏 놀지 못한 어린애 같았다.

"마이 씨."

결국 사쿠타는 좀 세게 나가기로 했다. 「그러면 안 돼」라는 의미를 담아, 그녀의 이름을 말했다.

"알았어. ……왜 내가 꾸중을 듣고 있는 거지?"

마이는 입으로 불만을 늘어놓으면서도 표정은 왠지 즐거워보였다.

"왠지 신선한 느낌이야. 가슴이 좀 뛰었어."

"버릇이 될 것 같나요?"

"때로는 이러는 것도 괜찮겠네."

마이는 장난기 어린 미소를 지었다.

"빨리 나아. 다음 주에는 기말고사가 있잖아."

마이는 그렇게 말하면서 자리에서 일어났다. 순식간에 마음을 다잡고 평소의 마이로 되돌아간 것 같았다.

"시험 같은 건 떠올리고 싶지도 않다고요."

"그럼 푹 쉬어."

마이는 입구 쪽으로 가더니, 방문을 닫으면서 살며시 손을 흔들었다.

"아, 마이 씨."

"왜?"

"귤 통조림이 먹고 싶어요."

"……."

사쿠타가 느닷없이 그런 소리를 하자, 마이는 한순간 어리둥절했다. 하지만 곧 「건방지다니깐」 하고 작은 목소리로 중얼거렸다.

"알았어. 사올게."

마이는 그렇게 말하며 문을 조용히 닫았다.

이 방에 정적이 찾아왔다. 목소리가 잦아들자, 거실 쪽에서 텔레비전 소리가 희미하게 들려왔다. 카에데와 쇼코가 텔레비전을 보고 있는 것이리라. 사쿠타는 그 소리를 들으면서 감기에 걸리는 것도 괜찮다는 생각이 들었다.

3

열차에서 내리자, 바다 냄새가 코를 스쳤다.

"왠지 안심이 되네."

미네가하라 고교의 학생들로 혼잡한 이른 아침의 조그마한 역 플랫폼. 카나자와에 다녀왔던 수요일, 그리고 감기 때문에 뻗어버린 목요일…… . 겨우 이틀 동안 학교를 쉬었을 뿐인데, 시치리가하마 역의 바닷바람이 담긴 공기가 불가사의하게도 반갑게 느껴졌다.

오늘은 12월 5일. 금요일.

사쿠타는 감기에 걸렸으니 이번 주는 쉬고 다음 주 월요일부터 학교에 가면 될 거라고 생각했지만. 오늘 아침에 일어나보니 감기가 씻은 듯이 나았다. 일단 열이 있는 척 하면서 학교를 안 가려고 했지만, 마이는 사쿠타의 거짓말을 간단히 꿰뚫어봤다.

"어설픈 연기 하지 말고, 다 나았으면 빨리 옷이나 갈아입어."

아역시절부터 연기로 정평이 난 사쿠라지마 마이에게 이런 말을 들었으니, 순순히 「예, 잘못했습니다」 하고 사과할 수밖에 없었다.

줄지어선 학생들과 마찬가지로 간이 개찰기에 정기권을 대며 개찰구를 지난 사쿠타는 그대로 역 밖으로 나갔다. 같은 교복을 입은 학생들은 이미 보이기 시작한 학교를 향해 무질서하게 이동했다. 짧은 다리를 건너고, 건널목을 지나자, 교문 앞에 도착했다.

클래스메이트와 이야기를 나누며 안으로 들어가는 학생도 있고, 부활동 선배에게 인사를 하는 학생도 있었다. 스마트폰을 만지작거리면서 혼자서 걷고 있는 학생도 있었다…… .

전부 매일 아침 반복되는 일상적인 풍경이다. 이 세상은 평소와 똑같았다. 오늘도 정상적으로 굴러가고 있었다. 현재 그들의 최대 관심사는 다음 주로 닥친 기말고사 같았다.

이 안에 첫사랑 여성과 한 집에서 동거 중인 학생은 아마 없을 것이다. 또한 현재 교제 중인 애인도 같이 살고 있는 학생이 존재할 리가 없다.

"평범하다는 건 정말 멋진 거네."

"그건 대체 누구 들으라고 한 말이야?"

옆에서 걷고 있던 마이가 사쿠타를 힐끔 노려보았다.

"딴 뜻은 눈곱만큼도 없습니다……."

"아, 맞다. 사쿠타."

"예?"

"점심 때, 3층에 있는 빈 교실로 와."

"마이 씨와 단둘이서 비밀스러운 수업을 하는 거예요?"

"평범하게 공부를 가르쳐줄 거야."

시험도 코앞까지 다가왔잖아, 하고 마이는 놀리는 듯한 어조로 말했다.

"평범하다는 건 정말 멋진 거군요."

마이는 그 말을 듣고도 아무 소리 하지 않았다.

주말이 되자, 사쿠타는 자신의 집에서 마이와 스터디 모임을 가졌다. 정확하게 말하자면, 마이가 사쿠타에게 공부를 가르쳐주는 모임을 말이다…….

이번에 이 모임에 참가한 노도카는 불평불만을 늘어놓으며 사쿠타에게 공부를 가르쳐줬다. 노도카는 겉모습과 달리 질문을 받으면 성실하게 대답해줬다.

뜻밖인 사람은 쇼코였다. 마이와 노도카가 휴식을 취하고 있을 때 방에 들어와서, 사쿠타에게 수학과 물리를 가르쳐줬다.

"쇼코 씨는 공부를 잘하는군요."

그것들은 어린 쇼코가 풀 수 없을 문제였다. 아직 중학교 1학년이니까 말이다. 하지만 어른 쇼코는 그런 문제들을 척척 풀었다.

"그야 대학생이라는 설정이니까요."

"나도 그런 설정이면 좋겠어요."

버라이어티한 세 명의 여성 가정교사 덕분에 12월 8일 월요일에 시작된 기말고사 때는 답안지를 채우느라 정신없이 바빴다. 몰라서 풀 수 없는 문제만 잔뜩 있다면 시험은 금방 끝난다. 하지만 풀 수 있는 문제가 많으면 많을수록 그걸 전부 풀기 위해 시간에 쫓긴다. 졸 시간도 없었기에 수면도 부족했다.

그렇게 충실한 시험기간도 어느새 마지막 날을 맞이했다.

마지막 시험은 물리였다. 시험을 포기한 학생들이 속출하는 가운데, 사쿠타가 답안지를 얼추 다 채웠을 즈음에 시험 종료를 알리는 종소리가 교실에 울려 퍼졌다.

"드디어, 끝났네……."

머리를 쓰니 뇌가 피곤했다. 뇌가 피곤하니 무기력해졌다.

사쿠타가 피로 때문에 책상에 엎드린 사이, 2학년 1반 교실은 흥분으로 가득 찼다. 「끝났어~」, 「놀러가자~」, 「다양한 의미에서 끝났네……」, 「바다에 가자!」, 「바보, 밖은 춥단 말이야!」 같은 목소리가 들려왔다.

이 시끌벅적한 분위기는 종례가 시작된 후에도 가라앉지 않았다. 담임교사도 오늘 정도는 봐주자고 생각한 것인지, 주의를 줘봤자 소용없다고 생각한 것인지, 별 말 하지 않았다.

"들떠서 촐랑대다 겨울방학 직전에 다치지는 마라."

그런 고마운 충고를 해주며 종례를 끝냈다.

그러자 교실 안은 더욱 시끌벅적해졌다. 사쿠타의 반보다 먼저 종례가 끝난 반도 있는지, 복도에서 시끌벅적한 소리가 들려왔다.

학교 안은 시험 뒤풀이 분위기에 휩싸여 있었다. 사쿠타도 가능하다면 마이와 데이트를 하고 싶지만, 그녀는 오늘 오후에 패션 잡지의 촬영 스케줄이 잡혀 있다고 한다. 시험이 끝나자마자 바로 도쿄에 있는 스튜디오로 향했을 것이다.

시험이 끝났으니 이제 집에 가지고 갈 필요가 없어진 교과서들을 전부 책상에 집어넣었다. 그리고 사쿠타는 텅 빈 가방을 잠근 후, 여전히 시끌벅적한 교실 안을 둘러보았다.

공부라는 이름의 속박에서 해방된 교실 안에서는 긴장감

이 사라졌다. 기말고사 마지막 날 방과 후는 항상 이런 느낌이었다. 매번 반복되는 이 평범한 일상이, 사쿠타의 눈에는 왠지 매정한 광경처럼 보였다.

"……."

사쿠타는 어떤 중학생을 떠올렸다. 그 사람은 바로 어린 쇼코다.

쇼코는 아직도 병원에 입원해 있었다. 사쿠타는 시험 기간에도 매일같이 문병을 갔다. 그리고 일전에 느꼈던 걱정이 기분 탓이 아니라는 사실을 실감했다.

─좋지 않나 보네.

최근 일주일 동안, 쇼코와 쇼코의 병실은 여러모로 달라졌다. 쇼코는 링거를 맞게 되었고, 산소흡입기도 때때로 착용했다. 침대 옆에는 사쿠타가 한 번도 본 적이 없는 거대한 의료기기가 놓여 있었다.

얼굴과 손발이 붓거나, 안색이 나빠진 쇼코를 보면서, 사쿠타는 머리 한 편으로 무엇이 정답인지 생각해봤다. 하지만 답을 찾지 못한 그는 그 생각으로부터 고개를 돌렸다. 태연한 얼굴로 쇼코의 이야기 상대가 되어줄 수밖에 없었다.

"아, 사쿠타. 여기 있었구나."

사쿠타는 귀에 익은 목소리를 듣고 혼자만의 생각에서 빠져나왔다. 교실에 들어온 사람은 사쿠타의 몇 안 되는 친구 중 한 명인…… 쿠니미 유마였다. 그는 곧 사쿠타에게 다가

왔다.

"쿠니미구나. 나는 딱히 너한테 볼일 없거든?"

"나는 있어. 일요일에 아르바이트 대타 좀 해주지 않을래?"

"애인과 데이트하기로 한 거야?"

유마는 사쿠타의 클래스메이트인 여학생과 사귀고 있다. 이 반의 리더 격 존재인 그녀의 이름은 카미사토 사키다. 그녀는 교실 입구 쪽에서 이쪽을 힐끔힐끔 쳐다보고 있었다. 요즘 유행하는 헤어스타일과, 요즘 유행하는 화장을 했으며, 치마 길이 또한 이 추운 날씨에도 요즘 유행에 맞추고 있었다. 사쿠타는 훤히 드러난 그녀의 다리를 보며 추위를 느꼈다. 뭐, 사키만이 아니라 다른 여자애들도 매한가지지만 말이다. 학교 안에서는 체육복이라도 입으면 될 텐데, 정말 패션을 중시하는 여자 고등학생들도 고생이 많다.

"실은 급하게 농구부 연습 시합이 잡혔거든."

"그래? 알았어."

"……."

사쿠타가 승낙을 했지만, 유마는 이상하다는 듯한 눈길로 그를 쳐다보았다.

"내가 거절하기를 바랐던 거야?"

"아르바이트를 바꿔주는 건 정말 고마워."

"그럼 왜 이러는 건데?"

"사쿠타야말로 무슨 일 있었어?"

"뭐?"

"오늘 기분이 꽤 나쁜 것 같아."

"그럴 리가…… 너, 정말 대단하구나."

사쿠타는 얼버무릴까도 했지만, 유마에게 지적을 당했으니 그래봤자 부질없다는 생각이 들어 관뒀다.

"뭐랄까……."

유마와 눈을 마주치며 할 이야기는 아니기에, 사쿠타는 교실을 향해 고개를 돌렸다. 지금도 3분의 1 정도의 학생이 교실에 남아서 방과 후에 뭘 할 것인지 이야기하고 있었다.

"나는 딱히 고등학생이 되자고 생각한 적이 없는데, 고등학생이 됐어."

"나도 그래. 아마 다들 그럴 거야."

유마는 영차 하고 말하며 사쿠타의 책상에 걸터앉았다.

"마키노하라 양 때문에 이러는 거구나."

유마는 복도를 쳐다보면서 사쿠타의 정곡을 찌르는 발언을 했다.

"용케도 눈치챘네."

"뭐, 당연하잖아."

유마도 어린 쇼코와 만난 적이 있다. 약 한 달 전, 쇼코가 미네가하라 고교의 문화제를 보러 왔을 때 만났던 것이다. 쇼코는 미인 대회 쪽 일에도 관여했으니, 두 사람 다 상대방을 기억하고 있을 것이다.

"사쿠타, 요즘 매일 문병을 가잖아."

"그저께는 쿠니미도 후타바와 함께 갔었다며? 마키노하라 양에게 들었어."

"방과 후에 역에서 후타바와 만났는데 문병을 간다잖아. 그래서 나도 같이 갔어."

유마의 목소리가 약간 가라앉은 것은 아마 병원 침대에 누워있는 쇼코를 떠올렸기 때문이리라.

문화제 때는 기운이 넘치고 몸 상태도 좋아 보였다. 유마는 그때를 기억하고 있을 테니, 어린 쇼코의 몸이 훨씬 작아 보였으리라…….

매일 문병을 가는 사쿠타조차도 하루 만에 그녀가 얼마나 달라졌는지 눈치챌 수 있었다. 카나자와에서 돌아온 날에 느꼈던 불안은 날이 갈수록 커져만 가고 있었다. 그 불안은 초조라고 불리는 것이리라. 아무 것도 할 수 없다는 데서 비롯된 초조…….

그리고 그 불안과 초조는 병원 이외의 장소에서 느닷없이 폭발할 때가 있다. 별것 아닌 일상 속에서, 그 일상을 경험할 수 없는 쇼코라는 존재를 강하게 의식하고 마는 것이다.

지금 사쿠타의 눈앞에 펼쳐진 방과 후의 시끌벅적한 교실 풍경은 그에게 아무런 가치도 없다. 하지만 가치가 없다고 생각할 수 있다는 것은 건강하게 태어났다고 하는 커다란 가치를 지녔기 때문일지도 모른다. 너무나도 당연하기에, 누구나 다 그 가치를 지녔다고 생각하기에, 그것의 고마움을, 사쿠타는 지금까지 눈치채지 못했다.

"사쿠타는 최선을 다하고 있어. 자기가 할 수 있는 일을 전부 하고 있잖아."

"그냥 문병을 갈 뿐이야."

사쿠타는 자신의 목소리가 메말랐다고 느꼈다.

"마키노하라 양은 사쿠타 이야기만 했어. 사쿠타 씨가 선물을 줬다. 사쿠타 씨가 어제도 만나러 와줬다. 사쿠타 씨, 사쿠타 씨, 하고 말이지."

"……."

"그렇게 즐겁게 사쿠타의 이야기를 할 수 있도록, 사쿠타는 잔뜩 주고 있다고."

"뭘 말이야?"

"알면서 묻지 마."

유마는 책상에서 힘차게 일어섰다.

"그럼 나는 부활동을 하러 갈게. 일요일에 아르바이트를 대신 해주기로 한 거, 잘 부탁해."

"아, 깜빡할 뻔 했네."

"깜빡하지 말라고."

유마는 웃으면서 교실을 나갔다. 그러자 복도에 있던 카미사토 사키가 유마에게 말을 걸었다. 사키는 애인과 이야기를 나눠서 기쁜지 웃고 있었다. 그리고 부끄러워하듯 볼을 약간 붉혔다. 유마 또한 사키에게 『뭔가』를 주고 있는 것 같았다.

"주고 있다, 라……."

유마가 한 말이 무슨 뜻인지는 알고 있다. 기쁘다, 즐겁다, 죽 이대로 있으면 좋겠다, 같은 행복한 생각을 상대방이 할 수 있도록 해주는 것. 일본인은 좀처럼 쓰지 않는 표현이지만, 이 세상에서는 그런 것을 사랑이나 애정이라고 부른다. 그런 거창한 것을 자신이 남에게 주고 있다는 생각이 전혀 들지 않았다. 들지 않지만, 자신의 곁에 있는 소중한 이에게 있어서만큼은 그런 인간이 되고 싶다는 생각이 들었다.

사쿠타는 자신의 버팀목이 되어준 말을 떠올렸다.

2년 전, 고등학생이었던 쇼코가 했던 말이다.

—사쿠타 군, 저는 말이죠. 인생이라는 게 상냥해지기 위해 존재하는 거라고 생각해요.

그 말에는 그런 뜻이 담겨 있었던 것이 아닐까.

"쇼코 씨는 대단하네……. 고2 때 그 경지에 이르렀잖아."

사쿠타도 고등학교 2학년이 되었다. 당시의 쇼코와 동갑이 된 것이다. 하지만 쇼코와 같은 일을 자신이 할 수 있을 거라는 생각은 전혀 들지 않았다. 모르는 중학생에게 느닷없이 말을 거는 것은 상당한 위험을 동반하는 행동이다. 괜한 오해를 받을지도 모른다. 실제로 사쿠타는 미아가 된 네

살짜리 어린애에게 말을 걸었다가 귀여운 여고생에게 엉덩이를 걷어차인 적이 있었다.

그런 생각을 하고 있을 때, 갑자기 가슴이 욱신거렸다. 몸에서 식은땀이 흘러나왔다. 사쿠타는 불길한 예감에 사로잡힌 채 와이셔츠 단추를 두 개 풀고 자신의 가슴을 쳐다보았다.

그러자 가슴에 난 세 줄기 상처가 눈에 들어왔다. 그 상처에는 희미하게 피가 배어 있었다.

"으음, 크리스마스 때까지 나아야 할 텐데……."

카나자와에서 마이와 했던 약속을 지키면 끝내주는 선물을 받기로 되어 있는데…… 이 상태로는 마음 놓고 러브러브를 할 수가 없다. 아니, 상처에 정신이 팔려서 다른 건 신경을 쓰지 못할 것 같았다.

"진짜 부탁 좀 하자. 응?"

"아즈사가와, 뭐하는 거야?"

사쿠타가 고개를 들어보니, 흰색 가운을 걸친 여학생이 눈앞에 서있었다. 머리카락을 올려 묶고, 지적인 안경을 썼으며, 눈빛에는 경멸이 어려 있었다.

"요즘 유행하는 플레이야?"

"후타바, 마침 잘 됐어."

"나는 도와주지 않을 거야."

"그렇고 그런 플레이가 아니라고."

"그것보다, 이거나 받아."

리오는 표정을 바꾸지 않은 채 자신의 스마트폰을 사쿠타에게 내밀었다.

"뭐?"

사쿠타는 영문을 모르겠다는 표정을 지었다.

"받아보면 알아."

"뭘 말이야?"

"전화."

스마트폰의 화면을 보니 통화 중이었다. 게다가 화면에 표시된 번호는 눈에 익었다. 그것도 그럴 것이, 사쿠타가 사는 맨션의 전화번호였던 것이다. 즉, 자신의 집에서 걸려온 전화다.

"여보세요?"

사쿠타는 일단 전화를 받았다.

"아, 사쿠타 군인가요?"

"예, 사쿠타 군인데요."

"저는 누구일까요?"

"이런 짜증나는 소리를 하는 사람은 내 주변에 쇼코 씨뿐이에요."

"아직 학교에 있나 보군요. 연락이 닿아서 다행이에요. 후타바 씨에게 고맙다는 말 좀 전해주세요."

"그런데, 무슨 일이죠?"

사쿠타가 집에 돌아오기 전에 연락을 취해야 할 이유가 있는 것일까. 그것도 리오에게 도움을 청하면서 말이다.

"오늘은 저와, 데이트를 해줘야겠어요."

"싫은데요."

"그렇게 마이 씨가 무섭나요?"

　쇼코는 도발적인 어조로 말했다.

"그래요."

　사쿠타는 태연한 어조로 대답했다.

"사쿠타 군, 실은 마이 씨의 기분이 나빠질까봐 이러는 거죠?"

"그래요."

　사쿠타는 부정하는 것도 귀찮았기에 그냥 쇼코의 말에 동의했다.

"하지만 그렇게 마이 씨를 생각한다면, 저와 데이트를 하는 편이 좋을 텐데 말이죠."

　쇼코는 의미심장한 목소리로 그렇게 말했다. 사쿠타를 낚으려는 것이다.

"데이트를 하면, 사춘기 증후군이 해소되고, 쇼코 씨도 성불하나요?"

"그래요."

　사쿠타가 농담 삼아 한 말이 아무래도 사실이었던 것 같았다.

"농담이면 화낼 거예요."

"잠시만 학교에서 기다려 주세요. 30분 후에 시치리가하마의 주차장에 있는 하와이언 카페에서 만나요."

쇼코는 사쿠타의 텐션을 무시하며 멋대로 그렇게 말했다.

"하와이언 카페?"

처음 듣는 단어였다. 어느 가게를 말하는 것인지 사쿠타는 알 수 없었다.

"폐점한 패스트푸드점 자리에 봄부터 하와이언 카페가 오픈한다던데, 거기 아닐까?"

리오가 그렇게 말했다. 쇼코의 목소리가 큰 것인지, 스마트폰의 볼륨에 문제가 있는 것인지, 옆에 있는 리오도 그녀의 목소리를 들은 것 같았다.

"거기 말이구나. 알았어요."

"그럼 잠시 후에 봐요."

쇼코는 즐거운 듯한 웃음을 흘리며 전화를 끊었다.

사쿠타는 통화 종료 버튼에 손을 댄 후, 리오에게 스마트폰을 돌려줬다. 리오는 스마트폰을 받더니, 뭔가 할 말이 있다는 듯이 사쿠타를 쳐다보았다.

"마이 씨에게는 내가 말할 테니까, 너는 잠자코 있어줘."

"나, 아직 아무 말도 하지 않았어."

"쓰레기를 보는 눈으로 나를 쳐다보고 있잖아."

"나는 평소에도 이런 눈으로 너를 쳐다봤어."

"그것도 좀 너무하네."

리오는 할 말이 남은 듯한 눈길로 사쿠타를 쳐다보고 있었다.

"할 말이 더 있는 거야?"

"별 거 아냐."

"그래도 말해줘."

"아니, 됐어."

"네가 그러니 엄청 신경 쓰인다고. 밤에도 잠이 안 올 것 같단 말이야."

"내 말을 들으면 더 자기 힘들 거야."

리오의 눈동자에 거짓은 어려 있지 않았다. 진지한 눈빛만이 존재했다. 하지만, 그렇기 때문에 사쿠타의 대답은 결정된 것이나 다름없었다.

"그래도 안 들으면 신경이 쓰일 것 같아."

리오는 조용히 숨을 들이마셨다. 그리고 사쿠타에게서 눈을 떼며…….

"아즈사가와는 쇼코 씨를 어떻게 생각해?"

……하고 물었다.

"그야…… 뭐, 첫사랑이야."

그것은 마이와 사귀고 있든 말든 변치 않는 사실이다.

"그런 뜻으로 물은 게 아냐."

"뭐?"

리오가 무슨 말을 하려는 것인지 짐작조차 되지 않았다.

"정확하게는「쇼코 씨는 대체 뭘까?」라고 물은 거야."

"그야 마키노하라 쇼코겠지."

그 이상도, 그 이하도 아닐 것이다.

"내가 둘로 나뉘어졌을 때는, 나 자신이 또 한 명의 나를 나라고 여길 만큼, 두 후타바 리오는 후타바 리오였어."

"뭐, 그랬지."

사쿠타 또한 당시의 리오를 보며 한쪽이 가짜라고는 눈곱만큼도 생각하지 않았다. 양쪽 다 진짜라고 생각했던 것이다. 그때는 정말 기묘한 감각에 휩싸였다.

그에 비해, 사쿠타가『마키노하라 양』과『쇼코 씨』를 보며 받은 인상은 완전히 달랐다. 두 사람을 동일인물이라고 여길 수가 없었던 것이다.

리오가 무슨 말을 하려는 것인지 조금은 알 것 같았다. 분명 그런 위화감에 대해 나름대로 생각하는 바가 있는 것이리라.

"쇼코 씨라는 존재가 쇼코 양이 미래에 자신의 모습이라는 걸 인정한다면, 쇼코 씨 본인은 자신이라는 존재를 어떻게 생각할까?"

리오는 사쿠타에게 질문을 던지고 있지만, 아마 그녀는 대답을 원치 않을 것이다. 자신의 내면에 존재하는 애매한 의문을 입에 담기 위해, 이런 식으로 말했을 뿐이리라.

"지금 이 자리에 있는 아즈사가와의 인격은, 아즈사가와가 이 순간까지 쌓아온 시간과 경험…… 즉, 기억의 축적을 통해 형성된 거라고 나는 생각해."

"그렇겠지……."

충분히 납득이 되는 이야기였다. 기억과 인격, 그 두 가지가 깊은 관련성을 지녔다는 사실은 카에데가 걸렸던 해리성 장애를 통해 사쿠타도 충분히 실감했다. 『카에데(花楓)』의 기억을 잃고, 『카에데』라는 인격이 탄생했다. 거꾸로, 『카에데(花楓)』의 기억이 돌아오자, 『카에데』의 인격은 사라져버렸다. 그 일이 있고 아직 많은 시간이 흐르지는 않았다. 당시의 감정 또한 선명하게 기억하고 있었다.

"그렇게 볼 때, 쇼코 씨를 형성하고 있는 것은 대체 어떤 기억이냐는 생각이 들었어. 쇼코 씨의 말을 믿자면, 그녀는 열아홉 살일 거야. 중학교 1학년인 쇼코 양과는 예닐곱 살 정도 차이가 나."

"마키노하라 양이 꿈꾼 미래의 자신이라는 것만으로는 안 되는 거야?"

"그럼 공백이 된 6, 7년간의 기억은 어떻게 될 거라고 생각해?"

리오는 질문에 질문으로 답했다. 매우 어려운 질문이었다. 하지만 리오가 하고 싶은 말의 의미를 이해하기에는 충분했다. 기억의 축적이 인격을 만든다. 방금 그런 이야기를 했었던 것이다.

"텅 비어있다거나, 단편적이라고 보는 건 어렵겠지."

"만약 텅 비어 있다면, 그게 태도에 드러날 거라고 생각해."

『카에데(花楓)』 때도, 『카에데』 때도 그랬다. 이어지지 않는 기억이 두 사람을 혼란에 빠뜨렸다. 하지만 쇼코는 혼란에 빠지지 않았다. 말 한 마디 한 마디가 명확했으며, 설득력이 담긴 연상다운 언동으로 사쿠타를 구원해줬던 것이다. 그것도 두 번이나……

가장 먼저 떠오르는 것은 바로 그 말이다.

―상냥함에 도달하기 위해, 저는 오늘을 살아가고 있어요.

대체 어떤 경험을 하면 그런 말을 할 수 있게 되는 것일까.

―어제의 저보다, 오늘의 제가 좀 더 상냥한 인간이었으면 좋겠다고 생각하며 살고 있어요.

그때처럼, 상처 입은 사람을 따듯하게 감싸주는 상냥함을 지니게 되는 것일까.

"이 의문에 대한 후타바의 견해를 물어봐도 될까?"

"……"

"나름대로 생각하는 바가 있기는 하지?"

없다면 리오는 애초에 이런 이야기를 꺼내지 않았을 것이다.

"말도 안 되는 망상 같지만……"

리오는 조그마한 목소리로 말했다.

"그래도 이거라면 가능성은 있어."

"그게 뭔데?"

"만약 이게 사실이라면, 쇼코 씨는 우리에게 엄청난 사실을 숨기고 있는 거야."

리오의 진지한 눈빛이 사쿠타를 꿰뚫었다.

"나는 여자에게 속고도 웃어넘길 수 있어야 멋진 남자라고 생각해."

리오는 어이없다는 듯이 웃음을 흘렸다. 하지만 곧 표정을 굳히더니, 자신이 망상으로 치부했던 생각을 이야기해줬다.

"그녀는─."

4

기나긴 이야기가 끝난 후, 부활동을 하러 간다는 리오와 신발장 앞에서 헤어졌다. 시험 마지막 날의 방과 후에는 부활동을 쉬어도 괜찮을 것 같지만, 리오는 부원이 한 명밖에 없는 과학부의 부활동에 매일같이 힘썼다.

사쿠타는 신발을 갈아 신고 교문 밖으로 나갔다. 이 시간까지 학교에 남아있었던 학생도 꽤 되는지, 사쿠타 이외에도 지금 하교하는 학생이 꽤 있었다.

하지만 그들도 건널목을 건너자 사라졌다.

경보기가 울리자, 「우와, 열차가 오네」 하고 말하면서 대부분의 학생들이 역을 향해 뛰어갔다. 오른쪽에 있는 다리 너머를 쳐다보니, 시치리가하마 역의 녹색 간판이 눈에 들어왔다.

하지만 사쿠타는 바다로 이어지는 완만한 내리막길을 따라 계속 걸었다. 바다 냄새를 머금은 바람이 사쿠타의 몸을 감쌌다. 134호선의 횡단보도 앞에 선 사쿠타는 신호가 바뀌자 약속 장소인 주차장을 향해 걸음을 옮겼다.

사쿠타는 바다에 접한 넓은 주차장의 안쪽으로 나아갔다. 성수기가 되면 빈 자리가 없을 정도로 혼잡한 이 주차장도 12월에는 손으로 꼽을 수 있을 정도의 차만 세워져 있었다. 텅텅 빈 이 주차장은 해방감으로 가득 차 있었다.

쇼코의 모습은 보이지 않았다. 아직 오지 않은 것 같았다.

주차장 중앙에는 새하얀 건물이 하나 있었다. 한 달 전까지 영업을 했던 패스트푸드점 점포다. 경기 불황 때문인지 허무하게 폐점하고 말았다. 사쿠타는 바다가 한 눈에 들어오는 이 가게에 꽤 애착을 가지고 있었기에 정말 아쉬웠다.

이 근처에는 전망 좋은 카페나 레스토랑이 있지만, 고등학생인 사쿠타가 마음 편히 드나들만한 곳은 이 패스트푸드점뿐이었다. 주위에 있는 가게에서는 화려한 아우라가 마구마구 뿜어져 나오고 있었기에, 편한 마음으로 드나들 수가 없었다.

굳게 닫힌 패스트푸드점의 입구에는 종이가 두 장 붙어 있었다. 한 장은 폐점을 알리는 글이었다. 그리고 다른 한

장은 봄에 오픈할 예정인 하와이언 카페를 안내하는 글이었다. 아무래도 팬케이크와 스크램블 에그로 유명한 근처 가게의 계열 점포가 이 건물에 들어서는 것 같았다. 즉, 사쿠타와는 인연이 없는 가게가 생기는 것이다.

"사쿠타 군, 벌써 왔군요."

사쿠타가 그 목소리를 듣고 고개를 돌려보니, 쇼코가 등 뒤에 서있었다. 품이 넉넉한 스웨터와 롱스커트를 입었으며, 어깨에는 숄을 걸치고 있었다. 색상은 겨울의 차분한 분위기에 맞춘 것 같았다. 장난을 좋아하는 쇼코의 성격과는 대조적이었으며, 심플함과 연상다운 여유가 느껴졌다.

"혹시 오래 기다렸어요?"

"3분 정도 기다렸네요."

"컵라면이 익을 시간이군요."

쇼코는 별다른 의미가 없는 말을 하면서 폐점한 패스트푸드점 건물을 올려다보았다. 문 닫은 지 얼마 안 되었지만, 사람들이 이용하지 않는 건물은 금방 낡아버린 것처럼 보인다. 정말 불가사의한 일이다.

"아직 오픈하지 않았네요. 여기서 점심을 먹을까 했는데 말이죠."

이곳에서 식사를 하기 위해 뱃속을 비우고 왔는지, 쇼코의 배에서 「꼬르륵」 하는 소리가 흘러나왔다.

"그런데 카에데는 뭐하고 있나요?"

사쿠타는 일단 못 들은 척 했다.

"무시당하는 것도 좀 부끄럽네요."

쇼코는 얼굴을 약간 붉히면서 사쿠타를 노려보았다.

"꼬르륵 소리 한 번 정말 크네요."

"그런 말은 여자애 앞에서 하면 안 돼요."

그럼 대체 뭘 어쩌라는 걸까.

"카에데 양은 집에 틀어박혀서 읽던 책을 끝까지 읽을 거래요. 실은 같이 가자고 말해봤는데 거절당했죠."

"옛날부터 작정하고 책 읽을 때는 항상 그랬으니까 신경 쓰지 마세요."

카에데는 책을 중간에 멈추지 않고 끝까지 쭉 읽는 걸 좋아한다고 자기 입으로 말한 적이 있다. 그래서 친구에게서 온 메일이나 메시지에 늦게 대답할 때도 있다고 한다.

"아, 카에데 양의 점심은 챙겨놓고 왔으니 안심하세요."

"안심했으니 바로 데이트를 시작하죠."

"저와의 데이트가 정말 고대되나 보군요."

"빨리 사춘기 증후군을 해결해버리고 싶은 것뿐이에요. 진짜로 해결할 수 있을지는 모르겠지만요."

솔직히 말해 그다지 기대하고 있지는 않았다. 사쿠타는 쇼코에게 그 점을 밝혔다.

"그럼 가볼까요."

쇼코는 그런 소리를 하는 사쿠타를 향해 미소를 지은 후,

걸음을 내디뎠다. 두 사람은 134호선을 따라 동쪽으로 향했다. 그쪽에는 가마쿠라가 있다.

사쿠타는 바닷가에 존재하는 길을 쇼코와 나란히 걸었다. 참고로 사쿠타는 차도 쪽에 섰다. 그 사실을 눈치챈 쇼코가 눈웃음을 흘렸다.

"어디에 가는 거죠?"

사쿠타는 쇼코가 괜한 소리를 하기 전에 질문을 던졌다.

"그건 도착할 때까지 알려주지 않을 거예요."

"그럼 기대는 하지 않는 편이 좋겠네요."

어차피 쓸데없는 짓을 꾸미고 있을 게 틀림없다. 쇼코의 가벼운 발걸음이 사쿠타의 경계심을 자극했다.

쇼코는 가장 가까운 역인 시치리가하마 역의 반대쪽을 향했다. 그래서 사쿠타는 목적지가 걸어서 갈 수 있는 곳이라고 생각했다.

하지만 그것은 착각에 불과했던 것 같았다.

일부러 다음 역인 이나무라가사키 역까지 걸어온 쇼코는 태연하게 개찰구를 통과하더니, 가마쿠라 행 열차에 탄 것이다.

사쿠타가 매일같이 통학에 이용하는 고풍스러운 분위기의 이 차량은 후지사와에서 가마쿠라로 향하는 에노시마 전철의 열차다.

두 사람은 선두차량의 가장 앞문을 통해 열차에 탑승했다. 열차에 탄 쇼코는 어린애처럼 운전석 쪽 창문에 바짝 붙어 섰다. 사쿠타는 그런 쇼코의 옆에 섰다.

달리기 시작한 열차는 선두차량 특유의 경치를 사쿠타에게 보여줬다. 이 열차가 달리는 선로와 좌우의 집 사이의 거리는 얼마 되지 않았다. 주위 건물이 너무 붙어 있는 탓에 열차가 천천히 달리는 풍경에서 불가사의한 박력이 느껴졌다.

"저기, 쇼코 씨."

"예?"

"왜 한 정거장 걸어가서 열차를 탄 거예요?"

열차를 탈거라면 시치리가하마 역에서 타는 편이 나았을 것이다.

"바닷가 산책도 데이트의 일환이에요. 좀 진지하게 데이트에 임해달라고요."

어찌된 영문인지 사쿠타는 꾸중을 듣고 말았다.

"나야 한 정거장 정도는 걸어도 괜찮아요."

거리도 얼마 안 되니 딱히 불만은 없었다.

"그럼 뭐가 문제죠?"

"쇼코 씨의 몸은 괜찮은 거예요?"

원래의 쇼코…… 어린 쇼코는 몸이 좋지 않아서 현재 병원에 입원 중이다. 게다가 의료 지식 같은 건 없는 사쿠타가 보기에도 몸이 좋아 보이지 않았다. 쇼코가 입원한 병실에 들어가면 묵직한 분위기가 발치에서 스멀스멀 기어 올라오는 듯한 느낌이 들었다.

그러니, 지금 이 자리에 있는 쇼코가 건강하다고 생각해도 괜찮은 것일까. 그런 솔직한 의문, 그리고 그 의문에서 비롯된 일말의 불안감이 사쿠타를 엄습했다.

"제 몸은 튼튼해요. 몸도 튼튼, 마음도 튼튼, 이죠."

쇼코는 자기가 위트 있게 한 마디 했다고 생각하는지 의기양양한 표정을 지으며 사쿠타를 돌아보았다.

"농담조로 대충 넘기려고 하지 말아요."

"데이트 분위기를 띄워보려고 한 것뿐이라고요."

"그럼 우선 내 불안부터 해소해주세요."

"진짜로 괜찮아요. 위중한 병 때문에 미래를 잃은 제가, 미래를 꿈꾸며 저를 불러낸 거잖아요. 그런 제가 여전히 병에 걸린 상태라면 앞뒤가 맞지 않다고요."

"뭐, 그것도 그러네요."

"그래도 걱정해줘서 고마워요."

"별말씀을요~."

사쿠타는 열차가 나아가고 있는 선로를 쳐다보며 마음이 담기지 않은 목소리로 그렇게 대답했다.

이나무라가사키 역에서 열차를 탄 사쿠타와 쇼코는 종점인 가마쿠라 역에서 수많은 승객과 함께 내렸다.

반대편 플랫폼에서는 많은 사람들이 기다리고 있었다. 절반 정도는 관광객이었으며, 남은 절반은 쇼핑을 마치고 돌아가는 이 지역 사람들과 하교 중인 중고생이었다.

이곳이 바로 목적지인 것일까. 가마쿠라는 잘 알려진 데이트 장소다.

사쿠타는 그렇게 말하면서 개찰구로 향하려고 했지만…….

"환승은 저쪽에서 해요."

쇼코가 그의 팔을 잡아당겼다. 쇼코는 사쿠타를 요코스카 선으로 환승하는 개찰구 쪽으로 끌고 갔다.

"대체 어디에 가는 거예요?"

JR선 플랫폼에 도착한 후, 사쿠타는 부질없는 짓이라고 생각하면서도 쇼코에게 물었다.

"도착할 때까지 알려주지 않을 거예요."

쇼코는 마치 이 질문을 기다리고 있었다는 듯이 아까와 같은 대사를 입에 담았다.

"우와~, 짜증나~."

그리고 두 사람을 태운 요코스카 선 열차가 5분 정도 달린 후에 다음 역에 도착하자…….

"여기예요."

……하고 말하며 쇼코는 열차에서 내렸다. 이곳은 가마쿠라 역 다음 역인 즈시 역이다. 사쿠타는 처음 내리는 역이었다. 그래서 그런지 마음이 약간 심란했다.

처음 와보는 마을이기에, 이곳에 무엇이 있는지 모른다. 이제 쇼코의 목적지를 예상하는 게 불가능해졌다.

일단 주위를 둘러봤지만, 그것은 부질없는 행동에 지나지 않았다.

개찰구를 통과한 쇼코는 주저 없이 역 앞의 버스 정류장에서 줄을 섰던 것이다. 그리고 버스 로터리를 돌아서 온 버스에 탑승했다.

2인승 시트에 어깨를 맞대며 앉은 후…….

"아까, 「여기예요」 하고 말했었죠?"

참다못한 사쿠타가 딴죽을 날렸다. 버스에 탔으니 그 말은 잘못됐다는 느낌이 드는데…….

"사쿠타 군은 언제부터 이런 사소한 일을 신경 쓰는 왜소한 인간이 된 거죠?"

"분명 지금부터일 거예요."

"사쿠타 군에게 또 영향을 주고 말았네요."

쇼코의 태도에서는 반성하는 기미가 전혀 느껴지지 않았다. 사쿠타는 좀 더 몰아붙여 보자고 생각했지만, 그가 입을 열기도 전에…….

"도착했어요."

쇼코가 사쿠타의 마음을 읽기라도 한 것처럼 그렇게 말하며 웃음을 흘렸던 것이다.

두 사람이 내린 버스 정류장에는 『모리토 해안』이라고 적혀 있었다.

버스에서 내리자마자, 익숙한 바다 냄새가 코를 찔렀다. 바다가 근처에 있는 것 같았다. 하지만 경치는 눈에 익지 않았다. 오른쪽을 봐도, 왼쪽을 봐도, 처음 보는 풍경만이 펼쳐져 있었다. 전혀 모르는 길이 전혀 모르는 마을로 이어지고 있었다.

주위를 두리번거리는 사쿠타와 달리, 쇼코는 자연스럽게 걸음을 내디뎠다. 쇼코를 놓쳤다간 여러모로 골치 아플 것 같았기에, 사쿠타는 순순히 그녀를 따라갔다.

"쇼코 씨는 이 근처를 잘 알아요?"

"예. 좀 아는 편이에요."

그 말은 거짓말 같지 않았다. 하지만 애매하게 얼버무리고 있는 듯한…… 그런 말투처럼 느껴졌다.

어딘가에서 본 듯한 마을의 정경이 눈앞에 펼쳐졌다. 후지사와 역에서 열차를 타고 에노시마 역에 다가갈 때 펼쳐지는 경치와 왠지 비슷한 것 같은 느낌이 들었다. 약간 외관이 특이한 리조트풍 맨션, 그리고 바닷가에 어울리게 새하얀 간판을 세워놓은 가게들 때문에 그런 느낌이 드는 것이리라.

도로 안내판에서 하야마라는 단어를 발견했다. 쇼난 지역에서 어른들의 거리라는 이미지가 멋대로 붙은 바로 그 하야마다. 분위기 있는 카페와 레스토랑이 줄지어 있을 줄 알

앉던 하야마다. 아마 그런 구역도 어딘가에 있겠지만, 지금 쇼코와 걷고 있는 이 장소는 사쿠타가 상상했던 하야마와 는 달라도 너무 달랐다.

그저 모르는 마을일뿐이다. 그런 모르는 마을에 쇼코와 단둘이서 걷고 있다는 사실이 사쿠타에게 불가사의한 감각 을 안겨줬다. 그쪽이 더 비일상적이라는 느낌이 들었다.

사쿠타와 쇼코는 모리토 다리라고 적힌 다리를 건넜다. 그리고 조금 더 나아간 두 사람은 돌고래 그림이 그려진 벽 앞에서 왼쪽으로 돌았다. 그렇게 버스가 다니는 큰길에서 벗어난 그들은 좁은 길에 들어섰다.

"대체 어디에 가는 거예요?"

한동안 순순히 따라가던 사쿠타는 같은 질문을 또 했다. 하지만 대답은 기대하지 않았다. 쇼코는 분명 이번에도 「도 착할 때까지 알려주지 않을 거예요」 하고 말하며 웃을 게 뻔했다. 사쿠타는 그렇게 생각했지만, 쇼코는 그의 예상과 는 전혀 다른 반응을 보였다.

"여기예요."

쇼코는 그렇게 말하며 걸음을 멈췄다. 눈앞에는 벽돌로 된 건물이 있었다. 3, 4층 정도 되는 이 건물은 근처에 높은 건물이 없어서 그런지 꽤 커 보였다.

이곳은 숙박시설과 레스토랑을 완비한 리조트 호텔 같았다.

사쿠타가 알 수 있었던 것은 그게 전부였다. 쇼코가 이곳에 자신을 데리고 온 이유는 짐작조차 되지 않았다.

"정말 모르겠네."

당혹스러워하는 사쿠타에게 힌트를 준 사람은 그 건물에서 나온 남녀 한 쌍이었다. 둘 다 30대 후반 정도로 보였다. 성인 커플이다.

"듣던 대로 아름다운 식장이네. 여기로 정해야겠어."

"너, 나 같은 아줌마한테 웨딩드레스를 입혀서 식을 올리고 싶어?"

"네 제자들은 진심으로 축하해줄 거라고 생각하는데?"

"그 녀석들한테 그런 모습을 보여주는 건 진짜로 싫단 말이야."

"그럼 단둘이서 몰래 올릴까?"

"그랬다간 골치 아픈 일이 벌어질 거야. 그 녀석들이 우리 결혼식을 다시 올려주겠다며 난리를 칠 게 뻔해……."

그 두 사람은 사쿠타의 옆을 스쳐지나가며 그렇게 말했다.

사쿠타는 설명을 요구하듯 쇼코를 향해 고개를 돌렸다.

"그럼 들어갈까요?"

그러자, 이미 가라앉을 대로 가라앉은 사쿠타와는 대조적일 정도로 환한 미소를 지은 쇼코의 얼굴이 눈에 들어왔다.

―『무료 견학회』.

쇼코는 그렇게 적힌 접수 용지에 『아즈사가와 쇼코』라고 당당하게 가명을 적었다.

"제 흔적이 남아있으면 어린 저한테 폐가 될지도 모르니까요."

사쿠타가 무슨 말을 하기도 전에, 쇼코는 이유를 설명해 줬다.

간단하게 접수를 마치자, 정장 차림의 누님이 사쿠타와 쇼코에게 다가왔다. 나이는 20대 후반 정도로 보였다.

"견학회에 참가해주셔서 감사합니다. 오늘 두 분의 안내를 맡은 이치하라라고 합니다. 잘 부탁드립니다."

그녀는 정중하고 절도 있게 인사를 했다. 그야말로 전문가라는 느낌이 물씬 풍기는 인물이었다.

"두 분은……."

하지만 사쿠타와 쇼코를 번갈아 쳐다본 그녀는 말문이 막힌 듯한 반응을 보였다.

결혼식장 견학을 온 사람치고는 사쿠타와 쇼코가 너무 어렸기 때문이다. 게다가 학교에서 바로 이곳에 온 사쿠타는 교복 차림이었으니, 이치하라 씨가 당혹스러워하는 것도 당연했다.

"저는 누나 애인을 대신해서 온 거예요. 급한 일 때문에 못 오게 됐거든요."

사쿠타는 태연하게 거짓말을 했다.

"그렇게 됐어요. 혼자서 이런 곳에 오는 것도 부끄러운데다, 예약을 취소하는 것도 좀 아까워서요."

쇼코는 미리 의논하지 않았는데도 태연하게 말을 맞춰줬다.

"그랬군요. 두 분 다 너무 젊으셔서 부럽다고 생각했어요······. 자, 그럼 안내를 시작하겠습니다."

이치하라 씨는 파일을 안아들면서 복도를 따라 걸었다.

그런 그녀의 뒤를 따르고 있을 때······.

"사쿠타 군은 거짓말쟁이군요."

······하고 쇼코가 작은 목소리로 말했다.

"피차일반이에요."

두 사람은 시선을 교환했다. 별것 아닌 꿍꿍이가 성공했을 뿐이지만, 왠지 즐거웠다.

처음으로 안내된 곳은 1층 레스토랑이다. 이곳을 빌려 연회를 열 수도 있다고 이치하라 씨가 가르쳐줬다. 피로연에 내놓을 간단한 요리로 시식을 위해 조금씩 준비되어 있었기에 전부 맛봤다. 이런 대접을 공짜로 받을 수 있다니, 정말 놀라웠다. 아직 점심을 먹지 않아서 텅 비어 있던 배가 가득 찼다.

2층에 가보니 커다란 홀이 있었다. 피로연에 쓰이는 장소 같았다. 하객을 몇 명까지 초대할 수 있는지도 이치하라 씨가 상세하게 가르쳐줬다.

그 후, 최상층인 3층으로 향했다.

이치하라 씨는 사쿠타와 쇼코를 양문형 도어 앞으로 안내한 후……

"이곳이 오늘 안내해드릴 마지막 시설입니다."

……하고 진지한 목소리로 말했다.

"부탁해요."

이치하라 씨가 그렇게 말하자, 양문형 도어가 안쪽에서 자동으로 열렸다.

"와아……."

사쿠타의 옆에 서있던 쇼코가 탄성을 터뜨렸다.

"……"

사쿠타는 할 말을 잃고 말았다.

눈앞에는 푸른색과 흰색으로 된 결혼식장이 존재했다. 사쿠타와 쇼코의 발치에서부터 일직선으로 쭉 뻗은 버진 로드는 유리로 되어 있었다. 투명한 천장에서 햇빛이 쏟아져 들어오자, 마치 물로 된 융단이 깔려있는 것처럼 보였다.

그 버진 로드의 끝에는 이음매가 없는 커다란 창문이 있었다. 그 창문 너머에 펼쳐져 있는 것은 바다였다. 이 장소에서 보니, 결혼식장이 바다에 떠있는 것처럼 보였다.

"자아, 들어가시죠."

쇼코는 그 말을 듣더니 버진 로드를 따라 나아갔다. 우연히 꿈속 세상에 들어온 소녀처럼, 발걸음이 불안했다.

하지만 사쿠타는 아무 말도 하지 않았다. 찬물을 끼얹을 상황도 아닌데다. 사쿠타 또한 꿈속 세상에 있는 것 같은 기분에 빠져 있었던 것이다. 그 정도로 비현실적인 공간이었다.

입구에서 스쳐지나갔던 성인 커플이 「듣던 대로 아름다운 식장이네」하고 감탄한 것도 당연했다. 이곳에 와본 이라면 그 누구라도 여기서 결혼하고 싶어질지도 모른다.

그리고 쇼코가 데이트 신청을 하면서 했던 말도 농담이나 거짓말이 아니라는 사실을 사쿠타는 이해했다. 어린 쇼코가 적지 못했던 미래 계획표의 내용 중 동거 다음은 결혼이었다. 진짜로 결혼신고를 하는 것은 비현실적이니 『분위기만이라도』 느껴보기 위해 이곳에 온 것이리라.

"드레스도 입어보시겠어요?"

잠시 후, 이치하라 씨가 뒤편에서 말을 걸었다. 고개를 돌려보니, 문 양옆에 스태프 두 명이 대기하고 있었다. 아까 문이 자동으로 열린 듯이 보인 것은 저 두 사람이 안에서 열었기 때문이리라. 트릭을 알고 나니 별것 아니라는 생각이 들었다.

"드레스라면……."

아무 말도 하지 않는 쇼코를 대신해, 사쿠타가 그렇게 말했다. 하지만 이 상황에서 드레스라고 하면 아마 그것을 가리키는 게 틀림없으리라.

"웨딩드레스입니다."

"그럴 줄 알았어요."

"저희가 취급하는 드레스 중 일부를 이번 견학회 참가자 분들께서는 입어볼 수 있습니다."

이치하라 씨는 안아들고 있던 파일을 펼쳐서 보여줬다. 드레스의 샘플 사진이 그 파일에 실려 있었다.

"드레스…… 입어 봐도 괜찮을까……."

쇼코는 사쿠타의 예상과 달리 소극적인 태도를 취했다. 방금 그 말을 듣자마자 바로 오케이를 할 거라고 생각했었기에 약간 의외였다. 쇼코라면 사쿠타를 놀리듯 「어느 게 좋을까요?」 하고 물어볼 거라고 생각했는데…….

"기왕 이렇게 된 거 입어 봐요."

"하지만……."

쇼코는 여전히 머뭇거리면서 얼굴을 살짝 붉혔다. 이제 와서 뭘 저렇게 부끄러워하는 걸까.

"이런 게 어울릴 것 같아요."

사쿠타는 이치하라 씨가 들고 있는 샘플 사진을 손가락으로 가리켰다. 두 어깨가 드러나지만, 청초한 느낌을 유지하고 있는 순백의 드레스였다.

"하지만, 역시……."

쇼코는 아직도 머뭇거리고 있었다.

"누나를 부탁해도 될까요?"

사쿠타는 그런 쇼코의 등을 밀면서 거의 억지로 이치하라 씨에게 떠맡겼다.

"예. 그럼 이쪽으로 오세요."

체념한 듯한 쇼코는 원망 섞인 눈길로 사쿠타를 쳐다보면서도 결국 결혼식장 밖으로 나갔다. 그런 그녀는 작은 목소리로 「사쿠타 군도 꽤 강압적이네요」 하고 중얼거렸지만, 사쿠타는 못 들은 척 했다.

"동생 분은 여기서 잠시 기다려주세요."

"예."

결혼식장에 홀로 남겨진 사쿠타는 식장 가장 앞줄의 의자에 앉아서 『잠시』라는 말의 의미에 대해서 생각했다.

사쿠타는 보통 5분에서 10분 정도를 가리키는 뜻으로 그 말을 쓴다. 하지만 20분이 지났는데도 쇼코는 돌아오지 않았고, 이치하라 씨도 모습을 보이지 않았다.

"일본어는 어렵네."

잠시 생각해보니, 웨딩드레스를 골라서 실제로 입는 게 5분, 10분 만에 가능할 리가 없었다. 이럴 경우의 『잠시』는 아무리 짧게 잡아도 30분 이상은 걸리지 않을까.

"그 정도로 끝나면 다행이겠지만……"

진짜 결혼식 때는 머리카락도 세팅해야 하니 시간이 더 걸릴 것 같은 느낌이 들었다. 한 시간 이상 걸리지 않기만 바랄 뿐이다.

사쿠타가 그런 정답 없는 생각에 빠져있을 때……

"오래 기다리셨습니다."

……하는 목소리가 들려왔다. 이치하라 씨의 목소리였다.

30분 넘게 기다려야만 했던 사쿠타는 불평이라도 한 마디 해주려고 고개를 돌렸다. 하지만 그의 입에서는 아무 말도 나오지 않았다.

"……."

사쿠타는 입을 쩍 벌렸다.

그런 그의 시선은 순백의 신부를 향하고 있었다. 버진 로드의 끝에 서있는 이는 웨딩드레스를 입은 쇼코였다.

"……."

쇼코는 여전히 아무 말도 못하고 있는 사쿠타를 향해, 드레스 자락을 신경 쓰면서 한 걸음씩 내디뎠다.

그녀는 양손으로 조그마한 부케를 쥐고 있었다. 드라마에서 봤던 면사포는 쓰지 않았기에, 부끄러워하는 듯한 얼굴이 훤히 드러났다. 화장도 했는지 볼이 희미하게 붉은 색을 띠고 있었다. 긴 머리카락도 단정하게 틀어 올렸으며, 목덜미에서 어깨로 이어지는 라인이 훤히 드러나 있었다.

노출된 그 라인을 본 순간, 사쿠타는 가슴이 뛰었다.

가슴은 드레스 천에 감싸여 있고, 허리 또한 꽉 조여 있었다. 치마 부분은 허리 부분부터 꽃이 활짝 피듯 펼쳐져 있었다. 장미꽃을 포개놓은 것처럼 볼륨감 넘치는 디자인이었다. 청초하면서도 화려했다.

천천히 버진 로드를 걷고 있는 쇼코를 기다리고 있는 사쿠타는 그야말로 신랑 입장에서 이 광경을 지켜보고 있었다.

"……"

사쿠타는 끝까지 아무 말도 하지 못했다.

쇼코 또한 아무 말 없이 사쿠타의 눈앞까지 걸어왔다.

그런 두 사람은 영원한 사랑을 맹세하는 장소에 서있었다.

"입, 벌어졌어요."

쇼코는 미소를 지으며 그렇게 말했다.

사쿠타는 일단 입을 다물기로 했다.

"입을 다물고 있으면 감상을 말할 수가 없을 텐데요?"

쇼코는 의기양양한 미소를 머금었다.

"뭐, 30분이나 걸렸으니 이 정도는 되어야죠."

겨우 입에서 나온 그 말도 쇼코의 눈을 쳐다보며 말하지는 못했다. 역시 이 상황에서는 멋쩍을 수밖에 없었다. 드레스의 파괴력도 엄청났다. 화장 또한 쇼코의 얼굴을 아름답게 꾸며줬다.

"즉, 그 말은……."

"너무 예뻐서 완전 위축됐어요."

"사쿠타 군에게 보여주려고 열심히 고른 보람이 있네요."

쇼코는 그렇게 말하면서 웃더니, 사쿠타의 팔을 잡아당겼다. 그리고 창밖에 펼쳐진 바다를 배경 삼듯 돌아섰다.

"쇼코 씨, 밟을 것 같다고요."

함부로 걸음을 내딛다간 진짜로 드레스 자락을 밟을 것만 같았다.

"자아, 저쪽을 쳐다보세요."

쇼코는 버진 로드 쪽을 눈짓으로 가리키며 사쿠타의 팔을 끌어안았다. 그러자 팔에서 부드러운 감촉이 느껴졌다.

사쿠타는 반사적으로 팔 쪽을 쳐다보았다. 자신의 팔에 닿은 쇼코의 가슴을 쳐다보았다. 그리고 그 자리에 『있는 것』을 본 순간, 사쿠타는 긴장감에 사로잡혔다.

"자아, 사쿠타 군. 야한 생각 하지 말고 앞쪽을 쳐다보세요."

고개를 들자, 폴라로이드 카메라를 든 이치하라 씨가 눈에 들어왔다.

"기념촬영 서비스도 부탁해뒀어요."

쇼코는 기뻐하면서 사쿠타의 팔을 더욱 세게 끌어안았다. 웨딩드레스를 입기 전에는 그렇게 주저했으면서, 옷을 갈아입고 나니 쇼코의 텐션은 하늘을 찌를 것만 같았다.

"그럼 찍겠습니다. 자아, 치즈."

찰칵 하고 셔터 누르는 소리가 들렸다.

이치하라 씨는 카메라에서 튀어나온 사진을 흔들면서 다가왔다. 사쿠타와 쇼코에게 내밀었을 즈음에는 사진이 선명하게 드러났다.

"사쿠타 군, 눈이 죽은 생선 같네요."

그런 사쿠타와 달리, 쇼코는 환한 미소를 짓고 있었다. 차분한 느낌의 드레스와 대비를 이루듯 생동감 넘치는 표정을 짓고 있었다. 좀 앳된 느낌이 감도는 그녀의 미소는 행복으로 가득 차 있었다. 그 이외의 표현이 생각나지 않을 만큼, 행복해 보였다.

하지만 사쿠타는 그것보다 더 신경 쓰이는 것이 있었기에, 쇼코의 미소에 낚이지 않았다. 아까 쇼코의 가슴을 봤을 때, 신경 쓰이는 점을 발견했던 것이다……

"아직 시간에 여유가 있으니 돌아가실 때 말해주세요. 그럼 식장 밖에 있겠습니다."

이치하라 씨는 정중하게 고개를 숙이며 그렇게 말한 후, 식장 밖으로 나갔다.

이곳에는 사쿠타와 쇼코, 단 둘만이 남았다.

"……"

"……"

두 사람 다 아무 말도 하지 않았다.

사쿠타는 침묵으로부터 눈을 돌리듯 바다를 향해 돌아섰다. 쇼코 또한 그렇게 했다.

주례만 있다면 영원한 사랑도 맹세할 수 있을 듯한 상황이었다.

"무료 견학회로 만족할 수 있을 것 같아요?"

"그런 어린 저한테 물어봐야 알 수 있을 거예요."

"쇼코 씨, 실은 물어보지 않아도 알 수 있죠?"

"……."

쇼코는 아무 말 없이 결혼식장 밖에 펼쳐진 바다를 쳐다보았다.

"가슴의 그 상처……."

사쿠타가 빙빙 돌리지 않고 그렇게 말한 것은 다른 적당한 표현이 생각나지 않았기 때문이다. 방금 사진을 찍을 때…… 쇼코가 사쿠타의 팔을 꼭 끌어안았을 때, 보였던 것이다. 부드러운 감촉을 지닌 새하얀 피부의 중심에 새겨진 한 줄기 흉터가 말이다. 그것이 무엇을 의미하는지는 쉬이 상상이 되었다. 그 정도로 명확한 흔적이었다. 확인하는 것을 주저할 필요도 없었다.

"이식수술을 받았네요."

"예."

쇼코의 어조에는 변함이 없었다. 동요도, 놀람도, 초조도 존재하지 않았다. 마치 사쿠타가 이 이야기를 할 거란 사실을 알고 있었던 것처럼, 쇼코의 태도는 차분했다.

그렇기에, 단둘만의 결혼식장에서, 사쿠타는 아직도 믿기지 않는 말을, 일종의 확신을 품으며 입에 담을 수 있었다.

"쇼코 씨는 미래에서 왔군요."

쇼코는 한순간 난처하다는 듯한 표정을 지었다. 하지만 곧 어쩔 수 없다는 듯이 한숨을 내쉬었다. 그 후, 사쿠타의 말을 인정한다는 듯이 상냥한 미소를 지었다.

제3장

마키노하라 쇼코

1

이건 전부 오늘 들은 이야기다.

어른 쇼코에게서 데이트 신청을 받은 후, 사쿠타는 리오에게서 어린 쇼코에게서 일어난 사춘기 증후군에 관한 믿기지 않는 견해를 들었다.

지금으로부터 약 세 시간 전.

기말고사가 막 끝난 방과 후의 교실에서……

"그녀는 미래에서 왔을지도 몰라."

후타바 리오는 진지한 표정으로 그렇게 말했다.

그것은 너무나도 뜬금없는 발언이었다.

"뭐?"

놀라는 것도 당연하다는 생각이 들었다. 아니, 사실은 놀라지도 않았다. 무슨 말을 들은 것인지 이해가 되지 않아서 반사적으로 되물은 것에 가까웠다.

"정확하게 말하자면, 미래에 도달한 모습이라고 표현하는 편이 옳을지도 몰라."

그 말 또한 「오호라」 하고 말하며 고개를 끄덕일 만한 표현은 아니었다. 애초에 전제조건 자체를 받아들일 수가 없는 것이다.

리오는 『미래』라고 말한 걸까. 그 『미래』라는 말의 의미를 우선 확인해볼 필요가 있을 것 같았다. 적어도 상식의 범주에 비춰볼 때, 리오는 『미래』라는 단어를 잘못 사용했다.

"그 『미래』가 내가 아는 『미래』와 같은 의미인 거야? 내년, 내후년 같은 미래 말이야."

가능하다면 아니라고 말해줬으면 한다. 그렇지 않다면, 이 이야기는 타임 트래블적인 내용으로 이어지고 마는 것이다. 사쿠타가 그런 생각을 하고 있다는 걸 아는지는 모르겠지만……

"맞아."

리오는 무정하게도 망설임 없이 고개를 끄덕였다.

"그렇구나……."

사쿠타는 일단 납득한 척 하기로 했다. 이야기의 도입부에서 막혀버렸다간 결론에 도달할 수가 없을 테니까 말이다.

"그런데 왜 그렇게 생각하는 거야?"

아직 교실에 남아있는 여자 그룹이 웃으면서 복도로 나갔다. 다른 이들은 전부 하교했기에, 2학년 1반 교실은 텅텅 비었다. 교실에는 사쿠타와 리오뿐이었다.

"전에 후타바가 말했지? 시간을 되돌리는 건 어렵다고 말이야."

"용케도 기억하고 있네."

그것은 후배인 코가 토모에가 걸린 사춘기 증후군에 사쿠타가 휘말렸을 때 나눴던 이야기다. 같은 날이 반복되는 현상에 휘말린 사쿠타에게 리오가 가르쳐준 것이 바로 『라플

라스의 악마』에 관한 일화였다.

"그래서 아까 말한 거야. 미래에서 온 게 아니라, 미래에 도달한 거라고 말이야."

"즉, 소악마처럼 미래를 시뮬레이션하고 있다는 거야?"

"그건 이 세계에 존재하는 모든 물질의 운동량과 위치정보를 파악한 후, 미래를 계산해서 예지한다는 이야기니까 이 케이스와는 달라.『쇼코 씨』와『쇼코 양』을 우리가 인식할 수 있다는 걸 설명할 방법이 없거든."

"그렇다면……."

"아즈사가와는 우라시마 효과라는 걸 알아?"

"우라시마 타로라면 알아."

"그걸 모른다면 설명을 포기했을 거야."

"이 나라에 태어나서 자란 고등학생 중에 우라시마 타로를 모르는 사람이 있긴 할까?"

만약 그런 인물이 있다면 만나보고 싶다. 어떤 인생을 살면 그럴 수가 있을까.

"우라시마 타로 이야기의 줄거리는 어떻게 돼?"

"거북이를 도와준 답례로 용궁성에 초대된 우라시마 타로가 며칠 놀고 지상으로 돌아와 보니, 수십 년이 흘렀어. 그리고 선물 받은 상자를 열어서 할아버지가 돼."

"중요한 건『용궁성에서 며칠 놀고 지상으로 돌아와 보니 수십 년이 흘렀다』는 부분인데…… 물리 세계에는 이 현상을 설명할 수 있는 이론이 존재해."

"대체 누가 그런 걸 생각해낸 거야?"

"아인슈타인."

"대체 어떤 관점에서 우라시마 타로를 읽은 거야……."

역시 천재는 일반인과 관점이 다른 것 같았다.

"우라시마 타로를 읽고 구상한 이론은 아냐. 아즈사가와 도 특수 상대성 이론이라는 말은 들어본 적이 있지? 3학년 수업에서도 다뤄."

"뭐? 진짜야?"

리오는 그냥 흘려들을 수 없는 미니 정보를 입에 담았다.

"전부는 아니지만, 일부분이 교과서에 실려 있어."

"3학년이 되고 싶지 않아……."

"공립고교에서 유급을 하는 건 여러 가지 의미에서 좀 그 렇지 않을까?"

"그런 뜻으로 한 말이 아니라고."

좀 더 판타지적인 의미에서 한 말이다. 하지만 리오는 사 쿠타의 소망 같은 것은 개의치 않으면서 하던 이야기를 계 속했다.

"그리고 특수 상대성 이론에 따르면, 물질이 고속으로 움 직일수록 시간의 흐름이 느려진다고 해."

"……무슨 소리를 하는 건지 하나도 모르겠어."

"실험 결과도 있어. 매우 정밀한 원자시계를 두 개 이용한

실험인데……."

리오는 교복 호주머니에서 파란색과 빨간색 봉지로 포장된 사탕 두 개를 꺼냈다. 소다 맛과 살구 맛일까.

"하나를 스타트 지점인 지상에 두고……."

책상에 놓인 것은 파란색 포장지에 든 사탕이다.

"다른 하나를 스타트 지점에서 비행기를 태운 다음, 지구를 한 바퀴 돌게 하는 거야."

빨간색 포장지에 든 사탕은 책상을 한 바퀴 돈 다음, 파란색 포장지에 든 사탕의 곁으로 돌아왔다. 이 사탕이 『매우 정밀한 원자시계』인 것 같았다.

"이렇게 하면 어떻게 될 것 같아?"

"아까 네가 한 이야기가 사실이라면, 비행기가 더 빠르니까 그 안에 있던 시계가 시간이 느리게 흐르겠지."

사쿠타는 빨간색 포장지에 든 사탕을 손가락으로 가리켰다.

"맞아. 59나노초 정도 느려졌어."

"그게 몇 초야?"

"1나노초는 10억분의 1초야. 즉 10억 분의 59초지."

"그 정도면 단순한 오차잖아……."

적어도 인간이 체감할 수 있는 시간은 아니다.

"처음에 『매우 정밀한 시계』라고 말한 이유가 바로 그거야. 게다가 59나노초 느려졌다는 점은 아인슈타인이 도출한 수식의 답과 일치해."

"인간은 대체 뭘 먹으면 그런 생각을 할 수 있는 걸까……."

사쿠타는 비행기를 탈 때도, 신칸센을 탈 때도, 시간의 흐름이 밖과 다를지도 모른다는 생각을 한 적이 없다. 단 한 순간도 그런 생각을 한 적 없이 오늘까지 살아왔던 것이다.

"그건 나도 몰라. 하지만 이걸 통해 시간이 절대적인 것이 아니라 상대적인 것이라는 게 밝혀졌어."

"나는 모르겠어. 누구한테나 1초는 1초였으면 좋겠다고. 성가시단 말이야."

"아즈사가와는 그 1초가 어떻게 정의된 건지 알아?"

"지구가 1회전하는 데 걸리는 시간을 24시간으로 보고, 그 중 한 시간을 60으로 나눈 게 1분이며, 그 1분을 또 60으로 나눈 게 1초잖아."

"한 세기 이전의 해석이네."

"뭐?"

"지금은 바닥상태인 세슘 133 원자가 두 개의 초미세 준위 사이를 전이할 때 발생하는 복사선의 9192631779배에 해당하는 시간이 1초야."

"한 번 더 말해줘."

"바닥상태인 세슘 133 원자가 두 개의 초미세 준위 사이를 전이할 때 발생하는 복사선의 9192631779배에 해당하는 시간이 1초야."

두 번 들었지만, 전혀 머릿속에 들어오지 않았다. 오래된 게임 소프트의 부활 주문이 차라리 외우기 쉬울 것 같았다.

"……그냥 하던 이야기나 계속하자. 쇼코 씨가 미래에서 왔…… 아니, 미래에 도달했다고 했지? 왜 그렇게 생각하는 건데?"

리오는 책상 위에 있던 사탕을 주머니에 넣었다. 그리고 창밖을 쳐다보았다. 창밖에는 바다가 펼쳐져 있었다. 맑은 하늘에서 쏟아지는 햇빛을 받은 바다가 찬란히 빛나고 있었다.

"아즈사가와는 고등학교를 졸업할 때까지 살 수 없다는 말을 들으면 어떻게 할 거야?"

방금까지 물리 이야기를 하던 리오가 느닷없이 그런 질문을 던졌다.

"그야…… 진짜로 그런 상황에 처하지 않는 한, 알 수 없어."

이것은 쇼코의 상황에 빗댄 질문이기에 별생각 없이 아무렇게나 대답할 수 없었다. 그렇다고 대충 얼버무리고 넘어갈 수도 없었다. 그런 상황에 처하지 않는다면 알 수 없다. 그 것이 사쿠타의 본심인 것은 사실이다.

"그냥 상상이라도 괜찮으니 말해줘."

아무래도 리오는 사쿠타의 대답이 꼭 듣고 싶은 것 같았다.

"마키노하라 양은 어른이 된 자신을 부모님에게 보여주고 싶다고 했어."

사쿠타는 침대에 앉아있는 쇼코의 모습을 떠올렸다. 어린 쇼코가 사쿠타를 향해 구김 없는 미소를 짓고 있었다.

"그랬구나."

"나는 그런 생각을 못할 것 같아. 자기 자신만 생각하며 어른이 되고 싶지 않다고 생각할 것 같아. 계속 어린아이이고 싶다. 평생 고등학생이고 싶다. 시간 같은 건 흐르지 않았으면 좋겠다……."

"쇼코 양도 그런 생각을 해."

"후타바가 그걸 어떻게 아는데?"

"이틀 전에 내가 따로 문병을 갔잖아? 그때…… 쇼코 양이 약한 소리를 했어. 「이대로 몸이 성장하지 않았으면 좋겠다」고 말했지."

"……."

"미래 계획표를 적지 못했던 것은 그런 감정 때문이 아닐까?"

"……그럴지도 몰라."

누구나 마찬가지다. 항상 긍정적이며, 희망을 안고 살아갈 수 있을 리가 없다. 불안을 느끼며 부정적이 될 때도 있을 것이다. 그것은 쇼코도 마찬가지이며, 미래를 향한 희망만을 쳐다보며 하루하루를 살 수는 없을 것이다.

병원 침대에 누워 밤에 홀로 생각할 때도 있을 것이다. 이식수술을 받지 못한다면 어떻게 하지. 그때까지 몸이 버티지 못한다면 어떻게 하지. 무서워. 성장하고 싶지 않아. 그런 생각을 하는 게 자연스러울 것이다.

"어른이 되는 걸 바라는 쇼코 양과, 어른이 되는 걸 거부한 쇼코 양. 후자…… 불안의 정체가 바로 쇼코 씨일 거라고 나는 생각해."

"응? 희망을 지닌 쪽이 성장하는 게 정상 아냐?"

"진짜로 미래가 올 거라고 믿는다면, 서둘러 미래를 손에 넣을 필요가 없어."

"뭐, 그건 그래."

정곡을 찌르는 대답이다.

"그리고, 아까 했던 시간 이야기 말인데……."

"상대성 뭐시기 말이구나."

"어른이 되는 것을 거부한 쇼코 양은 자신의 시계 바늘을 항상 필사적으로 멈추려 할 거야. 미래로부터 눈을 돌린 채, 몸을 웅크리며, 자기 자신을 멈추려 하는 거지."

"……멈추려……."

"그 결과, 그녀가 보는 세계의 시간은 천천히 흐르게 되었고, 전부 슬로모션으로 움직이게 되었다면 어떨까? 그 세계를 어른이 되고 싶은 쇼코 양과 우리가 있는 이 세계에서 본다면, 상대적으로 어떨 것 같아?"

"저기, 리오. 잠깐만 있어봐."

결론은 이해했다. 빠른 쪽의 시간이 느려진다…… 라는 이야기를 방금 들었던 것이다. 하지만 그 이전 단계에서 커다란 의문이 머릿속을 가득 채웠다.

"방금 이야기에서 세계가 두 개 존재하지 않았어?"

"맞아. 그런 식으로 이야기했어."

"아무렇지도 않게 그런 이야기를 하지 말라고."

사쿠타는 무심코 쓴웃음을 지었다.

"중간 설명을 생략해도 아즈사가와라면 이해할 것 같거든."

"나를 과대평가하지 마."

"그럼……."

리오는 그렇게 말하면서 호주머니에서 사탕 두 개를 꺼내더니, 그것들을 책상 위에 뒀다. 이번에는 보라색과 녹색 포장지에 든 사탕이었다. 거봉 맛과 청포도 맛일까.

"보라색이 어른이 되고 싶은 쇼코 양과 우리가 보고 있는, 평범한 속도로 움직이는 세계야. 그리고 녹색은 어른이 되고 싶지 않은 쇼코 양이 보고 있는, 슬로모션인 세계로 볼 때……."

"세계가 두 개 존재하는 것은 상식인 거야?"

"생각하기에 따라 다르지만, 무한하게 존재한다고도 여겨져."

"맙소사."

"아즈사가와가 보는 세계와 내가 보는 세계가 같다는 보장은 없어. 미크로의 세계에서의 이야기를 하자면, 입자의 위치는 관측이 됨으로서 비로소 확률 상태에서 확정되는 성질을 지녔다는 이야기를 전에 했었지?"

"내가 좋아 죽는 양자역학 이야기구나."

관찰을 할 때까지는 확률 상태로 존재한다니, 마치 마법 같은 이야기다. 하지만 그것은 사실인 것 같았다. 왠지 자신의 몸이 흐물흐물해진 것은 아닐까 하는 걱정이 들었다. 물론 그런 일은 있을 수 없지만 말이다.

"보라색과 녹색 세계 사이에 충분한 속도 차이가 존재한다고 볼 때, 속도가 빠른 보라색 세계에서는 속도가 느린 녹색 세계가 어떻게 보일 것 같아?"

지금까지 리오가 한 강의를 귀 기울여 들었다면 충분히 대답할 수 있는 질문이었다.

"녹색 세계가 시간이 빠르게 흐를 거야."

"맞아. 즉 어른이 되는 것을 거부한 쇼코 양…… 즉, 쇼코 씨가 보고 있는 세계의 시간이 빠르게 흐른 만큼, 우리보다 먼저 미래에 도달한 거야."

"……그렇게 이어지는 구나."

사쿠타는 그제야 리오가 하고 싶은 말을 이해했다.

"하지만 왠지 아이러니한 이야기네."

어른이 되는 것을 거부한 쇼코가 먼저 미래에 도달하고 말았으니…… 아이러니하다고 말할 수밖에 없었다.

"맞아."

"그런데 녹색 세계에서 어른이 된 쇼코 씨가 왜 이쪽 세계에 나타난 거야?"

"설명을 위해 두 개의 세계를 별개로 여겼지만, 확률적 해석에 따라 본다면 두 세계는 뒤섞여서 존재할지도 몰라."

"뒤섞여서 존재한다고?"

"눈에 보이지 않지만, 바로 옆에 존재하는 거나 다름없다고 하면 이해가 되겠어?"

"……여전히 알쏭달쏭해."

사쿠타는 아무도 앉아있지 않은 옆 자리를 쳐다보았다. 보이지도 않고, 만질 수도 없으며, 인식도 할 수 없지만, 저곳에 또 하나의 세계가 존재한다고 리오는 말하고 있는 것이다.

"우리는 평소에 그 두 개의 세계 중에서 하나만 인식하고 있지만…… 우연인지 필연인지는 몰라도 쇼코 씨의 존재를 눈치채고 말았어. 그게 지금 상태야."

역시 알쏭달쏭한 이야기다. 하지만 사쿠타가 알고 싶은 것은 원리가 아니었다. 그가 이해하고 싶은 것은 그 다음 단계인 것이다.

"하나만 더 물어볼게."

"뭔데?"

"쇼코 씨가 미래에 도달했다면, 사춘기 증후군의 원인이 된 불안이 사라진 거 아냐? 고등학생도, 대학생도 될 수 있다는 걸 알았으니까 말이야."

불안이 사라진다면 사춘기 증후군은 해소되리라. 그러면 어른 쇼코가 나타날 이유도 없어지는 것이다.

"과연 그럴까? 불안이라는 것은 딱 한 번만 느끼는 게 아니야. 그리고 사춘기 증후군에 휘말린 사람이 『쇼코 양』이라면, 『쇼코 씨』의 존재를 알 때까지 『쇼코 씨』가 미래에 도달하는 게 해결책이 될 수 없다는 해석도 가능해."

"그것도 그렇구나. 하지만 거꾸로 말하자면 그것만 전하면 해결되는 거지?"

약속된 미래. 어린 쇼코가 가장 갈구하는 것. 불안을 해소해줄 미래로 이어지는 차표다.

"아마 그럴 거야."

하지만 그 차표를 건네기 위해서는 그 전에 확인해야만 하는 것이 있다.

"이 가설을 증명하려면 어떻게 해야 해?"

현 단계에서 리오의 이야기는 전부 상상에 불과했다. 확실한 것은 하나도 없다.

그 안에 진실이 존재하더라도, 그것을 아는 사람은 현재 어른 쇼코뿐이다. 하지만 뭔가 이유가 있는 것인지, 어른 쇼코는 그런 이야기는 전혀 하지 않았다. 일부러 숨기고 있는 점에 대해 물어보더라도, 솔직하게 대답해줄 것 같지는 않았다.

이런 중요한 사실을 숨기고 있는 것에는 그럴 수밖에 없는 이유가 있기 때문이리라.

"아즈사가와가 적당히 이유를 대면서 쇼코 씨의 가슴을 살펴보면 돼."

"뭐?"

사쿠타가 얼빠진 목소리로 그렇게 말한 것은 리오의 발언이 너무 뜬금없었기 때문이다. 대체 왜 가슴을 살펴보라고 한 것일까.

"쇼코 씨가 진짜로 미래의 쇼코 양이라면 여기에……."

리오는 진지한 표정으로 자신의 가슴…… 가슴 계곡 언저리에 손가락으로 한 줄기 세로 선을 그었다.

"이식수술 흉터가 있을 거야."

"……."

쇼코가 어른에 도달하기 위한 유일한 수단, 이식수술. 그걸 받지 않는다면 그녀는 고등학생도, 대학생도 될 수 없는 운명이다. 그리고 쇼코가 지금처럼 성장했다는 것은 이식수술을 받았기 때문이리라.

"수술에 대해서는 『미래 계획표』 프린트에 적혀 있지 않고, 쇼코 양이 말했던 쓰고 싶은 항목에도 없었어. ……그런데도 쇼코 씨의 가슴에 흉터가 있다면, 결론이 났다고 생각해도 될 거야. 쇼코 씨는 쇼코 양이 꿈꾼 미래의 자신 같은 게 아냐. 진짜 미래의 자신인 거야."

"저기, 그렇다면 후타바가 쇼코 씨의 가슴을 살펴봐."

"왜?"

"같은 여자잖아."

"아즈사가와는 나보다 더 여자의 가슴에 흥미가 있잖아?"

"난이도가 너무 차이난다고."

여자들끼리는 허용이 되지만, 남녀 사이에서는 범죄가 되는 패턴이 이 세상에는 너무 많은 것이다.

"내 생각에는 아즈사가와가 자기 눈으로 직접 확인하는 편이 좋을 것 같아."

"……"

"아즈사가와는 자신이 본 것만 믿는 타입이잖아."

리오는 진지한 톤으로 이야기에 마침표를 찍듯 그렇게 말했다. 이유는 추상적이지만, 리오의 말은 설득력이 있었다. 그녀는 사쿠타를 잘 알고 있었다. 그래도 자신이 리오의 말이라면 순순히 믿는 타입이라는 점도 좀 알아줬으면 좋겠다고 사쿠타는 생각했다.

"뭐, 알았어. 그럼 뭐 하나만 물어볼게. 여자의 가슴을 보려면 어떻게 해야 할까?"

"목욕 직후를 노리는 건 어때?"

"바로 잠옷을 입기 때문에 무리야."

쇼코는 항상 노출도가 낮은 복장을 착용했다. 아니, 소매가 짧은 옷을 입은 모습도 본 적이 없었다.

어쩌면 피부를 드러내지 않는 이유가 있는 걸지도 모른다.

지나친 생각일 가능성도 있지만 말이다.

"그럼 욕실에 몰카라도 설치하지 그래?"

기분 탓인지 리오가 모멸적인 시선으로 쳐다보고 있는 듯한 느낌이 들었다.

"내가 진짜로 그런 짓을 하면 어떻게 할 거야?"

"그야 물론 경찰에 신고해야지."

"그럼 왜 그런 제안을 한 건데?"

"그게 싫으면 정정당당하게 쇼코 씨를 꼬셔서 옷을 벗겨 보는 게 어때? 아즈사가와는 쇼코 씨를 좋아하잖아."

리오는 태연한 어조로 당치도 않은 말을 했다. 사쿠타를 시험하는 듯한 눈길로 쳐다보면서 말이다.

이 상황에서 시선을 돌리면 안 된다.

거짓말을 했다간, 또 지적을 당할 뿐이리라.

그렇기에, 사쿠타는 당당한 목소리로⋯⋯.

"좋아해."

⋯⋯하고 말했다.

"인간으로서?"

리오는 심술궂은 질문을 던졌다. 상대방이 도망칠 길 좀 막지 말아줬으면 좋겠다. 하지만 이대로 입을 다물고 있을 수는 없기에⋯⋯.

"여자로서 좋아하는 거야."

사쿠타는 될 대로 되라는 심정으로 그렇게 말했다.

첫사랑이 이뤄지지 않았다고 해서, 쇼코를 싫어하게 될 리가 없다. 미네가하라 고교에 입학해보니 쇼코는 없었다. 그 결과, 풀 길 없는 감정은 시간이 지나면서 서서히 진정되었을 뿐이다. 없어진 것은 아니며, 아예 처음부터 존재하지 않았던 게 되지도 않았다. 이렇게 손이 닿는 장소에 쇼코가 나타나자, 그 시절의 마음이 되살아난 것은 사실이다. 그것은 방금 말한 감정이 틀림없다.

"그런 점은 아즈사가와답네. 사쿠라지마 선배가 걱정하는 것도 이해가 돼."

"마이 씨는 이미 알고 있을 게 뻔하거든."

그렇다고 해서 사쿠타가 쇼코를 향한 마음을 함부로 한다면, 마이는 그를 경멸할 것이다. 쇼코가 사쿠타에게 있어 크나큰 버팀목이 되었다는 사실은 마이도 알고 있다. 그러니 사쿠타가 자신에게 있어 쇼코가 얼마나 소중한 존재인지 이해하지 못한다면, 마이는 사쿠타를 호의적으로 보지 못할 것이다.

물론 마이가 그런 사쿠타를 용서해줄 수 있냐면, 감정적으로 볼 때 힘들겠지만 말이다.

아무리 생각해봐도 모순이다. 하지만 감정과 논리가 뒤죽박죽으로 섞인 문제이니 어쩔 수 없다. 사쿠타에게 있어서는 양쪽 다 정답이 아닌 것이다. 어쩔 수 없으니, 한쪽으로 치우치지 말고 한가운데로 휘적휘적 나아갈 수밖에 없다.

그런 길이 정답일 때도 있는 것이다.

"그리고, 이건 여담인데……."

"응?"

"쇼코 씨가 진짜로 미래의 쇼코 양 본인이라면, 두 사람의 성격이 차이나는 점도 설명이 가능할지도 몰라."

"뭐, 심장 이식수술 같은 걸 경험한다면 인생관도 달라지겠지."

게다가 거의 다 타들어간 생명의 양초가, 수술을 통해 순식간에 길어진 것이다. 남들과 마찬가지로 언제 다 타버릴지 알 수 없는 평범한 양초가 되었다. 기쁨과 함께 당혹스러움도 느낄 것이다. 사고방식과 마음가짐이 변하더라도 전혀 이상할 것이 없다. 아니, 수술 전과 똑같으면 오히려 이상할지도 모른다.

"텔레비전에도 몇 번 나온 이야기인데, 이식수술을 받은 환자에게서 제공자의 기억과 성격이 드러날 때가 있대. 실제로 인간의 장기에서 기억을 관장하는 세포가 발견됐어."

"그럼 장기 제공자의 영향으로, 일부러 눈치 없는 것처럼 행동하는 성격이 된 거란 말이야?"

"어디까지나 가능성에 불과하지만 말이야. 아즈사가와가 말한 것처럼, 목숨이 오락가락하는 수술을 경험하고 인생관이 바뀌었다고 생각하는 게 일반적일 테고, 나도 그렇게 생각해."

그러니, 가능성에 불과해…… 하고 한 번 더 말한 리오는 은근슬쩍 교실에 있는 시계를 쳐다보았다. 10분 후면 쇼코와 만나기로 한 약속 시간이 된다. 지각을 했다간 그걸 빌미로 말도 안 되는 요구를 할지도 모른다. 그러니 슬슬 출발하는 편이 좋을 것 같았다.

"하던 이야기를 계속 하자면…… 쇼코 씨는 분명 뭔가를 숨기고 있어."

"그럴 거야. 진짜로 미래를 안다면 마키노하라 양이 목숨을 부지하는 건 물론이고, 이번 사춘기 증후군이 어떻게 되는지도 알 테니까 말이야."

하지만 쇼코는 아무 것도 모르는 척 하면서 사쿠타 일행과는 다른 견해를 내놓았다. 거짓말을 한 것이다. 당당하게, 아무렇지도 않게, 태연한 얼굴로 말이다.

"호의적으로 해석하자면, 타임 트래블 소설에 흔히 나오는 것처럼 미래가 바뀌는 것을 두려워해서 그러는 거겠지만……."

"그녀의 성격을 생각해보면, 의외로 재미 삼아 그러는 걸지도 몰라."

"그럴 가능성도 있겠네."

리오는 납득한 것처럼 그렇게 대답했지만, 그녀는 자신의 말을 전혀 믿지 않는 듯한 눈치였다. 하지만 논의는 이쯤에서 끝내기로 했다. 시계를 보니 약속 시간까지 7분밖에 남지 않은 것이다.

그래서 사쿠타는 가방을 들고 자리에서 일어났다.

남은 이야기는 본인에게 직접 듣자고 생각하면서 말이다.

2

인적이 없는 겨울 해수욕장의 해변을 두 개의 그림자가 천천히 나아갔다.

그 해변에는 해안선과 나란히 그려진 듯한 발자국이 남아 있었다.

무료 견학을 마친 사쿠타와 쇼코는 결혼식장의 창문 밖에 펼쳐져 있던 바다…… 모리토 해안에 왔다. 누구 한 사람이 가자고 한 게 아니라, 그들의 발걸음은 자연스럽게 이곳으로 향했다.

"……"

대화를 멈추자, 파도소리가 두 사람 사이를 가득 채웠다.

이곳의 파도는 시치리가하마보다 잔잔한 것 같았다. 같은 바다인데도, 바다가 짓고 있는 표정은 꽤나 달랐다.

"후타바 씨는 대단하네요."

쇼코는 해안선을 쳐다보면서 문득 그렇게 말했다.

"힌트를 거의 주지 않았다고 생각했는데 말이에요."

"후타바는 미세한 위화감만 느껴도 전부 이상한 쪽으로 생각하거든요."

방정식이 깔끔하게 풀리지 않는다면, 뭔가가 이상하다고 생각한다. 처음으로 거슬러 올라가서 이상한 부분을 찾아내려 한다. 일전에 자기 자신을 분석한 리오는 거의 무의식적으로 머리가 그렇게 돌아간다고 말했다. 그러지 않으면 마음이 안정되지 않는다고도 말했다.

"정말 대단해요."

"그렇죠? 그렇죠?"

"왜 사쿠타 군이 칭찬을 들은 것 같은 반응을 보이는 거죠?"

"후타바는 내가 평생을 함께 할 친구거든요."

사쿠타가 가슴을 펴자, 쇼코는 어이없다는 표정을 지었다. 그리고 「어쩔 수 없네」 하고 혼잣말하듯 중얼거렸다.

"……."

"……."

"저기, 사쿠타 군."

그 짧은 말에서 희미한 머뭇거림이 느껴졌다. 그리고 여리디여린 시선 또한 느껴졌다.

"화났나요?"

"아뇨."

사쿠타는 앞쪽을 쳐다보며 퉁명한 어조로 말했다.

"그런데 왜 아까부터 저를 쳐다보지 않는 거죠?"

"나는 그저……."

사쿠타는 평소처럼 말을 이으려 했지만, 결국 말을 잇지 못했다. 코 안이 시큰하더니, 말문이 막히고 만 것이다. 마음 속 깊은 곳에서 샘솟은 감정이 그대로 눈사태처럼 밀려왔다.

사쿠타는 그 감정에 저항하기 위해 다시 입을 열었다.

"나는 그저……."

하지만 이번에는 보이지 않는 눈물에 목소리가 젖어 들어가며 떨렸다.

"……그저, 안심했을 뿐이에요."

사쿠타는 눈가의 열기를 참으며 말을 이었다. 사쿠타가 멈춰서면서 쇼코를 쳐다보자, 그녀 또한 걸음을 멈추며 그를 응시했다.

눈앞에 쇼코가 있다. 긴 머리카락이 바닷바람에 휘날리자, 새하얗고 가는 손가락으로 머리카락을 눌렀다. 바람을 약간 성가셔 하는 듯한 표정을 짓고 있었다. 하지만 입가에는 미소가 어려 있었고, 눈빛 또한 상냥했다. 금방이라도 울음을 터뜨릴 것 같은 사쿠타를 아무 말 없이 응시하고 있었다.

"마키노하라 양은 수술을 받는 군요."

지금 눈앞에 있는 이는 미래의 쇼코다. 어린 쇼코의 미래인 것이다.

"예."

쇼코는 천천히 고개를 끄덕였다.

"고등학생이 되는 거군요."

"그러고 보니 사쿠타 군은 2년 전에 고등학생이 된 저와 만났었죠."

"대학생도…… 어른도 될 수 있는 거군요."

"제가 중학교 1학년처럼 보이나요?"

"이렇게 겉늙은 중학교 1학년이 있다면 뉴스에 나올 거예요."

"그냥 어른스러워졌다고 말해줬으면 좋겠는데 말이죠."

쇼코는 입술을 삐죽 내밀었다.

"정말, 잘 됐어요……."

긴장의 끈이 끊어졌는지 온몸에서 힘이 쫙 빠진 사쿠타는 그 자리에서 주저앉고 말았다. 어린 쇼코의 병이 악화되었다는 사실은 사쿠타의 마음을 본인이 생각한 것보다 더 무겁게 짓누르고 있었던 것 같았다. 하지만 그 압박에서 갑작스레 벗어난 바람에, 균형을 잃고 말았다.

"사쿠타 군?"

쇼코는 걱정스러운 목소리로 사쿠타에게 말을 걸었다.

"안심한 것뿐이에요."

몸에 힘이 들어가지 않았다. 사쿠타는 겸연쩍은 웃음을 터뜨렸다.

사쿠타는 그제야 자신의 마음속에서 자라나고 있던 불안이 얼마나 큰지 깨달았다. 병에 걸린 어린 쇼코를 이제 그만 포기해줘야 하는 것은 아닐까 하는 마음도 품고 있었던 걸지도 모른다.

─좋지 않나 보네.

그날 심어진 불안의 씨앗은 그가 괜찮을 거라고 되뇔 때마다 점점 자라나며 싹을 틔웠다. 그뿐만 아니라, 그 싹에서 자란 덩굴이 사쿠타의 온몸을 휘감으려 했다.

"전부, 시간이 해결해줘요."

"……."

고개를 들자, 쇼코의 미소가 따뜻한 햇살처럼 사쿠타를 감쌌다.

"어린 저의 병도……."

"……."

"어린 제가 걸린 사춘기 증후군도……."

쇼코는 천천히 말을 이었다.

"크리스마스가 끝날 즈음에는 전부 해결돼요."

"그럼……."

쇼코는 조용히 가슴에 손을 댔다.

"어린 저는 곧 이식수술을 받고 심장병을 극복해요."

"그럼 쇼코 씨는……."

"그러니, 저는 크리스마스까지만 사쿠타 군과 함께 지낼 수 있어요."

병이 나으면, 어린 쇼코는 어른이 되는 것에 대한 불안에서 해방된다. 그렇게 되면 그 불안 때문에 발생한 사춘기 증후군도 사라질 것이다. 쇼코는 그런 뜻에서 방금 그 말을 한 것이다.

쇼코는 주저앉은 사쿠타를 향해 두 손을 내밀었다. 그리고 사쿠타가 손을 잡자, 그녀는 힘껏 잡아당겨서 그를 일으켰다. 마치 자기가 건강하다는 사실을 증명하듯 말이다.

"사쿠타 군."

"예?"

"마지막으로 추억을 주지 않겠어요?"

"어떤 추억 말이죠?"

"첫사랑의 추억 말이에요."

쇼코는 딱 잘라 그렇게 말했다. 그녀가 빙빙 돌리지 않고 딱 잘라서 그렇게 말하자, 사쿠타는 약간 부끄러웠다. 쇼코의 얼굴 또한 덩달아 발그레해졌다.

"사쿠타 군이 왜 부끄러워하는 거예요?"

"좀 흥분했을 뿐이에요."

"말 돌리지 말고 제대로 대답해주세요."

이대로 이야기를 딴 데로 돌릴 수만 있다면…… 하고 사쿠타는 생각했지만, 아무래도 그럴 수는 없을 것 같았다.

"솔직히 말해, 나는 쇼코 씨의 그런 면이 정말 이해가 안 돼요."

"그런 면?"

쇼코는 뻔히 알면서도 되물었다. 정말 성격이 끝내줬다.

"전에도, 마이 씨 앞에서……."

말을 이으려던 사쿠타는 자신이 괜한 소리를 하고 있다는 사실을 눈치챘다. 일단 말을 멈췄지만…….

"참, 사쿠타 군."

쇼코는 뭔가를 떠올린 듯한 표정을 지으며 입을 열었다.

"예?"

사쿠타는 일단 시치미를 뗐다. 자기가 먼저 이야기를 꺼내놓고 이제 와서 이러는 것도 좀 그렇지만, 그래도 가능하면 이 화제는 피하고 싶었다.

"저는 아직 듣지 못했어요."

"뭘요?"

"대답 말이에요."

"무슨 대답 말이에요?"

"고백의 대답 말이에요."

"죄의 고백?"

"사랑 고백."

"……."

"사쿠타 군. 시치미 떼지 마세요. 제가 무슨 소리를 하는 건지 알고 있잖아요?"

말로는 사쿠타의 태도를 부정하면서도, 쇼코는 분명 이 대화를 즐기고 있었다.

"모르겠어요."

"거짓말 하지 마세요."

"쇼코 씨가 나를 좋아하는 이유를 모르겠어요."

"……."

쇼코는 불가사의한 생물을 본 듯한 눈빛으로 사쿠타를 쳐다보았다. 눈을 계속 껌뻑거리고 있었다. 마치 어째서 그렇게 간단한 것도 모르는 거냐고 말하는 듯한 반응이었다.

"내가 쇼코 씨에게 끌릴 이유라면 잔뜩 있지만……."

"백허그를 한 거나, 제 가슴이 등에 닿았던 거나, 키스하자고 했던 것 말인가요?"

"그런 짓을 하면 남자 중학생 정도는 간단히 넘어올 거라고요."

앞자리에 앉은 귀여운 여자애가 지우개를 주워준 것만으로도 이성으로 의식하게 되는 나이니까 말이다.

"그런 일 말고도 있었나요?"

"수평선까지의 거리도 가르쳐줬고, 3대 좋아하는 말도 가르쳐줬죠……. 인생이 무엇을 위해 존재하는지를 나한테 가르쳐준 사람도 쇼코 씨예요."

사쿠타는 이제야 쇼코가 그런 말을 입에 담을 수 있었던 이유를 깨달았다. 항상 죽음의 불안에 휩싸여 있었지만, 심장 이식을 통해 자신의 목숨을 미래로 이어가는데 성공했다. 위중한 병을 경험했기에, 감사의 마음이 쇼코의 가슴속에 싹튼 것이 아닐까. 지금까지 자신을 지켜준 부모님과 가까운 이들, 그리고 불행한 사고를 당하거나 병에 걸렸으면서도 장기를 기증해준 사람과 그 가족들의 용기에…… 진심으로, 진심으로 감사하고 있기에……. 수많은 이들의 상냥함에 감싸여 있었던 쇼코이기에 그 말을 할 수 있었다. 깊디깊은 감정에 도달할 수 있었던 것이다.

그 말을 들었을 때는 그 안에 어려 있는 의미를 전혀 이해하지 못했을지도 모른다. 지금도 이해하지 못하고 있을지도 모른다. 하지만 그 일을 떠올리기만 해도 왠지 울고 싶어졌다. 쇼코의 목숨을 이어준 수많은 상냥함에서 비롯된 말이라는 것을, 이제는 알기 때문이다.

"제가 사쿠타 군을 남자로 만들어준 거군요."

쇼코는 일부러 이상한 표현을 썼다. 아마 그런 이유 중 절반은 부끄러움을 감추기 위해, 그리고 남은 절반은 사쿠타를 놀리기 위해서일 것이다.

"나는 쇼코 씨를 여자로 만든 기억이 없어요."

사쿠타는 일단 반격을 했다.

"제가 하야테를 기르자고 결심하게 해준 사람은 바로 사쿠타 군이잖아요."

쇼코는 그 반격을 가볍게 피하더니, 진지한 톤으로 이야기를 시작했다.

"그거야……."

"아빠와 엄마에게『미안해』라는 말보다,『고마워』와『사랑해』라는 말을 건네는 편이 낫다는 걸 가르쳐준 사람도 사쿠타 군이었죠."

"……"

"제 병을 개의치 않으며 항상 평범하게 대해줬고…… 이제 틀렸다고 생각하며 병원 침대에서 불안에 떨고 있던 시기에도 매일같이 문병을 와준 사람도 사쿠타 군이에요."

"내가 할 수 있는 일은 그게 전부였어요."

"매일같이 병원에 와줘서 정말 기뻤어요. 학교 수업이 끝날 시간이 되면 저는 항상 마음이 들떴어요……. 사쿠타 군의 모습이 보일까 싶어 창밖을 바라보았고, 복도를 살피며 당신이 오기만 이제나 저제나 기다렸죠……. 그리고 거울 앞에서 머리 모양이 이상하지 않은지 체크도 했고, 제대로 웃을 수 있는지 연습하기도 했어요……. 안색이 나빠서 우울할 때도 있었고, 화장을 해서 가리는 편이 좋을까 싶어 엄마와 상의하기도 했죠……. 저는 가슴이 두근거릴 정도로, 사쿠타 군을 사랑했어요."

"……"

"어린 저는 그게 사랑이라는 걸 아직 눈치채지 못했지만요."

"그럼 쇼코 씨가 그 이야기를 하면 안 되잖아요."

사쿠타는 이야기의 방향을 틀기 위해 태클을 걸었지만,

쇼코는 그런 그의 속셈을 꿰뚫어 보고 있다는 듯이 웃음을 흘렸다. 아까 전의 복수라는 듯이 완벽하게 무시했다.

"결국 어린 저의 첫사랑은 아무에게도 털어놓지 못한 채 제 가슴속에만 남아 있어요."

"그거 골치 아프겠네요."

"저는 대학생이 됐는데도, 첫사랑이 어긋난 바람에 애인 하나 제대로 못 만들고 있다고요. 그러니 사쿠타 군이 책임져 주세요."

"나도 쇼코 씨 때문에 첫사랑이 어긋나버리고 말았거든요?"

사쿠타는 쇼코가 다니고 있다는 이유 하나만으로 미네가하라 고교로 진학했다. 그 정도면 충분히 고생했다고 할 수 있으리라.

"사쿠타 군은 멋대로 새로운 여자를 찾아내서 극복했으니 됐잖아요."

쇼코는 약간 가시 돋친 말투로 그렇게 말했다.

"그럼 제가 뭘 어떻게 하면 되는데요?"

"크리스마스 이브날 밤, 저와 함께 에노시마의 조명장식을 보러 가요."

그것은 어린 쇼코가 일전에 보고 싶다고 했던 것이다. 아마 쇼코에게 있어서는 특별한 경치일 것이다. 어린 쇼코에게 있어서도, 어른 쇼코에게 있어서도 말이다……. 마키노하라 쇼코에게 있어 특별한 장소인 것이다.

"이브……."

그 날에는 바쁠 것 같은 예감이 들었다. 마이와 시간을 보내고 싶은데다, 카에데를 홀로 내버려둘 수도 없다. 사쿠타가 그런 이유를 말하려고 한 순간…….

"괜찮아요."

……하고 말한 쇼코는 미래를 꿰뚫어보는 듯한 눈동자로 그를 쳐다보았다.

"카에데 양은 23일부터 할아버지, 할머니 집에 가게 돼요."

사쿠타는 아직 그런 이야기를 듣지 못했다.

"멋진 연인이 있는 사쿠타 군을 배려해준 거죠."

그 예언이 현실이 된다면, 쇼코가 미래에서 왔다는 사실을 증명하는 증거로서 충분했다.

"착한 동생이네요."

하지만 마이 쪽은 스케줄이 어떻게 될까. 역시 일 때문에 함께 지낼 수 없게 되는 걸까. 쇼코가 이 날을 고른 것은 그런 이유 때문일지도 모른다.

"걱정하지 마세요. 마이 씨는 그날 저녁부터 시간이 비니까 안심해도 돼요."

어찌된 영문인지 쇼코는 밝은 표정으로 그렇게 말했다.

확실히 사쿠타에게 있어 좋은 소식이지만, 상황이 매우

골치 아파지는 것은 아닐까. 아니, 어찌 보면 심플한 상황이라고 할 수 있을지도 모른다.

"저와 함께 보낼지, 아니면 마이 씨와 함께 보낼 건지는 사쿠타 군이 결정해주세요."

쇼코는 약간 쓸쓸한 미소를 지었다. 그 순간, 사쿠타는 쇼코가 무엇을 원하며 이 이야기를 한 것인지 정확하게 이해했다.

"12월 24일 오후 여섯 시, 벤텐 다리 입구에 있는 용 등롱 앞에서 기다릴게요."

"쇼코 씨, 나는……."

"일부러 말할 필요 없어요. 사쿠타 군이 무슨 말을 하든, 저는 거기서 기다릴 거예요."

쇼코는 그렇게 말하며 미소 지었다. 어느새 평소의 장난기 많은 쇼코로 되돌아온 것 같았다.

그렇기 때문에, 사쿠타는 하려던 말을 삼킬 수밖에 없었다. 그게 쇼코가 원하는 바이니까……. 대답은 24일에 행동으로 알려주면 된다.

그날 밤, 아버지에게서 전화가 왔다. 사쿠타의 여성 관계에 대한 의견도 내놓았지만, 본론은 다른 것이었다. 해리성 장애를 극복한 카에데를 할아버지와 할머니가 만나고 싶어한다는 것이 주된 용건이었다. 사실 그 두 분도 2년 동안 카에데를 만나지 못했다.

　그러니 23일부터 며칠 동안 카에데는 조부모님의 집에서 묵기로 결정됐다. 아버지도 그때 본가에 얼굴을 비추겠다고 말했다.

　쇼코가 예언한 미래가 진짜로 펼쳐진 것이다.

　쇼코의 예언이 완벽하게 들어맞자, 사쿠타는 놀랐다. 또한 확신을 가졌다.

　카에데는 왠지 복잡한 표정을 지으면서…….

　"오빠, 크리스마스 때는 내가 집에 없는 편이 낫겠지?"

　……하고 말했다.

　여동생이 오빠를 배려해준다는 쇼코의 예언 또한 적중한 것이다.

3

　쇼코와의 돌발 데이트를 감행한 다음날…… 12월 13일 토요일, 밤 아홉 시까지 열심히 아르바이트를 한 사쿠타는 집에 돌아가서 바로 목욕을 마쳤다.

　뜨거운 물에 몸을 담그고 있으니 하루의 피로가 몸에서 단숨에 빠져 나갔다. 이제 마이에게 어리광 좀 부리다 꾸중을 듣고 나면 체력이 완벽하게 회복될 것 같지만, 사쿠타가 목욕을 마치고 나가보니 마이는 아직 귀가하지 않았다.

사쿠타는 수건으로 머리카락을 닦으면서 거실로 향했다. 역시 마이는 아직 오지 않았다.

"마이 씨, 아직 안 온 거야?"

사쿠타는 코타츠 안에서 텔레비전을 보고 있는 카에데에게 말을 걸었다. 쇼코는 현재 욕실에서 씻고 있었다. 샤워 소리가 희미하게 들렸다. 그리고 콧노래 또한 들렸다.

"응, 아직 안 왔어."

마이는 이른 아침부터 영화 촬영을 하러 갔다. 카나자와에서도 촬영을 했던 바로 그 작품이다. 실내 장면이 몇 개 남아 있으며, 그것을 도쿄에 있는 스튜디오에서 촬영한다고 한다.

하지만 이미 밤이 늦었다. 텔레비전 화면의 오른쪽 상단에 표시된 시계는 10시 10분을 가리키고 있었다.

카에데는 리모컨으로 채널을 바꿨다.

"텔레비전, 재미있어?"

사쿠타는 수건으로 머리카락을 다 닦은 후, 별생각 없이 물어봤다.

"모르는 사람만 잔뜩 나와서 잘 모르겠어."

2년 동안의 기억이 없으니 그런 것이리라.

카에데는 연예인들의 토크 방송이 나오는 채널을 보기 시작했다. 마침 요즘 인기를 끌기 시작한 콤비가 개그를 하고 있었다. 음악 관련 개그였다.

"이거, 요즘 유행해?"

"텔레비전에 자주 나오는 걸 보면 유행하는 게 아닐까?"

"학교에서도 유행하면 어쩌지? 나, 잘 모른단 말이야."

카에데는 코타츠에 엎드린 채 고개만 들어서 텔레비전을 쳐다보았다.

"억지로 외울 필요는 없잖아?"

"에이, 그랬다간 친구를 만들 수 없을 거야."

"카에데는『몸은 중3, 마음은 중1』이라는 콘셉트로 가면 반에서 인기를 끌 수 있을 거야."

"그 점이 문제라서 이렇게 텔레비전을 보며 공부를 하고 있는 거라구."

카에데는 원망 섞인 눈길로 사쿠타를 노려보았다. 하나도 무섭지 않았다. 볼을 잔뜩 부풀린 채 삐친 척 하고 있을 뿐이었다.

"3학기 첫날까지 2년이라는 공백을 메우는 건 어려울 거야."

현재 카에데는 조금씩 학교에 갈 준비를 하고 있었다. 이미 학교 측에는 아버지가 연락을 취했고, 이번 주 수요일 방과 후에는 스쿨 카운슬러인 토모베 미와코가 집으로 찾아왔다. 처음에는 달라진 카에데 때문에 당황했지만, 곧 그녀와 차분하게 대화를 나누며 목표를 하나 세웠다.

그 목표는 바로 3학기 첫날에 등교하는 것이다.

"그래서 곤란해."

"그러니까 개그 소재로 삼으라고."

"그랬다간 괜한 관심을 끌 거야."

"3학년 3학기부터 등교하는 거니까, 이래나 저래나 관심을 끌 거야. 그냥 확 다 까발리는 편이 앞으로 편할걸?"

"양호실에서 대체 누구에게 까발리라는 건데?"

중학교 3학년에게 있어 지금 이 시기는 수험 시즌이다. 그렇기 때문에 클래스메이트를 배려해, 우선 양호실 등교부터 시작하기로 방침을 정한 것이다.

"뭐, 양호실 선생님한테 말하면 되겠네."

"오빠, 너무 대충이잖아."

카에데는 입술을 삐죽 내밀면서 탁상 위에 있는 거울을 향해 손을 뻗었다. 그리고 고개를 좌우로 돌리면서 거울에 비친 자신의 얼굴을 쳐다보았다. 2년 동안의 변화를 아직 받아들이지 못하는 것 같았다.

"중학교 3학년처럼 보이기는 하는 거지?"

"당연하지. 많이 컸잖아."

키는 163센티미터나 된다. 웬만한 또래 애들보다 클 것이다.

"다들 더 어른스러워 보이지 않아?"

텔레비전에 CF가 나왔다. 귀에 익은 목소리가 들리자, 사쿠타와 카에데는 텔레비전을 향해 고개를 돌렸다. 화면에 나온 사람은 마이였다. 휴대전화회사의 CF다. 가족이 묶어서 계약을 하면 가격이 싸진다는 내용이었다. 고등학생 커플을 연기하고 있는 마이가 「그럼 가족이 될래?」 하고 말하며 장난기어린 미소를 지었다.

그 순간, 사쿠타는 하트를 꿰뚫렸다. 「예」 하고 대답할 뻔했다.

카에데 또한 마이의 미소를 넋이 나간 듯이 쳐다보고 있었다. 반짝이는 눈동자에는 동경의 빛이 어려 있었으며, 곧 두 갈래로 땋은 자신의 댕기머리를 만지며 「으음～」 하고 낮은 신음을 흘렸다.

"저기, 카에데."

"왜?"

"내 사랑 마이 씨는 정말 끝내주게 귀엽지?"

"저 사람이 오빠의 애인이라는 게 아직도 믿기지 않아."

"그리고, 카에데."

"응?"

"오리는 커도 백조가 될 수 없어."

"그거야 당연한 거잖아."

아무래도 의미가 정확하게 전달되지는 않은 것 같았다.

"촌스러운 오리에서 평범한 오리로 변하고 싶은 것뿐이야."

아니, 제대로 전해진 것 같았다. 카에데는 여전히 자신의 머리카락을 손으로 만지작거리고 있었다.

"뭐, 헤어스타일을 바꾸는 건 괜찮지 않을까?"

카에데는 머리카락에서 손을 떼며 말했다.

"나는 그런 뜻으로 한 말이······."

"내 지인 중에 중학생 때는 완전 촌스러웠는데, 지금은 유행에 민감한 여자 고등학생으로 변모해서 인기가 좋은 녀석이 있어."

그 사람은 바로 후배인 코가 토모에다. 일전에 토모에의 중학교 시절 사진을 한 번 본 적이 있는데, 사진 속의 그녀는 솔직히 말해 촌스럽기 그지없었다. 존재감이 넘치지만 촌스러운 댕기머리를 하고 있었던 것도 여전히 기억에 남아 있었다. 그런 그녀가 머리 모양을 바꾸고, 화장을 익혀서 잘나가는 여자애가 되었으니, 그 노력은 인정해줘야 한다고 생각한다. 그리고 카에데에게도 찬스가 있을지도 모른다.

"머리카락을 자르러 가려면 용기가 필요하단 말이야~"

"잘나가는 미용실은 들어오려는 손님에게 위압감을 마구마구 뿜어대긴 하지."

"우선 잘나가는 미용실에 들어가기 위한 머리모양을 손에 넣어야만 해."

"그건 어디서 손에 넣을 수 있는데?"

"나도 그게 알고 싶어."

카에데는 하아 하고 한숨을 내쉬었다. 그런 카에데를 위로하려는 것처럼 얼룩 고양이인 나스노가 그녀의 몸에 등을 비벼댔다. 아니, 그저 등이 가려운 것 같았다. 나스노는 따뜻한 코타츠 이불 위에서 몸을 동그랗게 말고 있었다.

"우선 내가 확 잘라줄까? 지금까지도 그랬거든."

『카에데』는 집밖으로 나갈 수 없었으니 어쩔 수 없었다.

"……그래서 좌우의 길이가 다른 거구나."

"그게 싫으면 마이 씨와 상의해봐. 확 마이 씨의 단골 미용사에게 부탁을 해보는 건 어때?"

"시, 싫어! 황송하단 말이야!"

"그래?"

"그리고 엄청 비쌀 걸?"

"비싸다고 해봤자, 내 아르바이트비로 어떻게 될 거야."

"1만 엔은 할 거야."

"뭐, 1만 엔으로 카에데가 자신감을 가지고 학교에 갈 수 있다면 싸게 치이는 거지."

"그, 그래?"

카에데는 우물쭈물하면서 양손으로 짧은 쪽 댕기머리를 만졌다. 과감하게 머리모양을 바꾸고 싶지만, 결심이 서지 않는 것 같았다. 하지만 CF가 끝나고 다시 텔레비전 방송이 시작될 즈음…….

"잘라볼까?"

……하고 작은 목소리로 중얼거렸다. 카에데 나름대로 앞으로 나아가기 위한 갈등을 하는 것 같았다. 제대로 학교에 가고 싶다는 생각이 그녀의 마음속에 존재하는 것이리라.

카에데의 손은 자연스럽게 자신의 가슴에 닿았다. 2년 동안 노력해줬던 또 하나의 자신⋯⋯『카에데』를 생각하고 있는 것이리라. 그녀의 노력에 부응하기 위해서라도, 반드시 학교에 가겠다고 맹세했던 것이다.

"그럼 가위를 가지고 올게."

"오빠에게는 부탁 안 할 거야~. 또 삐뚤삐뚤하게 자를 게 뻔하잖아."

카에데는 양손으로 자신의 머리를 감쌌다. 그녀가 이렇게까지 거부하니, 오히려 잘라주고 싶다는 생각이 마구 샘솟았다.

사쿠타가 진짜로 가위를 가지고 올지 말지 생각하고 있을 때, 전화벨 소리가 그의 행동을 막았다. 집전화가 울린 것이다.

조그마한 흑백 액정 화면에 표시된 것은 090으로 시작되는 열한 자리 번호였다. 아는 번호였다. 사쿠타가 외우고 있는 전화번호 세 개 중 하나다. 유마도 아니고, 리오도 아니다. 바로 마이의 전화번호다.

사쿠타는 수화기를 들어서 귀에 댔다.

"여보세요?"

"안녕하세요. 저는 사쿠라지마라고 해요. 사쿠타 군, 집에 있나요?"

전화를 받은 사람이 사쿠타라는 걸 알면서도, 마이는 사무적인 어조로 그렇게 말했다. 아마 사쿠타가 먼저 서먹하게 전화를 받았기 때문이리라.

"실례지만, 정확하게 누구시죠?"

"사쿠타 군과 사귀고 있는 사쿠라지마예요."

"마이 씨, 무슨 일이에요?"

사무적 플레이의 출구가 보이지 않았기에, 사쿠타는 평범하게 말을 걸었다.

"촬영이 방금 끝나서 아직 스튜디오야. 오늘은 좀 늦게 돌아갈 것 같아."

"몇 시 쯤 도착할 것 같아요?"

이미 밤 열 시가 지났다. 몇 분 후면 열 시 반이 될 것이다.

"이제부터 옷 갈아입고 나가면 12시 즈음에나 도착할 거야."

"매니저의 차로 돌아올 거예요?"

"열차를 타는 게 더 빠를 것 같으니까, 대중교통을 이용할 생각이야."

마이의 목소리에는 왜 그런 걸 묻는 거냐는 의문이 담겨 있었다.

"그럼 열차를 타기 전에 다시 연락을 줘요."

"왜?"

"역까지 마중가고 싶거든요."

"나는 애가 아니니까 괜찮아."

"애가 아니니까 걱정하는 거예요."

"나한테 있어 가장 위험한 사람은 사쿠타 군일 것 같은데?"

"동경하는 여성에게 있어 가장 위험한 사람이 되어서 영광이네요."

"뭐, 아무튼 알았어. 단둘이서 하고 싶은 이야기도 있으니까 마중 나와 줘."

"하고 싶은 이야기?"

"나중에 알려줄게."

"그런 말 들으면 괜히 기대하게 된다고요."

"괜찮아. 그 기대에 부응할 자신이 있거든."

마이는 의기양양한 목소리로 그렇게 말하더니, 즐거운 듯이 웃었다. 전화기를 통해 그 웃음소리를 듣자, 왠지 득본 듯한 기분이 들었다.

"그럼 열차 시간을 알아보고 다시 전화할게."

"예. 촬영하느라 수고했어요, 마이 씨."

"고마워."

끝까지 즐거운 분위기에 휩싸인 채 통화는 끝났다.

약 20분 후, 마이에게서 다시 연락이 왔다. 마이가 알려준 열차 도착 시각은 11시 반이었다.

그리고 11시 15분이 되자…….

"그럼 다녀올게요."

……하고 말하면서 사쿠타는 몸을 일으켰다.

"예. 다녀와요."

쇼코는 코타츠 안에서 사쿠타를 올려다보며 그렇게 말했다. 카에데는 그런 쇼코의 옆에 앉아서 쿨쿨 자고 있었다. 사쿠타는 그런 카에데에게 방에 가서 자라고 말했지만…….

"마이 씨와 상의할 게 있단 말이야……."

……하고 약 5분 전에 말했다. 결심이 흐트러지기 전에 마이와 머리모양에 관해 상의하고 싶은 것 같았다. 참고로 카에데는 방금까지 쇼코와 어떤 머리모양이 좋을지 이야기를 나눴다.

"어? 오빠, 돌아왔어?"

카에데의 눈은 졸음으로 가득 차 있었다.

"아, 깼어?"

"안 잤다구~."

말과는 달리, 카에데는 잠에 취해 있었다. 이미 꿈나라에 있는 것 같았다. 참고로 사쿠타는 아직 집을 나서지도 않았다. 하지만 동생의 의욕에 찬물을 끼얹는 것은 좀 그렇다는 생각이 들었기에…….

"마중 갔다 올게."

……하고 말하며 사쿠타는 집을 나섰다.

맨션을 나가자, 차가운 밤바람 때문에 몸이 떨렸다. 인적이 드문 주택가는 독특한 정적에 휩싸여 있었다.

사쿠타는 추위를 떨쳐내려는 것처럼 빠른 걸음으로 역을 향했다.

사쿠타가 자주 이용하는 후지사와 역 인근은 크리스마스 직전이라 그런지 평소와 다른 모습은 사쿠타에게 보여주고 있었다.

　크리스마스가 되려면 열흘 넘게 남았지만, 역 인근은 크리스마스 당일인 것처럼 화려한 장식들로 꾸며져 있었다.

　집을 향해 서두르는 인파를 거스르며 이동한 사쿠타는 JR의 개찰구에서 조금 떨어진 곳에 있는 로커 앞에 섰다. 추억이 어려 있는 로커다. 마이와 처음 만났을 때, 그녀가 바니걸 의상을 넣어뒀던 로커다. 현재 그 바니걸 의상은 사쿠타의 방 벽장 안에 있다. 그러고 보니 요즘 들어 마이는 그 의상을 입어주지 않았다.

　"크리스마스 때 입어달라고 할까?"

　"안 입을 거야."

　사쿠타가 로커에 정신이 팔려 있을 때, 등 뒤에서 목소리가 들려왔다. 마이의 목소리였다.

　"에이, 크리스마스인데요?"

　사쿠타는 실망하면서 돌아섰다. 그러자 마이의 차가운 눈길이 사쿠타에게 꽂혔다. 귀가 가려지는 니트 모자를 쓰고, 감기 예방을 위한 마스크를 착용하고 있었다. 이러고 있으면 같은 열차에 탄 사람도 사쿠라지마 마이를 알아보지 못할 것이다.

"그건 이유가 못 돼."

마이는 바로 걸음을 내디뎠다.

"미니스커트 산타도 괜찮아요."

"크리스마스는 코스프레를 하는 날이 아냐."

"연인들이 러브러브하는 날이죠."

"하아……."

사쿠타는 아까 혼자 왔던 길을 마이와 나란히 걸으며 집으로 향했다. 가전제품 양판점 앞을 지난 두 사람은 대로를 따라 쭉 나아갔다.

그리고 두 사람이 건너야 할 다리가 보일 즈음…….

"그런데 쇼코 씨와 무슨 일 있었어?"

……하고 마이가 물었다. 그 날카로운 질문을 들은 순간, 심장이 크게 뛰었다.

"어떤 일 말이에요?"

사쿠타는 태연한 척 시치미를 뗐다.

"그걸 묻는 거잖아."

마이는 화난 듯한 눈길로 사쿠타를 쳐다보았다. 하지만 이건 연기다. 실은 화나지 않은 것이다. 아직까지는 말이다…….

"아무 일도 없었어요."

사쿠타는 마이의 시선을 의식하면서 당당하게 거짓말을 했다. 마이가 뭘 느끼고 이런 질문은 한 것인지는 알 수 없지만, 쇼코와 『무슨 일』이 있었던 것만큼은 사실이다.

어른 쇼코에 관한 중대한 비밀.

그녀의 정체라고도 할 수 있는 사실을, 사쿠타는 알고 말았다.

그녀가 미래에서 왔다는 사실을…….

사쿠타는 이 사실을 마이에게 이야기하지 않았다. 아무에게도 이야기하지 않았다. 가장 먼저 의심을 품은 리오와 당사자인 어른 쇼코, 그리고 사쿠타…… 이 세 사람만이 알고 있었다.

왜냐하면 결혼식장 무료 견학회를 마치고 돌아가던 길…… 후지사와 역을 향해 달리는 에노시마 전철 안에서, 쇼코가 못 박았던 것이다.

"저에 관한 것은 둘만의 비밀로 해주세요."

"이미 후타바는 알고 있는 거나 마찬가지인데요."

"미래가 바뀌면 곤란해요. 최악의 경우, 제가 이식수술을 받지 못하게 되는 미래가 벌어질 수도 있어요."

말투는 온화하지만, 그것은 충고라고도 할 수 있는 말이었다. 사쿠타는 순순히 고개를 끄덕였고, 순순히 그 말에 따랐다. 사쿠타에게 존재하는 선택지는 그게 전부였다. 어린 쇼코가 병을 극복하게 되는 미래가 바뀌기라도 한다면 정말 큰일이다. 쇼코가 살 수 있다는 사실을 알았으니, 그녀가 살지 못하는 미래는 솔직히 말해 사양하고 싶었다.

뭔가를 알게 됨으로서, 사람의 행동은 바뀐다. 아마 사쿠타의 행동 또한 이미 달라졌을 것이다. 어린 쇼코를 대하는 태도 또한 달라졌으리라. 그녀에게 건네는 말 또한 달라졌을지도 모른다. 그런 사소한 변화가 미래를 바꿀 가능성이 있다면, 진실을 아는 인간은 최소한으로 줄이는 편이 좋을 것이다. 한 번 알게 되면, 알지 못하던 시절의 자신으로 되돌아갈 수 없으니까……

그것이 마이에게 이 사실을 알리지 못하는 이유다. 결코 결혼식장을 견학하러 갔다는 사실을 들키는 것이 두려워서 입 다물고 있는 게 아니다. ……아마도 말이다.

"말하기 싫다면 말 안 해도 돼."

앞만 쳐다보고 있는 마이에게서 느껴지는 분위기는 방금 한 말과 완전히 동떨어져 있었다. 오히려 자신은 괜찮지만 사쿠타도 정말 괜찮겠느냐고 묻는 듯한 느낌이었다.

"진짜 아무 일도 없었다고요. 대체 왜 그런 걸 묻는 거예요?"

"어제 낮 이후로 두 사람의 태도가 달라졌거든."

"……"

완벽하게 간파당한 것 같았다.

이렇게 되면 『미래』와 관련된 부분만 생략하고 이실직고하는 편이 안전할 것 같았다. 바꿔 말하자면, 쇼코의 말을 면죄부로 삼아 자신의 죄를 숨기는 것을 관두기로 했다.

"실은 마이 씨 몰래 하야마에 있는 결혼식장을 견학하러 갔었어요."

"……."

이 침묵이 무시무시하게 느껴졌다.

"쇼코 씨가 사춘기 증후군이 해결될지도 모른다면서……."

사쿠타는 말을 골라가며, 그리고 마이의 반응을 살피면서 그렇게 말했다.

"사쿠타."

"예. 왜 그러세요?"

"그딴 이야기는 듣고 싶지 않아."

"마이 씨가 물어봤잖아요?"

"내가 잘못했다는 거야?"

"아뇨. 전부 내 잘못이에요."

"……."

또 침묵이 찾아왔다. 평소의 마이라면 한숨을 내쉬면서 어이없어 했겠지만, 오늘은 그러지 않았다.

"좀 더 괴롭혀줬으면 좋겠는데 말이죠."

"그럼 다른 질문을 할게."

"예. 얼마든지 하세요."

"사쿠타에게 있어서, 쇼코 씨는 뭐야?"

역시 마이다. 사쿠타의 급소를 정확하게 찔렀다. 인정사정 없이 사쿠타의 아킬레스건이 될 만한 화제를 선택했다. 정말 인정사정이 없었다. 이미 궁지에 몰린 사쿠타에게, 이번에는 본질적인 질문을 던진 것이다.

"첫사랑이죠."

"그게 다야?"

마이의 눈동자는 뭔가를 알고 있다는 것 같았다. 사쿠타는 그 눈동자에 비친 자신의 얼굴로부터 고개를 돌렸다.

사쿠타는 쇼코와 재회하고 어떤 감정을 명확하게 자각했다.

그것은 첫사랑이라 여겼던 감정의 정체다.

지금이라면 명확하게 말할 수 있다. 단 한 마디의 짤막한 말로 표현할 수도 있으리라…….

2년 전. 고등학생인 쇼코와 만났을 때, 반 친구들에게 집단 괴롭힘을 당한 카에데를 도와주지 못했다는 사실에서 비롯된 무력감이 사쿠타를 괴롭히고 있었다. 사쿠타 자신도 그 후회 때문에 사춘기 증후군에 걸렸고, 가슴에 정체불명의 상처가 생겼다. 정말 최악의 시기였다. 거기서 빠져나올 방법은 이 세상에 존재하지 않는다고 생각했다.

하지만 사쿠타는 어떤 여자 고등학생에게 구원받았다.

쇼코에게 구원받은 것이다.

시치리가하마의 해안에서 만난 평범한 여자 고등학생.

그녀의 말이 사쿠타의 마음을 움직였다. 그녀는 아무것도 하지 못한 약해빠진 자신을 용서해줬다. 자신의 후회를 들어줬다. 상냥함의 의미를 가르쳐줬다. 그리고 다시 고개를 들 힘을 나눠줬던 것이다.

그것들은 전부 사쿠타가 카에데에게 해주고 싶었던 것이다. 하지만, 해주지 못했던 것이다.

그래서 동경한 것이다.

쇼코처럼 되고 싶었다.

순수하게, 그저 강렬하게, 쇼코를 동경했다.

그리고 그런 순수한 마음을 누군가에게 품어본 적이 없었던 어린 사쿠타는, 자신의 내면에 싹튼 커다란 감정을 중3이나 되어가지고 연심으로 착각했다.

그것이 사쿠타의 첫사랑이다.

마이의 질문에 올바르게 대답하자면, 우상이라고 해야 할 것이다. 영웅이라고 말해도 될 것이다.

하지만 그 인식이 사실일지라도, 마이에게 그렇게 말해선 안 될 거라는 생각이 들었다. 착각도 포함해, 그것은 사쿠타의 첫사랑이었다. 그걸로 충분하다는 생각이 들었다. 사쿠타 본인도 그 마음의 정체를 알지 못해야 첫사랑으로서 딱 적당하다는 생각이 들었다.

그러니 마이가 같은 질문을 몇 번이나 할지라도, 사쿠타의 대답은 달라지지 않을 것이다.

"쇼코 씨는 첫사랑이에요."

"유감이네."

"뭐가요?"

"이제 와서 우상이라고 말한다면 더 괴롭혀줬을 거야."

"아쉽게 됐네요."

등골을 타고 오한이 흘렀다. 하마터면 지뢰를 밟을 뻔 했다.

"그러니 방금 그 말로 납득해줄게."

"어? 『그럼 나는 사쿠타의 뭐야?』 하고 안 물어보는 거예요?"

"나를 그런 성가신 여자라고 생각하는구나."

사쿠타를 시험하는 듯한 그 눈은 「원하면 연기해줄 수도 있어」 하고 말하며 웃고 있었다. 아무래도 순순히 물러서는 편이 좋을 것 같았다. 겨우 기분이 풀린 마이를 다시 언짢게 할 필요는 없으니까 말이다.

"그러고 보니, 마이 씨는 할 이야기가 있다고 했었죠?"

"그런 이야기를 할 기분이 아냐."

마이는 아직 기분이 나쁜지, 그런 성가신 반응을 보였다.

"에이, 너무해요. 마이 씨가 기대해도 된다고 해서, 잔뜩 기대했단 말이에요."

"이게 다 누구 탓인데."

"반성하고 있사옵니다."

"정말?"

"진심으로 반성하고 있다고요."

마이는 용서해주는 건지 훗 하고 웃었다. 하지만 그것은 사쿠타를 방심하게 만들기 위한 함정이었다.

"결혼식장에 가서, 쇼코 씨와 결혼식 흉내라도 냈어?"

마이는 웃는 얼굴로 무시무시한 공을 던졌다. 북쪽 대지가 낳은 투타 겸업 야구 선수도 깜짝 놀랄 정도의 강속구다.

"아까 납득해준다고 말하지 않았어요?"

"……."

눈이 무시무시했다.

"으음, 웨딩드레스를 입어보기는 했어요."

사쿠타의 목소리가 자연스럽게 작아졌다.

"쇼코 씨, 예뻤어?"

뭐라고 대답하는 편이 좋을까. 뭐라고 대답하든 정답이 아닐 것 같은 느낌이 들었다. 이 대화를 하게 된 순간부터 사쿠타의 패배는 확정되었던 것이다.

"웨딩드레스를 입은 마이 씨는 정말 아름다울 것 같아요."

"그걸 볼 수 있을지 없을지는 사쿠타에게 달렸어."

"엄청 보고 싶어요."

"그럼 앞으로는 자신의 행동에 신경을 써."

"예."

"하아……."

사쿠타가 진지하게 대답을 했는데도, 마이는 땅이 꺼져라 한숨을 내쉬었다. 하지만 그녀가 침묵을 지키는 것보다는 훨씬 나았다.

"할 이야기라는 건 24일에 관한 거야."

"예?"

"12월 24일 말이야."

"크리스마스이브?"

"영화 촬영이 순조로워서, 아직 그날 저녁 이후에는 스케줄을 잡지 않았어."

마이는 담담한 목소리로 말을 이었다. 들뜬 것 같지도, 화난 것 같지도 않았다. 굳이 따지자면 감정을 억누르고 있는 것처럼 보였다.

"이제부터 그 날에 스케줄이 잡힐 가능성은 없나요?"

"없지는 않지만…… 료코 씨에게는 가능한 한 비워달라고 말해뒀어."

마이는 사쿠타를 힐끔 쳐다보았다. 사쿠타를 올려다보는 그녀의 표정에는 기대가 어려 있었다.

"카에데도 할아버지와 할머니 집에서 묵을 거라며? 그러니까……"

마이는 말을 멈추더니 사쿠타와 시선을 마주했다. 그 뒷말은 사쿠타가 말하라는 뜻이리라. 하지만 사쿠타는 마이에게서 직접 그 말을 듣고 싶었기에…….

"그러니까?"

……하고 말했다.

"데이트하자."

마이는 부끄러움을 참는 듯한 목소리로 말했다. 그리고 그걸 지적당하고 싶지 않은 것인지…….

"에노시마의 조명장식을 보러가지 않을래?"

⋯⋯하고 빠른 어조로 말했다.

"⋯⋯."

사쿠타가 바로 대답하지 못한 것은, 두 가지 사실에서 비롯된 경악이 그의 몸을 지배했기 때문이다.

하나는, 쇼코가 말한 대로 데이트 약속을 하게 됐다는 점이다.

그리고 다른 하나는, 두 사람과 데이트를 하기로 한 장소가 겹쳤다는 점이다.

쇼코가 이 사실을 알고 있는지는 모르겠지만, 알고 있다고 생각하는 편이 타당할 것 같은 느낌이 들었다.

"사쿠타?"

"수족관의 해파리가 보고 싶네요."

"요즘 열차에 광고가 걸려있는 거기 말이야?"

가타세 에노시마 역에서 걸어서 몇 분 정도 거리에 있는 수족관에서는 이 계절이 되면 해파리 에어리어를 라이트업하고 있으며, 요즘 들어 그걸 대대적으로 홍보하고 있었다.

"예. 거기요. 매일같이 봤더니 좀 관심이 가네요."

"사쿠타는 해파리를 좋아해?"

"마이 씨와 함께 보는 해파리라면 좋아할 수 있을 것 같아요."

"그래? 그럼 수족관에서 데이트하자. 나, 일이 끝나면 바로 거기로 갈 테니까…… 역 앞보다는 수족관 앞에서 만나는 게 덜 눈에 띄겠지?"

"아마 그럴 거예요. 하지만 마이 씨가 나를 위해 힘써준다면 어디서든 눈에 띌 것 같지만요."

"그럼 꼭 수족관 앞에서 만나야겠네."

마이는 웃음을 흘리며 사쿠타의 도발을 여유롭게 받아넘겼다. 사쿠타가 얼마나 기대를 하든, 마이는 그 기대를 충족시킬 자신이 있는 것이다. 사쿠라지마 마이란 그런 사람이다.

"시간은 여섯 시 정도면 괜찮겠어?"

"나는……."

사쿠타가 말끝을 흐린 건 쇼코와 나눈 약속이 생각났기 때문이다. 그녀와의 약속 시간도 여섯 시였던 것이다.

하지만 약속 시간을 바꾸자는 생각은 하지 않았다.

결정을 내려야 하는 사람은 사쿠타다. 그리고 결정에 따라 행동하는 것이야말로, 사쿠타가 유일하게 할 수 있는 일이다. 설령 당일까지 고민하게 되더라도, 죄책감이 싹트더라도, 12월 24일 오후 여섯 시에는 수족관으로 향한다. 그리고 마이의 옷차림을 칭찬한 후, 함께 해파리 라이트업 쇼를 보며 「징그럽지만 귀엽네」 같은 말을 한다. 그렇게 커플다운 데이트를 마음껏 즐기는 것이다.

그것이 사쿠타가 할 수 있는 일이다. 마이를 위해, 쇼코를 위해 할 수 있는 유일한 일이다.

"그럼 여섯 시에 봐."

그러니 다짐을 받으려는 듯이 그렇게 말하는 마이에게……

"예."

……하고 사쿠타는 딱 잘라 대답했다.

마이를 좋아하니까. 소중한 연인이니까. 이유는 그것만으로 충분했다.

"마이 씨가 줄 크리스마스 선물이 기대되네요."

"바보, 데이트나 기대해."

주택가에 들어가자 두 사람은 목소리를 낮췄다. 마이는 부끄러워하듯 고개를 숙이더니 사쿠타와 좀처럼 눈을 맞추지 않았지만, 두 사람의 대화는 집에 도착할 때까지 쭉 계속되었다.

4

"어, 선배가 왜 가게에 있는 거야?"

12월 14일 일요일. 아르바이트를 하러 온 사쿠타는 웨이터복으로 갈아입고 매장에 들어갔다가 소악마와 마주쳤다.

"선배, 오늘 일하는 날이야?"

미심쩍은 듯한 눈길로 사쿠타를 쳐다보는 아담한 체구의

소녀는 그와 같은 고등학교에 다니는 1학년 후배…… 코가토모에다.

쇼트 보브 타입의 헤어스타일을 지녔고, 옅은 화장을 한 요즘 여자애인 그녀는 귀여운 느낌의 웨이트리스복이 잘 어울리는 소녀였다. 토모에를 쳐다보며 「저 애 좀 귀엽지 않아?」 같은 말을 하는 남자 손님도 몇 명이나 봤다.

"쿠니미 대타야."

"선배가 쿠니미 선배를 대신하는 건 절대 무리일걸?"

토모에는 진지한 표정으로 그렇게 말했다.

"아까 파트타임 아줌마도 『어머, 오늘은 유마 군이 안 오는구나……』하고 말하며 실망했었으니까 이제 그만 좀 해."

유마가 파트타임 아줌마까지 공략했다니, 정말 놀라왔다. 이 시원시원한 미남은 연령 및 성별을 불문하고 누구에게나 사랑받는 것 같았다. 불공평하기 그지없다.

"사쿠라지마 선배에게 줄 크리스마스 선물을 살 돈이 없어서 선배가 이제 와서 아르바이트를 늘린 줄 알았어."

"이번 달 아르바이트를 늘려봤자 크리스마스 전에 들어오지는 않는다고."

"그래서 「이제 와서」라고 한 거야."

"너, 나를 대체 어떤 놈이라고 생각하는 거야?"

"그럼 뭘 선물할지는 정했어?"

"선물을 살 돈이 없다고."

"우와, 최악이네."

예상치 못한 지출이 많았으니 어쩔 수 없다. 느닷없이 카나자와까지 여행을 간 대미지가 컸던 것이다. 이번 달 10일에 입금된 지난달 아르바이트 비는 그때 마이에게 진 빚을 갚았더니 전부 사라졌다. 그리고 카에데의 이미지 체인지 대작전을 위한 비용도 필요하니, 크리스마스에 투자할 예산은 없다고 해도 과언이 아니다.

"저기, 코가."

"돈이라면 안 줄 거야."

토모에는 사쿠타의 말을 끝까지 들어보지도 않고 딱 잘라 거절했다. 게다가 「안 빌려줄 거야」가 아니라 「안 줄 거야」라고 말했다. 토모에는 그 정도로 사쿠타를 정확하게 파악하고 있는 것이다.

"정말 인색하네."

"선배, 이대로 가다간 기둥서방이 될 거야."

어이없다는 듯한 목소리로 그렇게 말한 토모에는 무례하기 그지없는 눈길로 사쿠타를 쳐다보았다.

"초끈이론이네."

"선배, 무슨 소리를 하는 거야?"

"코가는 고도의 물리학 조크를 이해하지 못하는구나."

"어차피 선배도 이해 못하잖아?"

"평생 이해하지 못할 거라는 건 아니까, 어찌 보면 이해했다고도 할 수 있어."

일전에 물리실험실에 갔던 사쿠타는 리오가 읽던 책을 훑어본 적이 있는데, 전제조건에 관한 이야기도 이해할 수가 없었다. 그 뿐만 아니라 책 첫머리에 적혀 있던 저자 코멘트조차 끝까지 읽어보지 않고 책을 덮었던 것이다.

그렇게 어려운 것들은 머리가 좋은 사람들에게 맡기면 된다. 자신이 할 수 있는 일만 열심히 하면 되는 것이다. 사쿠타는 그 순간, 인생의 교훈을 배웠다.

현재 사쿠타가 주력해야 하는 것은 초끈이론을 해명해서 이 세상의 구조를 해석하는 것이 아니라, 크리스마스이브를 누구와 보낼지를 정하는 것이다. 그리고 그 선택에 따라 행동하면 되는 것이다.

그리고 이미 결심했다시피, 당일에 마이와 크리스마스를 즐겁게 보내는 것이야말로 무엇보다 중요하다고 생각한다. 어중간한 짓을 하지 않기 위해서라도 말이다.

"선배, 혹시 좋은 일 있었어?"

"뭐?"

"아까부터 계속 실실대고 있잖아. 그리고 평소 같으면 이쯤에서『건방지네』같은 소리를 하며 나한테 성희롱을 했을 거야."

"그건 또 무슨 소리야?"

사쿠타는 토모에가 정말 날카로운 애라고 생각했다. 자기 주위에 있는 사람들을 잘 살펴봤다. 변화에 민감했다. 그런 토모에가「좋은 일 있었어?」하고 물어봤다는 것은 환영할 일이다. 그런 식으로 보인다면, 자신이 그런 식으로 생각하고 있다는 증거이기도 했다.

둘 중 한 명을 고르라는 잔혹한 선택의 기로에 서있지만, 이것은 비관할 상황이 아니다. 한 사람은 현재 애인이며, 다른 한 명은 첫사랑이다. 민폐 그 자체라거나, 당혹스럽다거나, 위가 아프다 같은 생각을 하는 것 자체가 바보 같은 일이다.

크리스마스이브는 1년을 통틀어 손꼽힐 정도로 특별한 날로 세간에서 여겨지고 있다. 특히 커플에게 있어서는 더욱 그렇다. 그런 날을 사쿠타와 함께 보내고 싶다고 말해준 여자가 두 명이나 있다. 그것은 그저 행복한 일인 것이다.

"그러는 코가야말로 무슨 일 있었어?"

"응? 왜 그런 소리를 하는 건데?"

"팔뚝이 두꺼워졌거든."

"그, 그렇지 않아!"

"아, 원래 그랬던 거구나."

"선배, 정말 너무해!"

토모에는 팔뚝을 숨기려는 것처럼 양손으로 자신의 몸을 감싸며 옆으로 돌아섰다.

"진짜 짜증나! 진짜 짜증난대이!"

"자아, 기분전환도 했으니까 일이나 해야지."

"선배, 내가 살 빼면 사과해!"

"그때는 이 레스토랑의 파르페를 사줄게."

현재 계절 한정 메뉴로서 딸기 듬뿍, 칼로리도 듬뿍인 점보 사이즈 파르페를 팔고 있다. 토모에도 그거라면 만족할 것이다.

"그런 걸 먹으면 다시 살이 찔 거라구!"

기뻐해주는 것 같아 정말 다행이다.

자신의 말에 매번 반응해주는 토모에를 때때로 놀리며 아르바이트를 한 사쿠타는 퇴근 예정 시각인 오후 다섯 시를 20분 정도 오버해서 타임카드를 찍었다. 슬슬 퇴근하려고 하던 타이밍에 단체 손님이 몰려온 바람에 접객을 하느라 좀 늦어진 것이다.

사복으로 갈아입고 아르바이트를 하는 패밀리 레스토랑을 나서니, 다섯 시 반이었다. 사쿠타는 그대로 쇼코가 입원한 병원으로 향했다.

가랑비를 맞으며 병원으로 향한 사쿠타는 면회 시간이 끝나기 직전인 오후 5시 55분에 병원에 도착했다. 병원 안을 뛰어다닐 수는 없기에, 사쿠타는 빠른 걸음으로 목적지에 향했다.

사쿠타는 너스 스테이션 앞에서 낯이 익은 간호사 누님에게 고개를 꾸벅 숙였다.

"이제 3분밖에 남지 않았어."

그 누님은 어쩔 수 없다는 듯한 어조로 그렇게 말했지만, 표정을 보아하니 면회 시간을 조금 어겨도 이해해줄 것 같았다.

"빨리 가보렴."

사쿠타는 한 번 더 고개를 숙인 다음, 카운터 앞을 지났다. 이 복도를 쭉 나아가면, 쇼코의 병실에 갈 수 있다. 문은 이미 보이고 있었다.

사쿠타가 병실에서 10미터 떨어진 곳까지 접근했을 즈음, 그 병실의 문이 살짝 열렸다. 그리고 쇼코가 문틈을 통해 고개만 쏙 내밀어 복도를 쳐다보았다. 그녀는 왠지 불안한 표정을 짓고 있었지만, 병실 쪽으로 걸어오는 사쿠타를 보더니…….

"아!"

……하고 환성을 지르면서 환한 미소를 지었다.

"늦어서 미안해."

"아뇨. 충분히 빨리 오셨어요."

쇼코는 핀트가 어긋난 발언을 했다.

"에이, 빨리 온 건 아니잖아. 곧 면회 시간이 끝난다고."

"사쿠타 씨가 와주는 시간에 빠르고 늦고가 어디 있겠어요."

쇼코는 문을 활짝 열면서 사쿠타를 병실에 들였다. 표정과 목소리는 밝지만, 링거대를 밀면서 침대로 돌아가는 모습을 보니 왠지 안쓰러웠다.

"……."

역시 병세가 좋지 않은 것이리라.

"영차."

쇼코는 침대에 올라갔다. 병 때문인지, 입원생활 때문인지는 모르겠지만 체력이 떨어진 것은 틀림없었다. 잠옷도 예전보다 헐렁해진 것 같은 느낌이 들었다.

사쿠타는 원형 의자에 앉더니, 가라앉은 기분을 풀려는 것처럼 쇼코에게서 시선을 뗐다. 병실 안을 둘러보던 그는 사이드테이블 위에 놓인 프린트를 향해 손을 뻗었다.

"앗."

한순간, 쇼코의 표정에 당혹스러움이 어렸다. 마치 남에게 보여주고 싶지 않은 것을 보여준 듯한 반응이었지만, 사쿠타는 이미 이 프린트를 본 적이 있었다. 초등학생 때 쓴 미래 계획표. 끝까지 쓰지 못한 채, 계속 숙제로 남겨뒀던 것…….

사쿠타는 그 프린트를 펼쳐보았다.

"응?"

사쿠타의 입에서 의문이 어린 목소리가 흘러나온 것은, 며칠 전에 봤을 때는 없던 문장이 적혀 있었기 때문이다.

—크리스마스이브에 데이트를 하기로 약속한다.

대학생 란에 그렇게 적혀 있었던 것이다.

지금까지와 마찬가지로 애초부터 적혀 있었던 것처럼 자연스러웠다. 대체 무슨 일이 일어나고 있는 것일까.

어른 쇼코에게서 충격적인 고백을 들었던 그 날…… 사쿠타는 이 프린트에 대해서도 어른 쇼코에게 물어보았다. 가장 유력한 가능성은 어른 쇼코의 장난이기 때문이다. 하지만 쇼코의 대답은 NO였다.

"제가 그런 짓을 할 이유가 없잖아요?"

쇼코는 그렇게 주장했다. 확실히 맞는 말이었다. 애초에 프린트는 항상 이 병실에 있었으니, 어른 쇼코가 프린트에 글을 적기 위해서는 이곳에 몰래 숨어들어야만 할 것이다. 아무에게도 들키지 않고 몇 번이나 그러기 위해서는 스파이 영화의 주인공 뺨치는 잠입 스킬이 필요하리라.

리오에게 물어봐도 이 점에 관해서는 잘 모르겠다고 말했다. 완전히 두 손 두 발 다 든 상태였다. 하지만 프린트에 적힌 내용으로 볼 때, 어른 쇼코의 행동이 어떤 식으로든 영향을 끼치고 있는 것은 아닐까, 하고 리오는 말했다. 사쿠타도 그 의견에 동의했다.

"또 늘어났네."

"아, 예. 그래요."

쇼코는 약간 미안해하듯 고개를 살짝 숙였다. 아무래도 그녀는 이 프린트에 대해 이야기하고 싶지 않은 것 같았다. 그 이유를 생각해보고 있을 때, 병실 입구 쪽에서 노크 소리가 들렸다.

"예."

쇼코가 대답을 하자, 간호사 누님이 문을 열고 들어왔다. 아까 이야기를 나눴던 누님이었다.

"내가 다른 병실을 돌아보고 올 때까지만 봐줄게."

그 간호사 누님은 면회 시간이 이미 끝났다는 말을 그렇게 돌려가면서 했다. 병실에 있는 시계를 보니 이미 여섯 시가 지났다.

"그럼 천천히 돌아주세요."

"그럴 수는 없어."

사쿠타의 어리광을 딱 잘라 거절한 그 누님은 복도로 나갔다. 방금 말한 것처럼 평소와 같은 페이스로 각 병실을 돌아보고 있는 것 같았다.

"내일은 좀 더 빨리 올게."

"사쿠타 씨, 저기……."

말끝을 흐린 쇼코의 표정은 희미하게 어두워졌다. 고개를 숙인 그녀는 머뭇거리며 자신의 손을 쳐다보았다. 지그시 쳐다보고 있었다. 한 곳을 그저 지그시…….

"응?"

"사쿠타 씨에게는 이야기해야겠다고 전부터 생각했어요……."

불안에 찬 쇼코의 눈을 보자, 그녀가 무슨 말을 하려는 것인지 상상이 되었다. 그리고 그 상상은 아마 정답일 것이다.

"제 병 말인데…… 좋지 않아요."

차분한 목소리였다. 하지만 그 안에는 확연한 의지가 어려 있었다. 사쿠타에게 사실을 전하기 위해, 강렬한 의지를 품고 있는 것이다.

"……"

"그다지…… 좋지 않아요."

커다란 바위가 마음을 짓누르고 있는 듯한 기분이었다. 몸이 아래쪽으로 잡아당겨지는 듯한 느낌마저 들었다.

"그렇구나."

"지금은 약으로 증상을 억누르고 있지만…… 그것도, 한계예요……"

"그렇구나……"

"예. 그러니까……!"

쇼코는 용기를 쥐어짜낸 듯한 목소리로 그렇게 말했다. 그녀는 고개를 들더니, 사쿠타를 똑바로 쳐다보았다. 그리고 크게 숨을 들이마신 다음, 눈동자를 결의로 가득 채우더니…….

"이제, 문병을 오지 마세요."

……사쿠타를 향해 미소를 지으며 그렇게 말했다. 그녀의 얼굴에는 환한 미소가 어려 있었다. 1밀리그램의 불안도 존재하지 않는 완벽한 미소였다.

대체 쇼코의 이 조그마한 몸에는 얼마나 많은 용기가 담겨있는 것일까. 자신 또한 불안해서 죽을 것만 같을 텐데도, 어째서 사쿠타를 배려할 수가 있는 것일까.

쇼코가 환한 미소를 지으며 이런 말을 한 것은, 사쿠타를 생각해서다. 쇼코를 만나면 만날수록, 진정으로 작별을 하게 됐을 때 느끼는 슬픔 또한 커질 것이다. 깊어지리라……. 이제 와서 남남이 될 수는 없겠지만, 적어도 이 세상에 남겨질 사쿠타가 느낄 아픔은 작아지는 편이 좋을 거라고 생각하기에, 쇼코는 이런 말을 하는 것이다. 자신이 사라진 후의 일까지 걱정하고 있는 것이다. 이 가녀리고 조그마한 몸으로……. 아직 중학교 1학년에 불과한 여자애가…….

대체 왜 쇼코는 혼자서 이렇게 많은 것을 짊어져야만 하는 것일까. 이 세상은 불평등하고, 불합리하다. 이런 한탄조차 아무 의미도 없는 세상 따위 잘못됐다.

하지만 사쿠타의 대답은 정해져 있다. 어려운 생각 같은 것은 머리가 좋은 사람에게 맡기면 된다. 사쿠타는 사쿠타가 할 수 있는 일을 하면 된다. 이 상황에서도 사쿠타가 할 수 있는 일이 있다. 공부는 못하지만 그 정도는 알 수 있다.

사쿠타는 소리를 내지 않으며 심호흡을 한 번 했다. 그리고…….

"싫어."

……하고 평소와 다름없는 어조로 쇼코에게 말했다. 의욕이 느껴지지 않는 죽은 생선 같은 눈빛을 띄며……. 힘없는

목소리로…… 흔하디흔한 일상적인 분위기 속에서, 사쿠타는 그렇게 대답한 것이다.

"예?"

쇼코는 얼이 나간 듯한 표정을 지었다. 일생일대의 각오를 하며 방금 그 말을 했는데, 사쿠타가 이런 반응을 보였으니 말이다.

"내일도 올 거고, 모레도 올 거야. 뭐, 아르바이트 때문에 못 오는 날도 있겠지만, 마키노하라 양이 퇴원하는 그 날까지 매일 문병을 올게."

사쿠타는 쇼코가 정신을 차리기 전에 자신의 진의를 전하려는 것처럼 그렇게 말을 늘어놓았다.

어른 쇼코에게서 미래를 듣지 못했다면, 이렇게 단호하게 자신의 의지를 전하지는 못했을지도 모른다.

하지만 어른 쇼코는 이 당시에 사쿠타가 매일같이 문병을 와줬다고 말했다. 미래에 대해 전혀 알지 못했던 자신이 할 수 있었던 일을, 미래를 알고 있는 자신이 못할 리가 없다.

"하지만 저는……."

쇼코는 부들부들 떨기 시작했다.

"저는……!"

쇼코는 이러면 안 된다는 듯이 다시 한 번 사쿠타를 거부하려 했다.

"괜찮아."

사쿠타는 그렇게 말하면서 천천히 몸을 일으켰다. 그리고 침대를 향해 한 걸음 다가가더니, 쇼코의 머리에 손을 얹었다.

"마키노하라 양은 힘냈어."

"……예?"

쇼코는 이 말이 뜻밖인지 눈을 치켜떴다.

"힘냈잖아."

쇼코는 불안을 겉으로 드러내지 않기 위해 힘냈다.

"최선을 다했어."

아버지와 어머니에게 걱정을 끼치지 않기 위해 최선을 다했다.

"진짜로 최선을 다했잖아."

실은 무서워서 견딜 수가 없을 테지만, 힘차게 웃고, 다른 이들에게 감사하며, 자신은 행복하다는 것을 필사적으로 전하려 했다.

"오늘까지, 매일매일, 누구보다도 힘을 내왔어."

사쿠타의 앞에서도 항상 웃었으며…… 오늘도, 마지막까지 그러려고 했다.

"……사쿠타 씨."

쇼코의 눈에 눈물이 맺혔다. 하지만, 그 눈물조차 쇼코는 참으려 했다. 눈물을 흘리지 않으려 했다. 사람들에게 사랑받으며, 행복으로 마음을 가득 채운 마키노하라 쇼코이려고 했다.

하지만 사쿠타는 쇼코가 그런 허세를 부리게 둘 수 없었다. 쇼코는 보답을 받아야만 한다. 그녀가 보답 받지 못하는 세상 따위, 정상이 아니다.

"그러니까, 이제 힘내지 않아도 돼."

결국 쇼코의 눈에서 눈물이 흘러나왔다.

"하지만, 저는…… 저는……."

떨리는 입술에서는 좀처럼 말이 흘러나오지 않았다.

"이제 힘내지 않아도 돼."

"윽!"

쇼코의 몸이 부르르 떨렸다.

"저는…… 저도……!"

쇼코는 눈을 꼭 감았다. 커다란 눈물방울이 시트를 적셨고, 감정을 억누르던 둑이 무너졌다.

"저도, 병 같은 거에 걸리고 싶지 않았어요!"

그저, 한결같이 올곧은 마음. 이 세상의 그 누구도 한탄하고 있는 그녀를 책망할 수 없으리라. 쇼코는 감정과 눈물을 터뜨리며 사쿠타에게 매달렸다. 그의 품에 얼굴을 묻었다.

"항상, 다른 사람들처럼……!"

"그랬구나."

"왜, 하필 제가 이런 병에 거린 거냐고요!"

"그래."

"살고 싶어요……."

"……."

"저도, 살고 싶어요."

"응."

"살고…… 살고……."

쇼코는 지금까지 그 감정을 입 밖으로 토하지 못했다. 토할 수가 없었다. 그 말을 했다간, 주위의 어른들이 힘들어할 것이다. 그들의 얼굴이 흐려질 것이다. 분위기가 무거워질 것이다. 폐를 끼치고 말 것이다. 그러니까…….

"저…… 저는……."

"……."

"저는……."

오열이 섞인 그 마음은 말로 표현되지 못했다. 아니, 그녀의 마음속에 말로 표현할 수 있는 감정이 존재하지 않는다고 사쿠타는 생각했다. 눈물로만 전할 수 있는 마음도 있다. 울음소리로만 밝힐 수 있는 마음도 있는 것이다. 그렇기 때문에 그 커다란 감정은 깊숙이 전해진다. 사쿠타의 옷을 꼭 움켜쥔 조그마한 손에서 느껴지는 떨림이, 말보다 유창하게 쇼코의 소망을 알려주고 있었다.

"저는……."

"나는 괜찮아."

"……."

"내일도 올게."

"······사쿠타 씨."

"모레도 올게."

"······흐흑."

쇼코는 필사적으로 눈물을 참으려 했다.

"아르바이트 때문에 못 오는 날도 있겠지만······."

"······."

"마키노하라 양이 건강해져서 퇴원하는 그 날까지, 매일 문병을 올게."

"······정말인가요?"

쇼코의 목소리는 눈물에 젖어 있었다. 콧소리가 섞인 탓에 평소보다 앳된 것처럼 들렸다.

"당연하지."

"······사쿠타 씨."

쇼코는 울먹이면서 천천히 사쿠타에게서 떨어졌다.

"······약속, 해줄래요?"

"그래."

"그럼, 손가락 걸고 약속해요······."

쇼코는 조그마한 손가락을 내밀었다. 사쿠타는 그녀의 새끼손가락에 자신의 새끼손가락을 걸었다.

"왠지 부끄러워요."

쇼코는 멋쩍은 미소를 흘렸다. 부끄러운 마음을 얼버무리려는 듯이 웃고 있었다.

사쿠타는 사이드테이블 위에 놓여 있는 티슈를 두 장 뽑아서 쇼코에게 건네줬다. 눈물을 닦으라고 건네준 것인데, 쇼코는 코를 풀었다.

사쿠타는 그런 쇼코를 보고 웃음을 흘렸다.

"사쿠타 씨?"

쇼코는 고개를 갸웃거렸다. 하지만 사쿠타가 아무 말도 하지 않자, 쇼코 또한 덩달아 웃음을 흘렸다.

사쿠타는 이 한순간만이라도 쇼코의 불안이 잦아들기를 기원했다. 그렇게만 된다면 사쿠타로서는 바랄 것이 없었다. 그런 거라도 할 수 있다면 불만은 없다.

"자아~. 면회 시간은 끝났어."

마치 이때를 기다린 것처럼 간호사 누님이 병실에 들어왔다. 목소리가 왠지 연기라도 하는 듯한 톤이었다. 어쩌면 두 사람의 대화를 듣고 있었던 것일지도 모른다. 의미심장한 시선으로 쳐다보는 걸 보니 틀림없어 보였다. 그녀의 눈은 「잘했다」고 말하는 것만 같았다.

"그럼 내일 봐."

"예."

쇼코는 빙긋 웃으면서 손을 흔들었다.

사쿠타도 마주 손을 흔들려 한…… 바로 그때였다.

"……윽!"

그런 신음을 흘린 쇼코의 표정이 갑자기 흐려졌다. 양손을 자신의 가슴에 대더니, 뭔가를 참듯 가슴을 꾹 눌렀다.

쇼코는 그대로 침대에 쓰러지더니, 고통을 호소했다.

"으…… 아아……."

쇼코는 무슨 말을 하려고 했지만, 그녀의 입에서는 공기가 새는 소리만 났다. 이 모든 것은 겨우 몇 초 만에 벌어진 일이었다.

"비켜!"

간호사 누님은 침대 옆에 서있던 사쿠타를 밀쳐내더니, 서둘러 너스 콜을 눌렀다.

"무슨 일이죠?"

그리고 스피커에서 목소리가 흘러나오자…….

"마키노하라 양의 용태가 급변했어요."

……하고 차분한 목소리로 말했다.

그 후, 그녀는 「쇼코 양? 쇼코 양?」 하고 의식을 확인해보듯 몇 번이나 그렇게 말했다.

그러는 사이, 병실 안의 분위기가 순식간에 달라졌다. 흰색 가운을 걸친 의사 두 명이 병실에 뛰어 들어왔다. 40대 후반과 30대 후반의 의사였다. 간호사도 세 명 왔다. 개인 병실은 의료 스태프로 가득 차고 말았다.

침대 주위에는 사쿠타가 있을 곳이 없었기에, 그는 가장 떨어진 곳에 있는 벽에 기대섰다.

쇼코의 상태를 확인한 40대 후반의 의사가 「수술실을 확인해보고, 가족에게도 서둘러 연락해. 그리고 중환자실도 확보하도록」 하고 담담한 목소리로 지시를 내렸다. 그러자 간호사 두 명이 병실 밖으로 뛰쳐나갔고, 곧 다른 간호사가 들것을 밀면서 들어왔다.

　의사의 지시에 따라 쇼코를 들것에 옮기더니, 그들은 그녀를 서둘러 병실 밖으로 옮겼다.

　사쿠타는 그런 급박한 상황을 그저 지켜보고 있을 수밖에 없었다. 평범한 고등학생이 할 수 있는 일은 아무 것도 없었다. 아무 것도 하지 않는 것이 그가 할 수 있는 유일한 일이었다. 하지만 아무 것도 하지 않자, 불안과 초조가 마음속에 쌓였다. 그것들을 뛰어넘는 감정이, 공포가 되어 사쿠타의 몸을 옭아맸다.

　뭐라도 하지 않으면 불안에 집어삼켜질 것만 같았다. 쇼코는 언젠가 이식수술을 받고 목숨을 건진다. 그 미래를 알고 있는데도, 이곳의 긴장된 분위기가 사쿠타의 몸을 옭아맸다. 그리고 만약 어른 쇼코가 말했던 미래가 찾아오지 않는다면…… 같은 최악의 상상이 머릿속을 스치고 지나갔다. 사쿠타는 누군가가 저렇게 괴로워하는 모습을 지금까지 본 적이 없었다. 그래서 몸 한가운데에서 커다란 불안이 소용돌이치고 있는 것이다.

　그러니 하다못해 쇼코를 태운 들것을 쫓아가자고 생각한 사쿠타는 무의식적으로 복도에 나갔다.

멀어져가는 쇼코를 쫓아가기 위해 한 걸음, 두 걸음, 내디뎠다. 하지만 세 걸음을 내디디려던 순간, 사쿠타의 가슴에서 격렬한 통증이 느껴졌다. 그 고통은 몸 안에서 밖으로 퍼져나가고 있었다.

"……아야."

사쿠타는 흐릿해지는 의식을 깨우기 위해, 일부러 그렇게 말했다. 시야가 갑자기 좁아지더니, 아무 소리도 들리지 않았다. 똑바로 서있을 수 없어서 복도 벽에 기댄 그는 그대로 무너지듯 바닥에 주저앉았다.

반사적으로 가슴에 댄 손바닥에 뭔가가 묻어 있었다. 명확한 위화감과 불쾌감이 느껴졌다. 고개를 숙여보니, 손바닥은 새빨간 색으로 물들어 있었다. 옷 안에서 선혈이 배어나오고 있었다.

겨우겨우 고개를 들자, 멀어져 가는 쇼코의 들것이 보였다. 하지만 들것의 바퀴가 굴러가는 소리도, 대화를 나누는 의사들의 목소리도 들리지 않았다. 가슴의 통증이 사쿠타가 느끼고 있는 유일한 감각이었다. 그 통증이 다른 모든 감각을 잠식한 것만 같았다.

"뭐가 어떻게 되고 있는 거야……."

사쿠타의 머릿속을 지배하고 있는 것은 이 통증에 대한 짜증과 의문이었다.

이 가슴의 상처는 2년 전에 『카에데』를 구하지 못하고 느긴 후회와 자책을 상징한다. 여동생을 구하지 못한 사쿠타에게 내려진 벌이 사춘기 증후군이라는 형태로 나타난 거라고 지금까지 생각했다.

"그게 왜 지금……."

알 수 없다.

지금 이 순간에 일어난 일은, 『카에데(花楓)』와도, 『카에데』와도 상관없다. 고통스러워하는 쇼코를 보고 충격을 받은 건 이해하지만…… 사쿠타는 어린 쇼코가 구원받는다는 사실을 알고 있다. 어른 쇼코에게서 그 미래를 들었다. 그러니 후회하기에는 아직 이른 것이다.

그렇다면…….

"……뭐가 어떻게 된 거냐고."

역시 뭐가 어떻게 된 것인지 알 수가 없다.

알 수가 없지만, 이 고통은 사쿠타에게 어떤 가능성을 제시하고 있었다.

어쩌면, 착각을 하고 있는 걸지도 모른다.

가슴에 난 이 상처는 동생과 아무런 상관이 없을지도 모른다.

그런 가능성이 머릿속을 스치는 가운데, 사쿠타의 의식을 점점 멀어지더니, 이윽고 시꺼먼 어둠에 뒤덮였다.

먼 곳에서 파도 소리가 들려왔다.

그것은 천천히 발치까지 밀려오더니, 조용히 스며들듯 바다의 존재감을 사쿠타의 온몸에 전해줬다.

발끝에서 겨우 30센티미터 떨어진 곳까지 밀려온 새하얀 파도가 단숨에 빠져나갔다.

자신의 눈에 비친 것을 인식한 순간, 사쿠타는 자신이 모래사장에 서있다는 사실을 그제야 자각했다.

눈에 익은 시치리가하마의 풍경이 눈앞에 펼쳐져 있었다. 그 모든 것은 현실미를 띄고 있는 것처럼 보였다.

하지만, 이것은 꿈이다.

불가사의하게도 사쿠타는 그 사실을 알고 있었다.

요즘 들어서는 꿈에 거의 나타나지 않았던 2년 전의 추억. 고등학생인 쇼코와 만났던 시절의 꿈.

그걸 증명하듯, 그녀의 목소리가 근처에서 들려왔다.

"저기, 키스할래?"

느닷없이 농담 투로 그렇게 말한 사람은 세 걸음 정도 떨어진 곳에 있는 여자 고등학생이었다. 미네가하라 고교의 교복을 입은 2년 전의 쇼코. 고등학생이 된 어린 쇼코다.

"안 해요."

사쿠타는 퉁명한 목소리로 그렇게 대답했다.

"양치질 했으니까 걱정하지 말아요."

"수상한 사람과 키스를 하면 안 된다고 초등학교 때 안 배웠어요?"

"저는 배운 적 없는데요?"

"나도 배운 적 없어요."

"후훗, 무슨 소리를 하는 건지 모르겠네요."

별것 아닌 대화를 나누다, 느닷없이 웃음을 흘렸다.

"하지만, 사쿠타 군."

"예."

"방금, 가슴이 뛰었죠?"

쇼코는 입술 가장자리를 치켜 올리면서 의기양양한 미소를 지었다. 중학교 3학년인 사쿠타를 놀리는 걸 즐기고 있었다.

"흥분하면 가슴에 난 상처가 아프니까 좀 자제해 주세요."

"사쿠타 군은 수상한 여자애에게 키스하자는 말을 듣고 흥분한 거군요?"

"……."

"어째서 그런 걸려나~?"

쇼코는 몸을 앞쪽으로 살짝 숙이더니, 사쿠타의 얼굴을 올려다보았다. 긴 머리카락이 바닷바람에 휘날리며, 어깨 아래로 아름답게 흘러내렸다.

"남자의 생리현상이에요."

"그게 다예요?"

쇼코는 끈질기게 추궁했다.

"그게 다예요."

"툴툴대면서도 매일같이 나를 만나러 와주면서?"

"바다를 보러 온 것뿐이에요."

"흐음~."

"쇼코 씨는 대체 무슨 말이 하고 싶은 거죠?"

"굳이 따지자면 듣고 싶은 거예요."

"……."

"농담이에요."

쇼코는 혀를 살짝 내밀면서 한쪽 눈을 감았다. 그 후…….

"저도 마찬가지예요."

의미심장한 목소리로 그렇게 말했다.

"뭐가 마찬가지라는 건데요?"

"사쿠타 군을 보고 있으면, 저도 가슴이 뛰어요."

쇼코가 장난기 넘치는 고백을 하자, 사쿠타의 심장이 크게 뛰었다.

"진짜로 가슴에 난 상처가 아플 것 같으니까 그만해요. 또 피가 콸콸 쏟아지기라도 하면 이유를 설명할 수 없으니 진짜로 난처해진다고요."

사쿠타는 혹시나 하는 마음에 옷 안을 살펴보았다. 상처에는 딱지가 붙어 있었다. 피는 멎었으며, 상처 주위가 붉은

색을 띠고 있었다.

"괜찮아요."

"……"

무책임한 소리 하지 마요…… 하고 사쿠타는 대꾸할까 생각해봤지만 결국 하지 않았다. 쇼코의 말은 사쿠타를 안심시키는 온기를 지니고 있으며, 불가사의한 확신으로 가득 차 있었다. 적어도 쇼코는 자신의 말을 믿고 있었다. 그렇지 않다면 저렇게 확신에 찬 말을 하지 못할 것이다.

"분명 나을 거예요."

상냥한 음색을 띤 그 말이 사쿠타의 귓속으로 스며들며 그의 온몸을 따뜻하게 해줬다.

"뭐, 언젠가 낫기는 하겠죠."

그렇지 않다면 곤란했다. 하지만 쇼코는 고개를 저었다. 조용히, 두 번 저은 것이다.

"사쿠타 군의 마음에 난 상처도, 가슴에 난 상처도…… 제가 꼭 치료해줄게요."

쇼코는 상냥하기 그지없는 미소를 지었다. 봄 햇살처럼 상냥한 미소가 사쿠타를 부드럽게 감싸 안았다.

사쿠타는 그런 쇼코를 넋 놓고 쳐다보고 있었다는 것을 부정하려는 것처럼 고개를 돌리더니…….

"무슨 소리를 하는 건지 모르겠어요."

……하고 빠른 어조로 말했다.

그래서, 눈치채지 못했다.

"괜찮아요. 제가, 반드시 사쿠타 군을……."

사쿠타는 비슷한 말을 한 번 더 입에 담은 쇼코의 진의를 알지 못했다.

그저 떨리고 있는 가슴을 진정시키려 했다. 다급한 종소리처럼 울리고 있는 심장의 고동을, 필사적으로 억누르려 했다.

눈을 떠보니, 새하얀 천장이 무기질적으로 사쿠타를 내려다보고 있었다.

가늘고 긴 형광등에서 빛이 뿜어져 나오고 있었다.

눈앞에 펼쳐진 광경이 현실이며, 이곳이 병원 침대 위라는 사실을 깨달은 순간, 사쿠타의 가슴에 통증이 어렸다. 시선을 내려보니, 어깨와 가슴에 붕대가 감겨 있었다.

사쿠타는 의식을 잃기 전의 상황을 떠올렸다. 가슴에서 느껴지는 극심한 통증을 견디다 못한 사쿠타는 복도에서 주저앉았고, 정신을 차려보니 이곳에 있었다.

"사쿠타 군."

그렇게 말하며 침대를 향해 몸을 내민 사람은 쇼코였다. 어른 쇼코. 니트 모자와 안경을 썼다. 묘하게 냉정한 사쿠타의 머리는 이 상황을 인식하더니, 「병원에 오기 위해 변장을 했구나」 하고 생각했다.

"이곳은 병원이에요. 이해했나요?"

"······예."

"갑자기 쓰러졌다는 연락을 전화로 받고····· 깜짝 놀랐어요."

"······."

사쿠타는 걱정스러운 표정으로 자신을 쳐다보는 쇼코의 얼굴을 지그시 쳐다보았다.

"사쿠타 군?"

사쿠타의 손은 자연스럽게 붕대에 감긴 자신의 가슴으로 향했다.

"꿈을 꿨어요."

"꿈?"

"2년 전의 꿈······."

"······."

"쇼코 씨와 처음 만났던 시절의 꿈이에요."

"그랬군요······."

"그때도, 이랬어요."

"······."

"내 가슴에 이 상처가 생기고······."

사쿠타는 말을 고르면서, 머리를 굴리면서, 자신이 어떤 해답을 향해 나아가고 있다는 사실을 불가사의하게도 이해했다.

아직 자각은 하지 못했지만, 눈치챘다. 이 몸의 감각이 어떤 사실을 받아들이고 있다. 가슴에 난 상처는 카에데가 당한 집단 괴롭힘에 기인한 것이며, 동생을 지키지 못했다는 후회와, 동생을 위해 아무 것도 못했다는 자책에서 비롯된 벌이라고 사쿠타는 생각했다. 시기도 일치하며, 당시의 사쿠타는 정신적으로 궁지에 몰려 있었다. 그러니 이 견해를 부정할 요소는 하나도 없었다. 가장 적절한 이유로서 납득할 수 있었던 것이다.

하지만 며칠 동안 자신에게 생긴 이변은 그것으로 설명이 되지 않는다. 쇼코의 병이 악화되어서 마음이 아픈 것은 사실이지만, 사쿠타는 그녀가 살아남는다는 사실을 알고 있다. 하지만, 사쿠타의 가슴에 난 상처가 또 벌어진 것은 대체 어째서일까.

2년 전, 이 상처가 생기고 얼마 지나지 않아서 쇼코와 만났다.

그리고 2년이 지난 지금, 『카에데』를 잃은 슬픔 때문에 또 상처가 벌어졌다. 하지만 그것은 그저 우연이었던 것이다. 그 직후, 사쿠타는 누구와 재회했던가.

"……"

지금도 상냥한 눈길로 사쿠타를 지켜보고 있는 한 여성…….

어느새 사쿠타는 그것이 유일한 해답이라는 사실을 깨달았다. 그의 몸이 그렇게 외치고 있었다. 몸속에서 터져 나오는 고동이 그렇다고 울부짖고 있는 것이다.

그렇기에, 놀라지도, 당황하지도, 초조해하지도, 불안에 떨지도…… 그리고, 한줌의 희망도 품지 않으며, 사쿠타는 그 말을 입에 담았다.

"쇼코 씨의 가슴에는, 내 심장이 들어있는 거군요."

"……."

쇼코는 천천히 눈을 감았다. 그것은 사쿠타의 말을 인정한다는 뜻이 담긴 행동이기도 했다.

"역시 사쿠타 군은 눈치채는군요."

쇼코는 천천히 자신의 가슴에 손을 댔다.

"저는, 사쿠타 군에게서 미래를 받았어요."

희미하게 젖은 눈동자에서는 복잡한 감정이 일렁이고 있었다. 고마움과, 안타까움과 순수한 슬픔. 그 외에도 여러 감정이 원형을 알아볼 수 없을 만큼 뒤엉켜 있었다.

"……."

"……."

두 사람이 아무 말도 못하고 있을 때, 덜컹 하는 소리가 들렸다.

"……어?"

복도 쪽에서 들려온 소리였다.

사쿠타와 쇼코는 반사적으로 입구를 향해 고개를 돌렸다.

"아……."

사쿠타는 무심코 신음을 흘렸다.

얼굴이 새파랗게 질린 마이가, 그곳에 서있었기 때문이
다……

"방금 그 말, 무슨 뜻이야?"

떨림으로 가득 찬 마이의 목소리가 셋밖에 없는 병실에서
조용히 울려 퍼졌다.

제4장

두 개의 길

1

세 개의 침묵이 병실을 가득 채우고 있었다.

그 중 하나는 사쿠타의 것이며, 다른 하나는 어른 쇼코의 것이다. 그리고 마지막 하나는 마이의 침묵이다.

의지를 지닌 정적 속에서, 마이가 발소리를 내며 침대 위에 있는 사쿠타를 향해 걸어갔다. 그리고 사쿠타의 앞에 서서 그를 쳐다보더니, 곧 쇼코를 향해 고개를 돌렸다.

"방금 그 이야기는 대체 뭐죠……?"

"……."

뭐라고 말해야 할지, 어떤 반응을 보여야 할지, 사쿠타는 바로 판단을 내릴 수 없었다. 얼버무리고 싶지만, 「별 거 아니에요」라는 말로 웃고 넘길 수 있을 듯한 분위기가 아니었다. 세 사람 다 그런 분위기를 느끼고 있기에, 침묵 이상의 정적이 이 병실 안에 감돌고 있는 것이다. 긴장된 공기를 느끼고 있는 것이다.

"휴우……."

그 와중에 쇼코는 어떤 의미를 지닌 한숨을 토했다. 사쿠타와 마이의 시선은 자연스럽게 그녀를 향했다.

"열흘 후에 벌어질 일이에요."

도망칠 길이 없다고 판단한 것인지, 아니면 처음부터 마이에게도 이야기할 생각이었던 것인지…… 쇼코의 목소리는 차분했다.

"12월 24일."

크리스마스이브다. 머지않아 찾아올 미래다.

"그날은 올해 겨울 들어 가장 추운 날이며, 일기예보에서 나온 것처럼 오후부터 눈이 내려요. 지면에 쌓일 정도로 많은 눈이 말이죠……."

아무 말도 하지 않는 마이의 눈동자에 깊은 의문이 어렸다. 하지만 그녀는 아무 말도 하지 않았다. 물어보고 싶은 게 있겠지만, 일단 쇼코의 이야기를 끝까지 들을 생각인 것 같았다.

"마이 씨와 데이트를 하기 위해 약속 장소로 향하던 도중…… 사쿠타 군은 미끄러진 차에 치이고 말아요."

쇼코는 아직 일어나지 않은 일을, 이미 일어난 사실처럼 말하고 있었다. 그 말에는 희망도, 절망도 존재하지 않았다. 있는 그대로의 사실. 있는 그대로의 이야기. 그것이 쇼코에게 있어서의 올바른 인식이며, 그녀의 시간축에서 일어난 일인 것이다. 6, 7년 후의 미래에서 온 쇼코에게 있어서는, 지금으로부터 열흘 후 또한 머나먼 과거에 지나지 않는 것이다.

"어떻게 그런 걸……."

마이는 당연하기 그지없는 의문을 입에 담았다.

"제가 미래에서 왔기 때문이에요."

마이는 한순간 눈썹을 찌푸렸다. 쇼코의 눈을 응시하며

잠시 동안 생각에 잠긴 마이는 사쿠타에게 저 말이 사실인지 물어보는 듯한 눈빛을 보냈다.

"진짜예요."

사쿠타는 그렇게 말하며 고개를 끄덕였다. 적어도 쇼코는 마이와 카에데의 크리스마스 스케줄을 맞췄다. 특히 카에데 쪽은 운으로 맞출 수 있는 내용이 아니었다.

마이는 잠시 동안 생각에 잠긴 후……

"그랬구나……"

……하고 짤막하게 말했다.

"병원으로 이송됐지만 사쿠타 군은 깨어나지 못했고, 결국 뇌사 판정을 받아요."

진실을 눈치챈 순간부터 이해는 하고 있었다. 하지만 쇼코에게서 들은 이야기는 사쿠타의 마음을 묵직하게 내리눌렀다.

사쿠타는 무의식적으로 자신의 가슴에 손을 댔다.

"……"

심장의 고동이 명확하게, 그리고 강하게 느껴졌다.

"사쿠타 군의 소지품에서 장기 제공 의사 표시 카드가 발견됐고, 병원 측은 뇌사 사실과 함께 그 점을 가족에게 알렸다는 이야기를 나중에 들었어요."

"……"

"그렇게 된 거구나……"

아무 말도 하지 못하는 마이를 대신해 사쿠타가 토한 말은 무미건조했다.

　아버지는 연락을 받고 어떤 생각을 했을까. 아들의 죽음을 안 직후, 이번에는 그 아들의 장기를 기증할 것인지 말지 판단해야 하는 입장이 된 것이다.

　마음의 정리는 전혀 되지 않았을 것이다. 하지만, 사쿠타의 의사를 존중해, 아들의 장기를 제공하기로 결정했다. 미래의 아버지가 말이다……

　그 증거가 바로 눈앞에 있는 쇼코다. 이식수술을 받고, 건강해진 쇼코다.

　"사고가 일어나고 사흘 후인 12월 27일…… 중환자실에서 보조 인공심장 장치로 목숨을 연명하고 있던 저는 기적적으로 이식수술을 받게 돼요."

　쇼코는 또 자신의 가슴에 손을 댔다. 그리고 심장의 고동을 확인하듯, 눈을 지그시 감았다.

　"……"

　무엇부터 물으면 될지 짐작조차 되지 않았다. 가장 먼저 알고 싶은 사실을 이미 들은 것이다. 겨우 몇 분 만에 전부 이야기할 수 있는 사실, 사쿠타의 죽음에 관한 사실을…….

　"정신이 드니…… 어땠던가요?"

　사쿠타가 잠시 생각에 잠긴 후, 물어본 것은 쇼코가 몇 번이나 받았을 질문이다. 그 질문을 한 것은 미래의 자신은 이 질문을 하지 못했을 거라는 사실을 눈치챘기 때문이다.

"수술이 끝나고 처음으로 깨어났을 때는 아직 실감이 나지 않았어요. 마취도 풀리지 않아서…… 곧 다시 잠들어버렸죠."

"……"

"하지만 다시 눈을 떴을 때, 엄마는 새빨개진 눈으로 울면서 제가 깨어나기만 기다렸다는 걸 알고, 너무 기뻐서…… 저도 엉엉 울었어요."

"그랬군요……."

사쿠타는 쇼코의 말을 듣고 안심했다.

"아빠는 잘 됐어, 잘 됐어, 하고 몇 번이나 말했고, 그 말을 듣고 안심한 순간…… 그제야, 제 가슴에서 흘러나오는 고동을 느낄 수가 있었어요."

"……"

"두근, 두근, 하며 제 가슴속에서 흘러나오는 그 고동을…… 느꼈죠……."

쇼코의 목소리가 젖어 들어갔다. 당시의 심정을 떠올린 것인지, 쇼코의 눈가에는 금방이라도 흘러내릴 것처럼 눈물이 맺혀 있었다. 쇼코는 그 눈물을 손가락으로 조용히 훔쳤다.

"그때는 몰랐으니까…… 심장을 제공해준 사람이 누구인지 몰랐으니까……. 알지 못하는 누군가에게, 감사의 마음이 전해지도록, 몇 번이고, 몇 번이고 「고마워요」 하고 말했어요."

쇼코의 온화한 눈은 상냥함을 머금고 있었다. 그 「고마워요」는 사쿠타를 향해 한 말이었던 것이다.

"뭔가가 잘못됐다고 느낀 건 절대안정 기간이 지나, 중환자실에서 일반병동으로 옮겼을 즈음이었어요. 원래 장기를 제공해준 사람이 누구인지는 웬만해선 알 수 없어요. 하지만……."

쇼코는 그게 누구인지 알았다. 단순히 논리적으로 생각해 보면 간단히 알아낼 수 있는 답이었으니까 말이다.

"내가 지인이라서 안 거군요……."

"예……."

쇼코는 조용히 고개를 끄덕였다.

"사쿠타 군에게 수술을 성공적으로 받았다는 걸 보고하려고 전화를 했지만, 받지를 않았죠……. 처음에는 그 이유를 몰랐지만……."

쇼코는 고개를 들더니, 마이를 응시했다.

"……그 일부시종을 전부 지켜본 사람이 있었어요."

그런 쇼코의 얼굴에 안타까움이 어리며 흐려졌다.

"마이 씨가 전부 이야기해줬어요. 언젠가 퇴원을 해서 사쿠타 군의 집에 가면 알게 될 거라면서……."

"……."

마이는 자신이 언급되었는데도 아무 말도 하지 않았다. 이 자리에 있는 마이는 아직 모르는 일이다. 미래의 마이는 무슨 생각으로 쇼코에게 진실을 알려준 것일까.

사쿠타는 모른다. 아마 이 자리에 있는 마이도 알지 못할 것이다.

"이야기하고 나니 그렇게 긴 내용도 아니네요."

쇼코는 왠지 쓸쓸한 표정을 지으며 그렇게 말했다. 확실히 진실의 무게에 비하면 그렇게 긴 이야기도 아닌 것 같은 느낌이 들었다.

"아무튼, 사쿠타 군은 그렇게 제 생명을 구해줬어요."

"……."

말문이 막혔다. 아직 실감이 나지 않는 것인지, 아니면 다른 이유가 몸을 지배하고 있는 것인지도 모르지만, 사쿠타는 아무 말도 하지 못했다.

"……."

그건 마이도 마찬가지였다. 그녀는 사쿠타와도, 쇼코와도 시선을 마주하지 않은 채, 침대 다리만 멍하니 쳐다보고 있었다.

"그러니 올해 크리스마스에는 순순히 집데이트를 즐겨주세요."

쇼코는 밝은 목소리로 그렇게 말했다.

집에 있으면, 24일에 사쿠타가 교통사고를 당하지 않을 것이다. 병원에 실려 가지도 않는다. 뇌사 판정을 받지도 않는다. 그리고 쇼코에게 장기를 기증하지도 않는다.

미래가 바뀌는 것이다.

바뀌고 마는 것이다.

하지만 그렇게 되면, 쇼코는 이식수술을 받지 못한다.

"괜찮아요."

"그럴 리가……."

"어린 저에게는 아직 시간이 있어요. 현대의학을 믿어주세요."

"미래에서 온 사람이 무슨……."

이 상황에서 사쿠타에게 해야 할 말이 분명 있겠지만, 그 것을 말로 표현할 수가 없었다. 마음의 정리가 아직 되지 않은 것이다…….

무엇을 소중히 여겨야 하는지도, 뭘 지켜야 하는지도, 뭘 골라야 하는지도 모르는 사쿠타가, 모든 것을 받아들이며 이곳에 있는 쇼코의 마음을 움직이는 말을 할 수 있을 리가 없다.

"분명 다른 장기 제공자가 나타날 거예요."

쇼코의 따뜻한 미소가 사쿠타를 감싸 안았다. 안도감으로 감싸줬다.

"자아."

쇼코는 일부러 그렇게 말하면서 의자에서 일어났다.

"어린 제가 입원한 병원에 오래 머무르는 건 위험하니까, 저는 먼저 돌아갈게요."

"……."

"……."

사쿠타도, 마이도 꼼짝하지 못했다. 쇼코에게 말을 걸지도 못했다.

"마이 씨."

쇼코가 그렇게 말했다.

"……예."

"사쿠타 군을 잘 부탁해요."

"쇼코 씨한테 그런 말을 들을 이유는 없어요."

마이는 그렇게 대꾸했지만, 왠지 목소리에서 기운이 없는 것 같았다.

"그것도 그렇군요."

그에 비해 쇼코는 환하게 웃고 있었다. 그녀가 웃을 이유는 눈곱만큼도 없지만, 뭔가를 해낸 것처럼 웃고 있었다. 사쿠타는 그 이유를 눈치채지 못했다. 눈치챌 여유조차 없었기에, 병실을 나가는 쇼코를 그저 지켜보고 있었다.

사쿠타와 마이가 퇴원 수속을 마치고 병원을 나선 것은 쇼코가 병실을 나서고 20분 정도 흘렀을 즈음이었다.

가슴에 난 상처에 대해서는 옛날에 생긴 거라고 대충 둘러댈 수밖에 없었다. 하지만 이미 피가 멎었기에, 사쿠타를 진료한 젊은 의사는 별말 하지 않았다.

사쿠타는 어린 쇼코에 대해 물어보고 싶었지만, 「아무리 지인이라고 해도 자세한 내용을 알려줄 수 없다」는 대답을 들었다. 하지만 심장의 기능을 의료장치로 보조하는 수술을 지금 받고 있다는 것만은 은근슬쩍 알려줬다. 그걸 알려준 것만으로도 고마웠다.

이대로 병원에 있어봤자, 사쿠타가 할 수 있는 일은 없다. 괜히 가슴의 상처에 대해 누가 물어보기라도 하면 곤란할 것이기에, 사쿠타는 입구에서 기다리고 있는 마이와 합류했다.

"괜찮았어?"

마이는 사쿠타가 오자마자 그렇게 물었다.

"대충 둘러댔어요."

"그랬구나."

두 사람은 짤막하게 대화를 나눈 후, 병원을 빠져나갔다.

"……"

"……"

두 사람은 잠시 동안 아무 말도 하지 않았다.

하지만 서로가 같은 생각을 하고 있다는 것은 알고 있었다. 확신이라고 해도 과언이 아니었다.

"진짜지?"

그래서 마이가 주어를 생략하며 말을 해도 사쿠타는 전혀 당황하지 않았다.

"쇼코 씨가 거짓말을 할 이유가 없어요."

"거짓말이면 좋을 텐데……."

"……."

그런 애매한 대화를 나눈 후, 두 사람은 다시 깊디깊은 침묵에 잠겼다.

두 사람은 새하얀 입김을 토하면서 평소보다 조금 느린 페이스로 걸었다. 이것은 서로에게 필요한 시간이라는 생각이 들었다. 필요한 정적이라고 생각했다.

사실을 이해하기 위해서…….

진실로서 받아들이기 위해서…….

현실로서 곱씹기 위해서…… 필요한 시간이자, 필요한 침묵이다.

어깨가 닿을 만큼 가까운 곳에 있는 마이를 느끼면서도, 사쿠타는 그저 앞만 보며 걸었다.

이윽고 두 사람은 별다른 대화도 나누지 않으며 맨션 앞에 도착했다.

안으로 들어가려던 사쿠타는 마이가 걸음을 멈췄다는 걸 알고 자신도 멈춰 섰다. 어떤 의지를 머금은 시선이 느껴졌다. 그래서 사쿠타는 고개를 돌리면서…….

"저기, 마이 씨."

……하고 먼저 말을 걸었다. 결론을 내린 것은 아니다. 아직 감정이 현실을 따라잡지 못했다. 자신이 먼저 말을 해야만 한다는 직감에 따라 입을 열었을 뿐이다. 자신의 목숨이

걸린 선택을 마이에게 맡겨서는 안 된다고 생각했다.

"……저기, 마이 씨."

사쿠타는 같은 말을 한 번 더 했다. 하지만 더는 아무 말도 할 수 없었다. 무슨 말을 해야 할지 생각이 나지 않았다. 무슨 말을 해야 할지 짐작조차 되지 않았다. 아니, 실은 해야 할 말이 하나 있었다. 사쿠타의 머릿속에 떠오른 것은 헤어지자는 이야기……. 그것은 목 언저리까지 올라왔지만, 그 말을 듣는 이의 심정을 오늘 저녁에 알고 만 사쿠타는 입이 떨어지지 않았다.

─이제, 문병을 오지 마세요.

어린 쇼코는 용기를 쥐어짜내 그 말을 입에 담았다. 그것은 듣는 이에게 있어서도, 말하는 이야기에서도 괴로운 말이었다.

"사쿠타."

사쿠타가 머뭇거리자, 이번에는 마이가 입을 열었다.

사쿠타가 고개를 들어보니, 아름다운 눈동자가 그를 응시하고 있었다.

"나, 헤어질 생각 없어."

"……."

사쿠타는 아무런 반응도 보이지 못했다. 자신이 한순간 마음에 품었던 머뭇거림을 마이가 정확히 꿰뚫어봤다는 사실에 놀랐기 때문이다. 마이는 「나를 잊어줘」 같은 무책임한 말을 듣기도 전에 그렇게 말한 것이다.

"이브에 하기로 한 데이트는 장소를 변경해야겠네."

"……."

"노도카는 크리스마스 라이브 때문에 집에 없을 거니까, 우리 집에서 단둘이 이브를 보내는 것도 좋을 것 같아. 일을 마치고 저녁에 돌아올 때, 커다란 크리스마스 케이크를 사올게."

밤의 정적이 감도는 주택가에, 마이의 목소리가 스며드는 것 같았다.

"새해가 되면, 쓰루가오카 하치만 궁에 참배를 하러 가자. 새해 첫날에는 사람들이 엄청 몰릴 것 같으니까, 겨울 방학이 끝날 즈음에 가는 거야."

"……그렇게 해요."

"밸런타인데이 때는 사쿠타를 위해 초콜릿을 만들어줄게."

"……예."

"봄이 되면 나는 학교를 졸업하지만…… 어떻게든 시간을 내서 가정교사가 되어줄게."

"바니걸 차림으로요?"

"대학에 합격하면 입어줄 수도 있어."

"엄청 기대되네요."

겉보기에는 두 사람 다 평소와 다름없는 대화를 나눴다.

두 사람의 대화는 즐겁게 이어졌다.

하지만 그 말이나 표정과는 달리, 사쿠타의 마음은 텅 비어 있었다. 즐거운 미래에 대해 이야기하고 있지만, 그 어떤 감정도 샘솟지 않았다. 그게 자신의 미래라는 실감이 들지 않았다. 즐거움도, 기쁨도, 행복도 없으며, 불안과 공포, 절망 또한 존재하지 않았다.

마이의 말에 대답하고 있지만, 그 말이 자신의 의지라는 생각이 들지 않았다.

12월 24일. 크리스마스이브…… 사쿠타는 마이와 데이트를 하기 위해 약속장소로 가다 교통사고를 당해 목숨을 잃는다.

어른 쇼코가 알려준 미래를, 아직 받아들이지 못하고 있었다. 열흘 후에 죽는다는 말을 들었지만, 그 죽음을 받아들이지 못했다. 그저 자신이 죽음을 이미지하지 못한다는 걸 깨달았을 뿐이다…….

"그리고 1년 후에는 같은 대학에 다니는 거야."

"……."

"그러니까, 사쿠타가 나와 함께 하는 미래를 선택해줬으면 해. 그게 내 소원이야."

마이는 끝까지 표정을 바꾸지 않았다. 그저 잠시 동안 안타까운 눈길로 사쿠타를 쳐다보기만 했다. 언성을 높이지도 않았다. 감정을 드러내지도 않았다. 그저 담담히 자신과 사쿠타가 함께 하는 미래를 이야기했다.

"오늘은 너희 집에 묵지 않을래."

"예."

"한동안은 그러는 편이 좋을 것 같아."

생각할 시간이 필요할 테니까 말이다.

"그래요."

사쿠타도, 마이도, 시간이 필요했다. 남은 시간이 얼마 안 된다는 것을 알았기에, 시간이 더욱 필요한 것이다.

"그럼 잘 자."

마이는 손을 살짝 들었다.

"예. 마이 씨도 잘 자요."

사쿠타는 그렇게 말하며 맞은편 맨션에 들어가는 마이의 뒷모습을 눈으로 쫓았다.

마이는 도중에 돌아보지 않았다. 장난기 어린 미소를 지으며 한 번 더 손을 흔들지도 않았다.

마이의 모습이 완전히 사라지자, 사쿠타는 새하얀 입김을 토하며 하늘을 올려다보았다.

"……."

사쿠타의 입에서는 아무 말도 나오지 않았다.

2

영어 교사가 칠판 앞에서 기말고사에 나온 문제의 풀이를 하고 있는 교실 안에는 학기말답게 느슨한 분위기가 감돌고 있었다.

돌려받은 답안지와 눈싸움을 하고 있는 학생도 있고, 몰래 스마트폰을 조작하며 희죽거리고 있는 학생도 있었다.

사쿠타는 그런 그들을 힐끔힐끔 쳐다보며 성실하게 공책에 필기를 했다. ×표가 된 문제에 정답을 적어뒀다. 하지만 틀린 문제는 그렇게 많지 않았다. 사쿠타의 답안지에는 82점이라는 숫자가 적혀 있었다. 불평을 늘어놓으면서도 성실하게 가르쳐준 노도카 덕분이다. 평소와 달리 높은 점수를 받았는데도, 사쿠타는 딱히 기쁘지 않았다.

그 후로 이미 나흘이나 지났다.

가슴에 난 상처 때문에 사쿠타가 병원에서 쓰러진 이후로 네 번째 아침을 맞이했다.

크리스마스이브에 교통사고를 당한다는 말을 듣고, 나흘이라는 시간이 흘렀다.

오늘은 12월 18일. 목요일.

운명의 날까지 일주일도 남지 않았다.

그 날이 다가온다는 사실을 말로는 이해했으면서도, 사쿠타는 실감이 나지 않았다. 그래서 뭘 하면 좋을지 모른 채, 그저 평소와 다름없는 일상을 영위하며 하루하루를 보내고 있었다.

아침에 일어나면, 가방을 챙겨서 학교에 간다.

학교에서는 수업을 듣는다.

방과 후가 되면 귀가한다. 아르바이트를 하는 날은 딱 시급만큼만 일한다. 토모에와 같이 일하는 날에는 그녀를 놀리며 기분전환을 한다.

밤이 되면 자고, 다시 아침을 맞이한다. 그것을 반복했다.

특별한 일은 아무 것도 하지 않았다.

방과 후에는 어린 쇼코에게 문병을 갔다. 하지만 중환자실에는 가족 이외에는 들어가기 힘들기에, 사쿠타는 아무도 없는 병실을 방문했다.

쇼코가 있던 301호실. 항상 침대 위에 있던 쇼코가 지금은 그곳에 없었다. 중학교 교과서와 공책, 사쿠타가 줬던 카나자와산 과자의 포장용 상자만이 남겨진 그 방에서는 묘한 쓸쓸함이 감돌았다. 쇼코가 있을 때는 병실에서 체온이 느껴졌지만, 지금은 무기질적인 느낌만 감돌았다. 이곳만 시간이 멈춘 것 같았다.

이틀 전, 화요일에 아르바이트를 마치고 이곳에 온 사쿠타는 쇼코의 어머니와 딱 마주쳤다. 그리고 그녀에게서 연명을 위한 수술이 무사히 성공했다는 이야기를 들었다. 어린 쇼코에게서 들은 대로였다. 심장의 기능을 의료기기로 보조하는 수술을 받은 것 같았다. 하지만 「다행이에요」 하고 말하지 못한 사쿠타는 「무리하지 않아도 돼」라는 말을 듣기 전에 「또 올게요」 하고 말했다.

그런 사쿠타의 행동을 알면서도, 어른 쇼코는 여전히 그의 집에서 지내고 있었다. 아침에 사쿠타가 늦잠을 잘 것 같으면 깨워줬고, 밥을 만들어줬으며, 「다녀오세요」하고 말하며 배웅을 해줄 뿐만 아니라, 「어서 와요」하고 말하며 마중도 해줬다. 정말 변함이 없었다. 어째서 이렇게 태연할 수 있는 것인지 이해가 되지 않았다.

　마이와는 그 날 이후로 거의 대화를 나누지 않았다. 서로가 그 이야기를 피하고 있는 것은 아니었다. 그저 마이의 스케줄 때문에 차분히 이야기를 나눌 시간이 없었다. 어찌 보면 마이 또한 사쿠타와 마찬가지로 평소와 다름없는 일상을 보내고 있었다. 간단히 달라질 수는 없을 것이다. 연예인 『사쿠라지마 마이』의 활동에는 그에 걸맞은 책임이 뒤따른다. 그리고 마이라는 사람은 그 책임을 완수하는 이라는 사실을 사쿠타는 잘 알고 있었다.

　게다가 마이에게 사쿠타의 미래에 관한 의견을 내놓게 했다. 그렇게 잔혹한 짓을 그녀에게 시킨 것이다……

　―사쿠타가 나와 함께 하는 미래를 선택해줬으면 해. 그게 내 소원이야.

　대화라는 이름의 캐치볼을 하기 위한 공은 현재 사쿠타의 수중에 있었다. 그리고 그는 그 공을 양손으로 소중히 감싸 쥐고 있었다. 상대를 향해 던질 준비는 하지 않았다.

　"……"

필기를 하던 손이 어느새 멈추고 말았다.

"하기 싫겠지만, 복습을 해두도록."

영어 교사의 말을 듣고서야 사쿠타는 정신이 퍼뜩 들었다. 마지막 장문(長文) 문제의 해설도 끝났으며, 남성 교사는 손에 묻은 분필가루를 털고 있었다. 바로 그때, 4교시 수업이 끝났다는 걸 알리는 종이 울렸다.

이번 주는 오전 수업만 하기 때문에, 이제 수업이 끝났다.

몇 분 후에 시작된 종례도 별다른 이야기 없이 끝났다.

사쿠타는 오늘도 병원에 들렀다가 돌아가자고 생각하며 가방을 어깨에 걸쳤다. 그리고 복도에 나가려고 한 순간이었다.

"거기 서, 아즈사가와!"

누군가가 그렇게 말하며 사쿠타의 어깨를 잡았다.

고개를 돌려보니, 같은 반인 카미사토 사키가 사쿠타를 노려보고 있었다. 양손을 허리에 댄 그녀는 화가 잔뜩 난 듯한 포즈를 취하고 있었다.

"왜 그러시지요?"

"너, 청소 당번이잖아. 사흘 동안 농땡이 쳤으니까, 오늘은 혼자서 해."

사쿠타는 교실 벽에 붙어 있는 당번 표를 쳐다보았다. 사키가 말한 것처럼 출석번호가 빠른 조가 교실 청소 당번이었다.

24일에 일어날 사고에 정신이 팔린 사쿠타는 무의식적으로 청소를 빼먹은 것 같았다.

"그랬구나. 미안해. 오늘은 내가 혼자 청소할게."

사쿠타는 자신의 책상에 가방을 놓더니, 교실 뒤편에 있는 청소도구함을 열었다. 그리고 T자 모양 빗자루를 꺼내더니, 뒤편에서 앞쪽을 향해 쓰레기를 쓸어 모으기 시작했다.

"잠깐만."

사쿠타가 고개를 들어보니, 사키가 불만 섞인 표정으로 자신을 막아서고 있었다.

"왜 그래?"

"왜 대꾸를 안 하는 거야?"

"뭐?"

"뭐 잘못 먹었어?"

"잘못한 사람은 나고, 혼자서 청소하라고 한 사람은 카미사토잖아."

사쿠타는 사흘간 농땡이를 친 벌로는 딱 적당하다고 생각했기에 딱히 대꾸를 하지 않은 것이다.

"그래도 이상하잖아!"

뭐가 마음에 들지 않는 건지는 모르겠지만, 사키는 기분이 나빠 보였다.

"대체 왜 그래? 쿠니미와 잘 안 돼?"

"그쪽으로는 잘 되고 있어."

"그거 다행이네. ······평생토록 행복하게 잘 살아."

사쿠타는 다시 청소를 시작하며 평소 같은 톤으로 그렇게 말했다.

"뭐?"

사쿠타는 사키가 언짢은 어조로 「뭐?」 하고 말할 만한 소리를 한 것일까.

"아즈사가와는 내가 유마와 사귀는 걸 반대하는 거 아니었어?"

사쿠타는 사키의 말에 반응하는 것도 귀찮았기에 묵묵히 청소를 계속했다.

"이해가 안 되네."

사쿠타는 사키가 이러는 게 이해가 되지 않았다.

"내 말 듣고 있기는 한 거야?"

사쿠타는 또 무시하려고 했지만, 그랬다간 더 반감을 살 것 같았다. 결국 사쿠타는 어쩔 수 없이 입을 열었다.

"딱히 반대하는 건 아냐. 분명 카미사토에게는 내가 모르는 매력이 있겠지."

"뭐?"

"쿠니미와 이야기를 하다보면, 그 녀석이 카미사토를 진짜로 좋아한다고 느껴질 때가 있다고."

"······."

사키는 계속 언짢은 눈길로 사쿠타를 쳐다보고 있었지만,

자신의 기분을 말을 통해 털어놓지는 않았다. 어느 정도는 납득해준 것일까. 사쿠타는 그러기를 마음속으로 빌었다.

"아즈사가와는 창가 쪽을 맡아."

"뭐?"

사쿠타가 청소를 하다 고개를 들어보니, 사키는 청소도구함에서 빗자루를 꺼내고 있었다. 그리고 사쿠타의 시선을 무시하며 복도 쪽을 청소했다.

"카미사토 양, 뭐하는 거야?"

"청소."

그건 보면 안다.

"왜?"

"나도 청소당번이거든."

"……."

완전히 엉망진창이었다. 대화 자체가 제대로 성립하지 않았다. 아무튼 청소를 도와주려는 것 같으니, 그 호의는 감사히 받아들이기로 했다.

"저기, 카미사토."

"……."

사키는 사쿠타를 쳐다보지 않았다. 사쿠타를 향해 엉덩이를 내민 듯한 자세로 진지하게 청소를 하고 있었다.

"쿠니미 손에 죽고 싶지 않으니까, 내 앞에서 그런 포즈를 취하지 마."

그 지적의 의미를 순식간에 이해한 사키는 허둥지둥 치맛자락을 눌렀다. 그리고 화난 얼굴로 사쿠타를 쳐다보았다.

"죽어."

언뜻 보인 것은 치마 안에 입은 체육복 하의였으니 죽이지는 말았으면 좋겠다.

"그럴 예정이니까 안심해."

사쿠타는 무심코 자포자기가 섞인 혼잣말을 중얼거렸다.

"방금, 뭐라고 했어?"

목소리가 너무 작아서 사키는 듣지 못한 것 같았다.

"청소를 도와줘서 고맙다고 했어."

빗자루 질을 멈춘 사키와 사쿠타의 시선이 마주쳤다. 하지만 그녀는 곧 고개를 돌렸다.

"바, 바보 아냐?"

사키는 멋쩍어 하는 듯한 목소리로 그렇게 말하더니, 뒤돌아서서 빗자루 질을 했다.

"뭐?"

"죽으라고 했어."

"아하~, 알았어."

사쿠타는 쓴웃음을 지었다. 딱히 사키의 태도를 비웃는 것은 아니다. 지금 상황에서 이런 대화를 나누는 것이 웃겼을 뿐이다. 자신을 기다리고 있는 운명을 안 직후에, 거북하게 여겼던 사키의 새로운 일면을 접했다는 사실이 왠지 웃겼다.

교실은 단둘이서 청소를 하기에는 꽤 컸다. 청소를 하는 데 평소의 거의 세 배 정도 되는 시간이 걸린 것 같았다. 청소하는 인원이 3분의 1로 줄었으니 어찌 보면 당연했다. 혼자서 했다면 더 시간이 걸렸을 것이다. 사키에게 고마워해야 할 것 같았다.

종례가 끝나고 30분 이상 지나자, 학교 안은 방과 후의 분위기에서 부활동 분위기로 접어들었다.

사쿠타는 익숙하지 않은 분위기에서 도망치듯 서둘러 신발을 갈아 신더니, 학교 건물을 빠져 나갔다. 그리고 교문을 향해 걸음을 옮겼다.

하지만 사쿠타는 도중에 어떤 소리를 듣고 걸음을 멈췄다. 마치 리듬을 새기는 듯한 공 소리가 들렸다. 묵직하면서도 커다란 공이 튀는 소리다. 그 소리는 체육관 쪽에서 흘러나오고 있었다.

평소 같으면 개의치 않았겠지만, 이 날만큼은 사쿠타의 발이 변덕을 부리며 체육관으로 향했다.

밖에서도 열 수 있는 금속제 문은 활짝 열려 있었기에, 체육관 안이 훤히 보였다. 1학년으로 보이는 여자들이 문가에서 「역시 쿠니미 선배는 멋져」, 「하지만 카미사토 선배와 사귀잖아」, 「헤어지더라도 너는 무리야」 같은 소리를 하고 있었다.

화제의 인물은 한창 워밍업 중이며, 공 두 개를 절묘하게 튀기고 있었다.

　곧 사쿠타의 시선을 눈치챈 유마가 그를 쳐다보았다. 시선이 마주치자, 유마는 갑자기 의아한 표정을 지었다. 그리고 공 하나로 슛을 날린 후, 다른 한 공으로 드리블을 하며 사쿠타에게 다가왔다. 참고로 방금 그가 던진 공은 아름다운 포물선을 그리면서 멋지게 골대에 꽂혔다. 링 한가운데에 꽂힌 것이다. 쏘옥 하고 기분 좋은 소리가 들렸다. 옆에 있던 여자 그룹은 그 광경을 보고 꺄아~ 꺄아~ 하고 환성을 질렀다.

　"무슨 일 있어?"

　"무슨 일이 있는 건 쿠니미잖아."

　"뭐?"

　"대체 얼마나 인기가 많아지면 만족할 건데?"

　"사쿠라지마 선배와 사귀는 사쿠타한테 그런 말을 듣고 싶지는 않거든?"

　유마는 깔깔 웃었다.

　"뭐, 내 사랑 마이 씨는 어마어마하게 귀엽기는 하지."

　"뭐야. 애인 자랑하러 온 거야?"

　"그럴 리가 없잖아."

　"그럼 뭐 하러 온 건데?"

　유마는 손가락으로 농구공을 돌리며 물었다.

"갑자기 네 얼굴이 보고 싶었거든."

"연인한테나 할 법한 대사네."

"카미사토가 그런 소리를 하는구나."

"귀여운 구석도 있지?"

사키와 사쿠타가 사이가 좋지 않다는 걸 알기 때문인지, 유마는 정기적으로 이런 식의 어필을 했다. 유마로서는 친구와 애인의 관계가 양호했으면 하는 것 같았다.

"뭐, 너의 그 연인에 대한 건데 말이야."

이유를 대지 않았다간 계속 추궁을 할 것 같았기에, 사쿠타는 적당히 둘러대기로 했다.

"카미사토가 왜?"

"청소 도와줘서 고맙다는 말 좀 전해줘."

"그게 무슨 소리야?"

"알고 싶으면 러브러브하면서 본인에게 직접 물어봐."

"뭐, 그냥 평범하게 물어볼게."

"방해해서 미안해."

사쿠타는 그렇게 말하며 뒤돌아서더니, 체육관을 빠져나가려 했다.

"사쿠타."

바로 그때, 유마가 사쿠타를 불렀다.

"……"

사쿠타는 아무 말 없이 어깨 너머로 그를 돌아보았다.

"또 보자."

유마가 입에 담은 것은 평범한 작별 인사였다. 재회를 약속한 이들이 나누는 일상적인 대화인 것이다.

"……."

하지만 사쿠타는 그 말에 눈짓으로만 답했다. 「그래」나 「알았어」 하고 짤막하게 말하면 되지만, 그런 말조차 입에 담지 않았다.

내일도 수업은 있다. 아르바이트를 하는 시간대가 같을 때면 얼굴을 마주할 것이다. 이게 마지막으로 보는 것은 아니니 그냥 말해도 된다.

그런데도 대답을 하지 않은 것은, 사쿠타의 마음속에 거부감이 존재했기 때문이다. 어느새 사쿠타의 마음속 한가운데에는 미래에 대한 불안이 존재했다.

"웃기지도 않네."

사쿠타는 한숨처럼 그런 말을 토하며 교문을 나섰다. 경보기가 울리는 건널목 앞에 선 사쿠타는 자신을 지배하려하는 감정을 느끼고 있었다.

지금 생각해보면, 농구공 소리에 반응한 것 또한 같은 감정에 기인하고 있었다. 괜히 유마의 얼굴을 보러 간 것 또한 마찬가지다.

마음속에는 다음에 또 볼 수 있을지 없을지 알 수 없다는 생각이 존재했다. 본능이 그렇게 느끼고 있었다.

눈치채고 나니 별것 아니었다.

어느 쪽을 선택할지 고민하고 있는 줄 알았는데, 감정의 저울은 이 나흘 사이에 한쪽으로 기울었다. 사쿠타 본인도 눈치채지 못하는 사이에 기울고 만 것이다.

그리고 그 중요한 변화를 눈치채게 해준 것은, 평소와 다름없는 친구와의 별것 아닌 대화……였다.

극적인 요소는 전혀 없다. 세상이란 원래 다 그런 걸지도 모른다. 무엇이 계기가 될지 아무도 알 수 없는 것이다. 그리고 사쿠타는 자신에게 있어 계기가 된 존재가 유마라는 사실을 깨닫더니 자조적인 웃음을 흘렸다.

가마쿠라 방면에서 온 후지사와행 열차가 차단기가 내려진 건널목을 천천히 통과했다. 사쿠타는 저 열차를 타야 하지만, 이제 와서 서둘러봤자 타는 것은 무리다.

왼쪽에서 오른쪽으로 달려간 열차는 좁은 강 너머에 있는 조그마한 역 플랫폼에 정차했다. 그리고 경보가 멈추더니, 차단기가 올라갔다. 사쿠타의 주위는 다시 정적을 되찾았다.

"좋은 일이라도 있었어?"

바로 그때, 옆에서 느닷없이 목소리가 들려왔다. 아는 목소리였다. 고개를 돌리지 않고도 상대가 누구인지 알 수 있었다.

"후타바……."

옆에 서있는 이는 리오였다.

경보기와 열차 소리 때문에 그녀가 다가오는 것을 눈치채지 못한 것 같았다.

"너, 오늘은 부활동 안 해?"

평소 같으면 방과 후에는 부원이 단 한 명뿐인 과학부의 활동에 힘쓸 것이다.

"물리실험실의 창문 너머로 아즈사가와가 보였거든. 그래서 오늘은 부활동을 쉬기로 했어."

예상했던 것과는 꽤 다른 이유였다. 과학부를 담당한 교사가 다른 볼일로 일찍 퇴근해야 해서 부활동을 쉬게 된 건 줄 알았는데…….

"그거, 혹시 사랑 고백이야?"

"아즈사가와가 요즘 나를 피하는 게 신경 쓰였거든."

"……."

리오에게 기습을 당한 사쿠타는 말문이 막히고 말았다. 차단기를 이미 올라갔지만, 건널목을 건너야 한다는 것도 깜빡했다.

깜짝 놀란 심정이 사쿠타의 시선에 어렸다. 그의 눈은 리오의 얼굴을 향하고 있었다.

"이번 주 들어서부터 계속 나를 피했잖아."

"네 기분 탓 아냐?"

이제 와서 얼버무릴 수 있을 거라고 생각하지는 않는다. 하지만 사쿠타는 헛된 저항을 했다. 순순히 전부 실토하려고 하지는 않았다.

　이번 일만큼은 리오와 상의할 수 없다. 선택할 수 있는 생명은 단 하나뿐이다. 사쿠타의 미래인가, 쇼코의 미래인가……. 그런 무거운 짐을 리오에게 짊어지게 할 수는 없다.

　그렇기 때문에 사쿠타는 여러 가지 사실을 알고 있는 리오를 며칠 동안 의도적으로 피했다. 리오라면 별것 아닌 정보만 가지고 진실을 알아낼 가능성이 있는 것이다.

　가설이라고 해도, 리오는 상황증거만으로 어른 쇼코가 미래에서 왔다는 사실을 알아냈다. 그리고 사쿠타의 가슴에 난 상처가 기묘한 반응을 보이고 있다는 점을 통해, 그것이 후회나 무력감에서 기인된 것이 아니라는 생각을 할 가능성 또한 존재하는 것이다. 앞뒤가 맞지 않는다고 느낀 순간, 리오가 가설로 이어질 의문을 품게 되더라도 이상할 게 없다.

　"무슨 일 있었어?"

　"아무 일도 없었다고."

　"일요일에 아즈사가와가 쓰러졌다는 건 알고 있어."

　"……."

　"쇼코 양이 중환자실에 들어간 것도 알아……. 어제, 병원에 갔었거든."

　"그랬구나……."

　리오는 사쿠타가 도망칠 길을 하나하나 막아갔다.

　"그럼 이제 눈치챈 거야?"

사쿠타는 백기를 드는 듯한 심정으로 그렇게 말했다.

"가능성은 있다고 생각했어."

그렇게 말한 리오의 어조에는 낙담한 듯한 심정이 어려 있었다. 실은 이 생각이 틀렸기를 바란 것이리라. 사쿠타가 아니라고 말해주기를 원한 것이다.

"쇼코 씨가 나타날 때마다, 사쿠타의 가슴에 난 상처가 어떤 식으로든 반응을 보였잖아."

리오는 정면을 쳐다보고 있었다. 시치리가하마의 바다를 쳐다보고 있었다. 건널목 너머에 펼쳐진 풍경을 보고 있는 것이다. 해안선으로 이어지는 완만한 내리막길의 끝에 존재하는 바다는 100미터도 되지 않는 거리에 있는 것 같았다. 이 세상에서 가장 빠른 남자라면 10초도 걸리지 않고 저곳에 도착할 수 있으리라.

"대단하네."

"아마 쇼코 양과 쇼코 씨도 양자적으로 만날 수가 없는 존재일 거야. 내가 두 명이 됐을 때와 마찬가지지. 육체와 존재는 인식된 순간, 형태를 지니는 거라고 생각해."

"평소에는 확률로서 존재한다는 거구나."

"맞아. 아즈사가와가 좋아죽는 영자역학 이야기야. 하지만 아즈사가와는 쇼코 씨와 만났어. 일부가 동일한 존재인데도 말이야."

"......"

정말 놀라움을 금할 수가 없었다. 리오는 진짜로 알아내고 만 것이다.

"원래 두 개가 존재해선 안 되는 아즈사가와의 심장이 동시에 존재하기 때문에, 아즈사가와의 가슴에 상처가 생긴 게 아닐까? 세계의 룰이 일그러졌다는 사실에 세계가 반발해서 말이야."

이제는 웃음밖에 나오지 않았다.

"후타바, 너는 정말 대단한 애야."

"결정타는 아즈사가와의 태도야."

"내 태도?"

"그 정도 이유는 되어야 아즈사가와가 나를 피할 거라고 생각했어."

"뭐, 어쩔 수 없잖아. 「어느 쪽을 선택하면 좋을까?」 같은 걸 너와 상의할 수는 없다고."

사쿠타는 될 대로 되라는 심정으로 본심을 털어놓았다. 리오는 사쿠타가 이렇게 마음 편히 본심을 털어놓을 기회를 만들어줬다. 그러니 이제 와서 폼을 잡을 수는 없다.

"나, 24일에 차에 치인대."

이렇게 되면 날짜까지 알려주는 편이 좋을 것이다. 이 사실을 알고 만 리오에게도 마음의 준비를 할 시간이 필요할 테니까 말이다.

"사쿠라지마 선배는 알고 있어?"

또 건널목에서 경고음이 흘러나왔다.

"알아. 나와 같이 들었어."

"둘이서 이야기는 해봤어?"

"한심하게도 마이 씨가 먼저 자기 의견을 털어놨어."

사쿠타는 마이가 그런 말을 하기 전에 답을 내놓고 싶었다. 하지만, 그럴 수가 없었다. 아니, 그녀의 의견에 대답조차 하지 못했다. 그때는 그저 혼란스러웠을 뿐이라고 생각했지만, 실은 달랐을지도 모른다. 이제 생각해보면 답은 처음부터 정해져 있었던 것 같은 느낌이 들었다. 사쿠타도 모르는 사이에 그의 마음속 깊은 곳에 답은 존재했던 것이다.

그리고 그 답은 마이를 슬프게 만들 것이기에, 사쿠타는 말하지 못했다.

"나는 이런 말밖에 못하지만……."

차단기가 다시 내려왔다.

"사쿠라지마 선배와 제대로 이야기해봐."

"응. 그럴게."

"정말, 이런 말밖에……."

리오의 목소리가 희미하게 상기되며 서서히 젖어 들어갔다.

"그런 말을 일부러 해줄 사람은 후타바뿐이야."

지금은 이런 태도를 취해주는 그녀가 고마웠다. 나약함과 머뭇거림에 사로잡힌 자신을 꾸짖어주는 친구라는 존재가 정말 고마웠다.

"아즈사가와, 나는……."

역 플랫폼에서 달려온 열차가 리오의 중얼거림을 가렸다. 그리고 경보기 소리 때문에 그녀의 말이 들리지 않았다.

하지만 사쿠타는 리오가 무슨 말을 했는지 왠지 알 것 같았다. 항상 이성적이던 리오가 감정에 사로잡힌 채 말을 한 것이다.

—싫어.

그렇게 말하듯 움직인 리오의 입술이 떨리고 있었다. 무슨 말을 하건 사쿠타에게 부담이 될 거라고 생각해 참고 있는 것이다. 안경 너머에 있는 눈동자에 눈물이 맺혔다.

열차가 지나가는 그 짧은 시간 동안, 열차와 건널목에서 나는 소리에 뒤덮인 세상 안에 있던 사쿠타는 리오의 울음소리를 가려주듯 그녀의 머리를 살며시 감싸 안았다.

"쿠니미가 아니라 미안해."

"왜 아즈사가와는, 이럴 때까지…… 이럴 때까지……."

사쿠타의 가슴에 이마를 댄 리오의 통곡 또한 경보음에 가려졌다.

3

마이와 제대로 이야기를 해야만 한다.

사쿠타는 리오의 지적을 듣고 결심을 했지만, 마이는 그

날 늦은 시간이 되어서야 귀가했다. 게다가 다음날인 금요일과 토요일에는 집에 돌아오지 못할 만큼 스케줄이 빡빡하게 잡혀 있었기에, 결국 실행에 옮기지 못했다.

밤늦게 호텔에 도착한 마이에게서 전화가 왔지만, 결국 기말고사 결과만 보고했다.

"다음부터는 더 엄격하게 가르쳐야겠네."

"나는 어리광을 받아줄수록 성장하는 타입이라고요."

두 사람 다 24일에 벌어질 그 일에 대해서는 언급하지 않았다. 직접 만나서 할 이야기라는 생각을 두 사람 다 가지고 있는 것이리라.

그리고 이야기를 할 타이밍을 놓치자, 이번에는 굳게 먹은 결심에 괜한 생각이 섞이기 시작했다.

대체 어떤 상황에서, 어떤 말투로, 어떤 텐션을 유지한 채 이야기를 하면 좋을까. 집에서 이야기해야 할까, 역에서 집으로 향하는 길에 하는 편이 좋을까, 아니면 근처 공원에서 할까. 한 번 생각에 빠져들자, 그런 생각이 연쇄적으로 일어나면서 답이 없는 미로 안에서 헤매게 됐다.

이런 선택에 마주친 적이 있는 사람이 있다면 가르쳐줬으면 한다. 만화와 영화의 등장인물조차 웬만해서는 직면하지 않을 국면이다. 솔직히 말해 너무 현실미가 너무 없는지라, 그 어떤 결론도 올바르지 않다는 생각이 들었다.

그러는 사이, 해는 저물었다가 다시 떠올랐다. 그리고 일요일이 찾아왔다. 이날은 마이의 스케줄에 짬이 생겨서 만날 수가 있다.

하지만 카에데의 이미지 체인지를 도와준다는 약속을 일전부터 했었기에, 오전에 스케줄이 있는 마이와 후지사와 역에서 오후 두 시에 만나기로 했다.

물론 카에데도 함께 말이다.

약속 장소에는 오늘 스케줄이 없는 금발 아이돌도 있었다. 결국 노도카를 포함해 총 네 명이서 두 역 지난 곳에 있는 지가사키까지 열차를 타고 갔다.

마이가 연예인으로서 활동을 시작하고 쭉 신세를 져온 헤어디자이너가 독립해서 차린 가게가 그곳에 있다고 한다.

그곳은 지가사키 역에서 걸어서 10분 정도의 거리에 있었다. 그 미용실은 바다 느낌이 감도는 대로에 있었다.

사쿠타 혼자서는 절대 들어가지 않을 화려한 공간이었다. 가게의 규모는 아담했지만, 손님들로 북적이고 있었다.

"『사쿠라지마 마이』가 단골이라는 것만으로도 홍보 효과가 끝내주거든."

환한 미소를 지으며 그들을 맞이한 이는 마이가 신세를 지고 있다는 이 가게의 점장이었다. 바지가 잘 어울리는 멋진 성인 여성이었다. 30대 중반에서 후반 정도로 보였다.

거울 앞으로 안내된 카에데는 긴장한 표정으로 점장과 마이, 노도카와 함께 어떤 머리 모양을 할지 상의했다. 의견이

나올 때마다 점장은 카에데의 머리카락 볼륨감과 머릿결을 체크하며 조언을 해줬다.

여자들만의 회의가 시작되자, 사쿠타는 할 일이 없었다.

사쿠타는 가게에 있는 소파에 앉더니, 디지털 장치를 다루는 남성용 잡지를 펼쳤다. 최신 스마트폰 정보와 고음역 음악 플레이어 특집이 실려 있었다. 가격을 보니 전부 5만 엔이 넘었다. 거의 10만 엔에 육박했다. 고등학생이 사기에는 꽤 비싼 물건이었다.

고개를 돌려보니, 카에데는 머리카락이 옷에 떨어지는 걸 막기 위한 천을 몸에 두르고 있었으며, 점장은 그런 그녀의 곁에서 리드미컬하게 가위질을 하고 있었다.

거울에 비친 카에데의 얼굴에는 긴장이 어려 있었지만, 눈에서는 최선을 다하자는 의지가 느껴졌다. 카에데가 오늘 이곳에 온 것은 좋아하는 남자애가 생겼기 때문이 아니다. 카에데에게 있어서는 이것 또한 학교에 가기 위한 중요한 과정이었다.

사쿠타가 다시 잡지를 쳐다봤을 때, 노도카가 그에게 다가왔다.

"24일에 라이브가 끝나면 바로 집으로 돌아갈 거야."

노도카는 사쿠타의 옆에 앉자마자 그렇게 말했다.

"팬과의 즐거운 시간을 듬뿍 즐기고 와, 도카 양."

"도카 양이라고 부르지 마~."

"그럼 뭐라고 부를까?"

"노도카 님."

"팬을 소중히 여겨, 노도카 님."

"시, 시킨다고 진짜로 그렇게 부르지 마!"

"가게 안에서는 좀 조용히 해, 노도카 님."

스태프 몇 명이 놀란 얼굴로 이쪽을 쳐다보고 있었다.

"아, 아무튼, 금방 돌아갈 거야."

노도카는 목소리를 낮추더니, 어깨를 움츠리면서 그렇게 말했다.

"토요하마가 먹을 케이크는 남겨둘게."

"그런 걸 걱정하는 게 아냐."

노도카는 사쿠타를 노려보았다.

"아니면 치킨?"

"음식 생각에서 벗어나."

"토요하마야말로 이제 그만 언니 생각에서 벗어나라고."

사쿠타는 될 대로 되라는 투로 그렇게 말했다.

"싫어."

노도카는 단호한 어조로 짤막하게 대답했다. 이제 자기가 시스콤이라는 걸 숨길 생각이 없는 것 같았다. 아니, 애초부터 그런 생각은 전혀 없었다. 그것도 그럴 것이 『토요하마 노도카』의 공식 프로필에 실린 『좋아하는 것』 항목에는 『사쿠라지마 마이 씨』라고 당당하게 적혀 있었다. 사무소 측도 용케 그걸 오케이했다.

"아, 맞다. 마이 씨는 요즘 좀 어때?"

사쿠타는 노도카에게 마이가 요즘 어떤지 은근슬쩍 물었다. 현재 마이는 카에데와 점장의 뒤편에 서서 셋이서 이야기를 나누고 있었다. 때때로 웃음소리가 들렸다. 기품과 성숙미가 느껴지는 웃음소리였다.

이발도 순조롭게 되어가고 있었다.

"안 가르쳐줄래."

"쩨쩨하게 굴지 좀 마, 도카 양."

"······."

"노도카 님?"

"사쿠타는 정말 행운아라니깐."

"갑자기 무슨 소리를 하는 거야?"

"그렇잖아? 다른 사람도 아니고 우리 언니가 너와 함께 크리스마스를 보내는 걸 고대하고 있다구."

노도카는 불만이 어린 시선으로 사쿠타를 노려보았다.

"무슨 요리를 할지, 케이크를 뭐로 할지…… 매일 아름다워지려고 노력하는 것도 사쿠타를 위해서잖아."

"마지막은 일 때문이기도 할 걸?"

피부가 타는 걸 막기 위해 한여름에도 검은색 타이츠를 착용할 정도니까 말이다.

"언니는 애인 만날 때 입을 옷 같은 걸 고민하지는 않을

줄 알았어."

"우와, 좋겠네. 나는 그런 마이 씨를 본 적이 없어."

"언니가 사쿠타한테 그런 모습을 보여줄 리가 없잖아."

"상상만 해도 귀여운걸."

"내 언니 가지고 이상한 상상 하지 마."

노도카가 사쿠타의 발을 밟으려고 했다. 사쿠타는 일단 그 공격을 피했다.

"피하지 마."

"내 발을 밟고 싶으면 일단 그 부츠부터 벗어."

걸을 때마다 또각또각 소리가 나는 저 굽은 흉기나 다름없다.

"언니한테는 밟혀주면서……."

"그야 상대가 마이 씨라서 밟혀주는 거야."

애인의 여동생에게 밟히고 기뻐한다면, 그건 변태다.

"언니를 울린다면, 인정사정없이 밟아버릴 거야."

"방금도 밟으려고 했잖아."

"나, 지금 진지하게 이야기하고 있거든?"

노도카는 사쿠타를 지그시 노려보았다. 사쿠타는 그녀의 시선을 느끼면서도 마주 쳐다보지 않았다. 그는 잡지를 쳐다보는 척 하면서…….

"알아."

……하고 짧막하게 대답했다.

앞으로의 미래, 곧 찾아올 미래를 사쿠타는 이미 알고 있다. 알고 있기 때문에, 솔직하게, 진심을 담아, 마이를 울리지 않겠다는 맹세를 할 수 없었다. 사쿠타는 그 약속을 어기고 말 테니까……

거짓말을 할 수 없었다.

"……"

"사쿠타?"

노도카는 아무 말도 하지 않는 사쿠타의 얼굴을 쳐다보았다. 눈부신 금발이 사쿠타의 시야를 가득 채웠다.

"토요하마."

"왜?"

"눈이 따끔거려."

"그럴 리가 없잖아, 바보."

"진짜라고, 바보."

그런 어이없는 대화를 한동안 나누고 있을 때, 아까부터 들리던 드라이기 소리가 멎었다.

"자, 다 됐어."

점장의 목소리가 들렸다.

몸을 감싸고 있던 천을 벗은 카에데가 천천히 자리에서 일어나더니, 머뭇거리면서 사쿠타를 향해 돌아섰다.

카에데는 좀처럼 사쿠타와 시선을 마주하지 않았다. 한순간 눈이 마주쳤지만, 우물쭈물하면서 고개를 돌렸다. 그런 태도는 앳되어 보였지만, 지금의 머리 모양에서는 성숙한 느낌이 물씬 났다. 머리카락의 길이 자체는 크게 달라지지 않았지만, 안쪽으로 부드럽게 말려있기에 약간 짧아진 듯한 느낌이 들었다.

"이, 이상해?"

"인마, 그런 소리는 네 머리를 깎아준 점장님에게 실례잖아."

"그, 그런 뜻으로 한 말 아냐. 지, 진짜로 아니에요."

카에데는 사쿠타에게 항의를 한 후, 점장을 향해 오해라고 말했다. 물론 어엿한 어른인 점장은 이미 그 정도는 알고 있었다.

"중학교 3학년다운 느낌이네. 괜찮은 것 같아."

"너무 튀지는 않아?"

"카에데, 너 지금 토요하마한테 시비 거는 거야?"

"어? 그게 무슨 소리야?"

노도카는 느닷없이 자신이 언급되자 그렇게 말했다.

"이 정도는 되어야 튄다고 할 수 있어."

사쿠타는 눈부시다는 듯이 눈을 가늘게 뜨며 노도카의 금발을 힐끔힐끔 쳐다보았다.

"튀려고 한 적 없어~!"

"마이 양의 애인은 꽤 재미있는 사람이네."

마이는 그 말을 듣더니 애매한 미소를 지을 뿐, 사쿠타에게 한 마디 하지는 않았다.

"아무튼, 오빠가 보기에는 어때?"

"너무 화려하지도 않고, 촌스럽지도 않아. 네가 딱 원하는 대로 된 것 같은데?"

"그, 그렇구나."

카에데는 안절부절 못하듯 손을 비벼대면서 거울에 비친 자신을 쳐다보았다. 입가에 미소가 어려 있는 것을 보면 머리 모양 자체는 마음에 든 것 같았다. 하지만 아직 달라진 자기 자신에게 익숙하지 않은데다, 주위의 반응이 신경 쓰여서 저렇게 안절부절 못하는 것이다. 아마 머지않아 익숙해질 것이다.

"마이 양도 좀 다듬어줄까?"

"아, 촬영이 아직 끝나지 않았어요."

"끝부분만 다듬는 건 괜찮잖아. 크리스마스도 머지않았으니까 말이야."

점장은 약간 의미심장한 시선을 사쿠타에게 보냈다.

"한동안은 영화 홍보 방송 같은데도 나가야 하거든요. 다 끝나고 나면 부탁드릴게요."

그러고 보니 내일과 모레는 또 카나자와에 간다고 들었다. 듣자하니 영화 홍보용 버라이어티 방송 출연이 확정되었다고 한다. 영화 촬영지를 MC인 남성 방송국 아나운서와 돌아보는 내용이라고 일전에 마이가 말해줬다. 저녁 일곱 시에 하는 메이저 방송이며, 사쿠타도 본 적이 있었다.

"노도카 양은 지난주에 손질했으니 안 해도 되지?"

"예."

"토요하마도 여기 다니는구나."

"불만 있어?"

"너는 정말 언니가 좋아죽나 보네."

"사쿠타보다 더 좋아할 걸?"

"내가 더 좋아한다고~."

"언니를 좋아한 햇수로 치면 사쿠타는 내 발끝에도 못 미치거든?"

"그래그래. 그럼 토요하마가 1등인 걸로 해줄게. 마이 씨를 잘 부탁해."

"뭐?"

사쿠타가 모처럼 양보를 했지만, 노도카는 불만 섞인 목소리로 그렇게 말했다. 하지만 사쿠타는 노도카를 신경 쓰지 않았다. 다른 누군가의 시선에 신경이 온통 쏠렸기 때문이다.

"……."

아무 말 없이 사쿠타와 노도카의 대화를 듣고 있던 마이는 사쿠타와 시선이 마주쳤는데도 여전히 입을 다물고 있었다. 그녀의 눈동자 깊은 곳에는 의지가 어려 있었지만, 계산을 마치고 가게를 나설 때까지도 마이는 입을 다물고 있었다.

점장에게 배웅을 받으며 미용실을 나선 사쿠타 일행은 올 때와 같은 길로 지가사키 역을 향해 걸었다. 카에데는 바람에 날리는 머리카락을 계속 신경 썼다. 마이가 머리카락을 가다듬어 줄 때마다 환한 미소를 지었다.

"내일 아침에 혼자 할 수 있겠어?"

마이에게 매일 가다듬어 달라고 할 수는 없다.

"내가 가르쳐준 대로만 하면 돼. 할 수 있지?"

"아, 예."

카에데는 처음 연예인 『사쿠라지마 마이』를 만났을 때는 잔뜩 긴장했지만, 최근 몇 주 동안 그녀에게 꽤 익숙해진 것 같았다. 지금은 동경하는 언니처럼 마이를 대하고 있었다.

그런 이야기를 하다 보니, 사쿠타 일행은 어느새 지가사키 역에 도착했다.

마이는 바로 개찰구로 향했지만, 곧 걸음을 멈췄다.

"노도카, 미안하지만 카에데를 집까지 데려다줄래?"

"응? 언니는 뭐 할 건데?"

"실은 사쿠타와 따로 약속한 게 있어."

마이는 느닷없이 그런 소리를 했다. 사쿠타의 기억이 옳다면, 마이와 그 어떤 약속도 한 적이 없었다. 마이는 사쿠타에게 눈짓을 보내지도 않았다. 설명을 요구하는 사쿠타의 시선에도 응하지 않았다. 애초에 마이는 사쿠타를 쳐다보지 않았다.

하지만 사쿠타 또한 마이와 둘만의 시간을 가질 생각이었기에, 그녀의 말에 맞춰주기로 했다.

"카에데, 내가 없어도 돌아갈 수 있겠어?"

"열차도 두 정거장만 가면 되잖아. 문제없어."

카에데는 자기를 바보 취급하지 말라는 듯한 어조로 그렇게 말했다.

"오빠는 내가 몇 살이라고 생각하는 거야?"

"『몸은 중3, 마음은 중1』이라고 생각하지."

"오늘도 오빠가 같이 와주지 않았어도 됐거든? 오빠와 같이 와서 좀 부끄러웠단 말이야."

"동생이 이 오빠에게서 벗어나줘서 정말 기쁘네."

"나 들으라고 하는 소리야?"

"토요하마는 시스콤 아이돌로서 계속 활약하라고."

"사쿠타가 그딴 소리 안 해도 그럴 거야."

"카에데, 미안하지만 사쿠타 좀 빌릴게."

"예. 이런 오빠라도 괜찮다면 얼마든지 빌려드릴게요. 오늘 정말 고마웠어요."

카에데는 마이를 향해 고개를 꾸벅 숙였다.

"이 정도쯤은 아무 것도 아냐."

마이는 미소를 지으며 그렇게 대답했다.

"저기, 오빠……. 일단은 고마워."

"별말씀을요~."

"정말, 나는 진지하게 말한 거라구."

카에데는 불만을 표시하듯 볼을 부풀렸다.

"언니, 언제쯤 돌아올 거야?"

한편, 옆에서는 노도카가 마이에게 평범한 말투로 그렇게 물었다. 몇 시에 돌아올 건지 질문한 것이다.

"아마 좀 늦을 거야."

마이는 딱 잘라 그렇게 말했다.

그러자 노도카는 시선으로 사쿠타를 견제했다. 대체 무슨 상상을 한 것일까. 카에데 또한 얼굴을 살짝 붉혔다. 아무래도 이상한 상상을 하는 것 같았다.

하지만 변명이나 설명을 하는 것도 좀 그렇기에, 오해인 채로 남겨두기로 했다. 진실을 설명하는 게 더 어려울 테니까 말이다.

마이가 부정하지 않은 것도, 사쿠타와 비슷한 결론에 도달했기 때문일 거라는 생각이 들었다.

"……."

하지만 입을 다문 마이의 얼굴에는 사쿠타가 모르는 감정이 어려 있는 듯한 느낌이 들었다. 사쿠타는 그 감정의 정체에 대해 생각하며, 개찰구를 통과한 카에데와 노도카를 배웅했다. 하지만 결국 답을 찾지 못했다. 찾지 못해도 된다. 어차피 이제부터는 그것을 찾기 위해 시간을 할애할 것이니까 말이다.

문제는 이제부터 어디에 갈 것인가. 다. 지가사키 역에서 마이와 단둘이 있게 될 거라고는 생각도 못했기에, 사쿠타는 생각해둔 게 전혀 없었다. 평소에 올 일이 없는 장소이기에 근처 지리도 알지 못했다. 유일하게 아는 것은 이곳도 쇼난 지역이라는 것이다. 그렇다면 남쪽으로 가면 바다가 보일 것이다. 아마 미용실 근처에 바다가 있으리라.

　"좀 왔던 길을 돌아가는 거지만, 바다에 갈까요?"

　사쿠타는 그렇게 말하며 고개를 돌려보니, 마이는 자신의 옆에 없었다.

　"어?"

　마이는 어느새 매표소 쪽으로 향하고 있었다. 매표기에서 조금 떨어진 곳에서 운임표와 노선도를 올려다보고 있었다.

　"딴 곳에 갈 거예요?"

　사쿠타는 마이에게 다가가면서 물었다.

　"그래."

　"어디에 갈 건데요?"

　"먼 곳."

　마이는 짤막하게 대답하더니, 그대로 걸음을 옮겼다. 그녀는 역 개찰구를 향했다.

　"아, 마이 씨. 기다려요."

　사쿠타는 마이를 쫓으며 개찰구를 통과했다.

　마이가 사쿠타를 데리고 간 곳은 도카이도선 플랫폼이었

다. 후지사와 역에서 사쿠타 일행이 타고 왔던 열차가 서는 곳이다. 반대편에서 열차를 타면 후지사와 역으로 돌아갈 수 있지만, 이곳은 반대편 플랫폼이다. 이곳에서는 오다와라와 유가와라, 그리고 아타미에 갈 수 있다.

"마이 씨, 어디에 가는 거예요?"

"열차가 왔어."

마이는 행선지를 밝히지 않은 채 사쿠타를 데리고 아타미행 열차를 탔다. 은색 차체에 녹색과 오렌지색 선이 그어진 열차였다.

두 사람은 빈자리에 앉았다. 문이 닫히고 열차가 달리기 시작하자, 사쿠타는 데자뷔에 사로잡혔다. 전에도 마이와 단둘이서 이 열차에 탄 적이 있었던 것이다.

올해 봄에 있었던 일이다.

마이와 만나, 그녀가 걸린 사춘기 증후군에 대해 알게 되었고, 그것의 영향 범위를 알기 위해 무턱대고 탔던 열차가 바로 도카이도 선 열차였다.

"반갑네요."

사쿠타는 솔직한 감상을 털어놓았다.

"……"

마이는 아무 말도 하지 않았다. 사쿠타와 시선을 맞추지도 않았다.

"벌써 반년이나 지났군요."

"아직 반년밖에 지나지 않았어."

"마이 씨 덕분에 충실한 하루하루를 보냈거든요. 그래서 시간이 빨리 흐른 것처럼 느껴지는 걸지도 몰라요."

"……."

"그때는 마이 씨와 사귀게 될 거라고는 생각도 못했어요."

흑심이 없었던 것은 아니다. 이런 미인 선배와 같이 지내는 게 즐거웠고, 그녀와 접점이 생겨서 들뜨기도 했지만, 그 이상의 무언가를 원하지는 않았다. 그런 생각조차 해보지 않았다. 사춘기 증후군을 통해 가까워졌으니, 이 기회를 잘 살려보자고 생각했을 뿐이다.

어리광을 부리다 혼나고, 꾸중을 듣기도 했던 나날들……. 건방지다는 소리도 들었다. 당시의 사쿠타에게는 나쁜 소문이 따라다니고 있었지만, 마이는 그 소문을 개의치 않으며 처음부터 사쿠타 본인만 주시했다. 자신이 보고 느낀 바에 따라, 사쿠타를 대했던 것이다.

그런 마이의 태도를 기분 좋게 느낀 것은 어찌 보면 당연했다. 볼을 꼬집히는 것도, 발을 밟히는 것도, 상대방이 마이라서 즐겁게 느낄 수 있었다. 마이 또한 진짜로 사쿠타가 싫어서 그런 것은 아니다. 그것은 두 사람에게 있어 스킨십 같은 것이다.

그런 것이 쌓이고 쌓여 「좋아한다」는 감정이 되었고, 그 좋아한다는 감정이 쌓인 끝에 「사랑한다」가 되었다.

사쿠타와 마이는 이 반 년 동안 그런 시간을 보냈다. 마이가 사쿠타에게 준 정말 즐거운 시간이었다. 충실한 시간이었다. 그리고 평온하기 그지없었던 시간이었다.

사쿠타는 둘이서 보낸 나날을 돌이켜보며, 그런 마음을 옆에 앉은 마이에게 털어놓았다. 종점인 아타미 역에 도착할 때까지, 약 50분 동안, 사쿠타는 혼자서 계속 떠들어댔다.

4

종점인 아타미 역에 도착하니 오후 여섯 시가 지났다.

일요일 저녁을 맞이한 온천지의 역은 한산했으며, 멈춰선 열차에서 난방 장치가 돌아가는 소리가 들리는데도 불가사의한 정적이 감돌고 있었다. 겨울의 차가운 공기도 한 몫 하는 걸지도 모른다.

플랫폼에 선 마이는 좌우를 둘러보더니, 열차시각표를 향해 다가갔다.

"……."

마이는 진지한 표정으로 열차의 출발 시각을 가리키는 숫자를 눈으로 쫓았다.

아무래도 마이의 목적지는 아타미가 아닌 것 같았다. 그렇다면 이곳에서 더 먼 곳으로 가는 것일까. 추억을 돌아보듯, 오가키까지 가려는 걸지도 모른다. 하지만 사쿠타가 아까 여러 추억을 이야기했을 때도 마이는 별다른 반응을 보이지 않았는데…….

"가장 먼 곳까지 가는 열차는 어느 거야?"

마이는 사쿠타의 추측을 뒷받침하는 듯한 발언을 했다.

"도카이도선을 타고 쭉 가면, 적어도 오가키까지는 갈 수 있을 거예요."

실제로 사쿠타와 마이는 봄에 그렇게 했었다. 그것은 마이도 기억하고 있으리라. 하지만 그곳보다 더 먼 곳에 가려고 한다면, 수단이 한정된다.

"신칸센으로 갈아타면 오사카까지 갈 수 있지 않아?"

아타미에는 코다마 열차만 서지만, 나고야에 가서 환승한다면 산요, 규슈까지 이어지는 신칸센에 탈 수 있다. 남쪽 지방까지 갈 수 있는 것이다.

"이즈모시행 열차는 어때?"

마이는 손가락으로 시각표 아래쪽을 짚었다. 늦은 시간대에 운행하는 열차였다.

"이즈모라면, 이즈모 타이샤라는 신사가 있는 그 이즈모예요?"

사쿠타가 되물었다.

"다카마쓰에 가는 열차도 있네."

"시코쿠 지방의 다카마쓰요?"

거기는 가가와 현이었을 것이다. 사쿠타는 뭔가 잘못된 거라고 생각하며 시각표를 유심히 살펴보았다. 23시 23분에 출발하는 열차가 이즈모시와 다카마쓰에 가는 것 같았다. 그리고 『침대』라는 글자를 보자 수수께끼는 바로 풀렸다. 늦은 밤에 출발해서 다음날 아침에 도착하는 침대열차 같았다. 같은 시각에 여러 행선지로 향하는 열차가 발차한다고 적혀 있는 것은 도중까지 연결된 상태로 나아가기 때문이라는 것도 알았다.

즉, 이즈모와 다카마쓰는 사쿠타가 상상한 그 이즈모와 다카마쓰가 맞는 것이다.

"이걸 타면 이즈모까지 갈 수 있겠네."

"아마 그럴 거예요."

탄 적이 없기 때문에 확신은 할 수 없지만, 일본의 철도는 신뢰할 수가 있으니 아마 틀림없을 것이다.

"승차권을 따로 구해야 할까?"

"아마도요."

"역무원에게 물어보러 가자."

마이는 사쿠타의 손을 잡고 걷기 시작했다.

"예? 저기, 마이 씨?"

"……."

마이는 걸음을 내디디며 사쿠타를 계속 잡아당겼다.

"대체 어디에 가려는 거예요?"

"역무원이 있는 곳."

"그게 아니라, 목적지 말이에요."

"먼 곳이야."

"그러니까, 그 먼 곳이 어딘데요?"

"매우 먼 곳이야."

"……."

"이대로 열차를 계속 타면서, 그날보다 더 먼 곳에 갈 거야."

"침대열차는 요즘 인기라니까, 표를 못 구할지도 몰라요."

사쿠타가 그런 식으로 돌려 말하자, 마이는 그제야 멈춰 섰다. 하지만 사쿠타를 돌아보지는 않았다.

"그럼 평범한 열차를 탈래."

"이 시간대라면 오가키가 한계일지도 몰라요."

그 날의 출발시각도 지금도 비슷했던 걸로 기억한다.

"열차가 끊어지면, 모르는 마을에 묵으면 돼."

"한 방에서요?"

"사쿠타가 그러고 싶다면 그러자."

"꿈같은 이야기네요."

"아침이 되면 다시 출발하는 거야."

"먼 곳으로요?"

"응. 먼 곳으로 가자. 둘이서 함께 먼 곳으로 가는 거야. 멀고 먼 곳으로……."

드문드문 말을 잇는 마이의 목소리는 무기질적으로 들렸

지만, 사쿠타는 그 목소리의 밑바닥에 존재하는 감정의 떨림을 느낄 수 있었다. 억누르고 있는 것도, 마음이 얼어붙은 것도 아니었다. 흔들리고 있는 격렬한 감정이, 마이를 무표정하게 만들고 있을 뿐이었다. 그것과 비슷한 감정이 사쿠타의 내면에도 존재하기에, 그는 그것의 정체가 무엇인지 알고 있었다.

그것과 마주하기 위해, 사쿠타는 마이와 이야기를 나눌 시간을 만들고 싶었던 것이니까……. 그리고, 그것은 마이도 마찬가지이리라…….

"엄청 즐거울 것 같아요."

마이가 말한 여행을 머릿속으로 상상한 사쿠타는 진심어린 목소리로 그렇게 말했다.

"그렇지?"

"정말, 엄청 즐거울 것 같아요……."

"그럼……."

"그래도 농담하는 거죠? 마이 씨."

"……"

마이의 어깨가 떨렸다.

"사쿠타야말로……."

격렬하게 떨리고 있었다.

"사쿠타야말로 농담 하지 마!"

목 깊숙한 곳에서 터져 나온 목소리는 새된 비명처럼 들렸다. 그와 동시에 사쿠타를 향해 돌아선 마이의 눈동자는 어둡게 가라앉아 있었다. 그 날카로운 눈빛을 본 순간, 사쿠타의 몸은 움찔했다.

"윽!"

사쿠타는 저런 표정을 짓고 있는 마이를 본 적이 없었다.

"나는, 그런 말을, 듣고 싶지 않아."

"……."

"과거의 추억 같은 걸 이야기하고 싶지 않아."

"마이 씨……."

"나는 사쿠타와 미래에 대해 이야기하고 싶어."

"……."

다른 이용객들의 눈길 같은 것은 애초부터 신경 쓰지 않았다. 눈앞에 있는 마이 씨는 위태로워 보였으며, 손만 대도 그대로 부서져버릴 것처럼 약해 보였다. 마이의 솔직한 감정이 사쿠타에게 정통으로 꽂혔다. 사쿠타는 눈을 뗄 수 없었다. 눈이라도 깜빡였다간, 그 사이에 녹아서 없어지고 말 것처럼 덧없어 보였기에……. 상처 입은 듯한 표정을 짓고 있었기에…….

"노도카와 카에데에게 작별인사 같은 소리 하지 마. 정상이 아닌 건 사쿠타잖아!"

"……."

"대답해!"

"……그럴지도 몰라요."

학교에서 유마나 리오와 만났을 때, 그런 심정이었던 것은 사실이다. 자연스럽게 몸이, 입이, 그런 반응을 보였다.

아까 카에데와 노도카와 헤어질 때도 마음속에 그런 생각이 존재했다. 그래서 그런 말을 한 거라고 생각한다.

"멋대로 포기하지 마……."

"……."

"혼자서 결정하지 말란 말이야……."

"마이 씨에게 이런 걸 짊어지게 할 수는 없어요."

"나는 사쿠타의 뭐야?"

그 말을 입에 담은 순간, 마이의 눈이 희미하게 흔들렸다. 마이는 꼴사나운 한 마디를 했다고 생각하는 것이다. 그녀는 이 말을 입에 담고 싶지 않았으리라. 말하지 않을 생각이었는데, 감정이 이성을 뛰어넘고 말았다. 이제는 앞뒤 가릴 상황이 아닌 것이다.

"연인."

"그렇다면, 같이 짊어지자……."

"……."

"쇼코 양의 목숨을……."

"……."

"삶을 같이 짊어질 테니까……."

마이는 어금니를 깨물면서 노려보듯 사쿠타를 올려다보았다.

"그랬다간…… 너무 고통스러울 것 같아요, 마이 씨."

"어째서야!"

사쿠타가 살아남는 것은 쇼코가 원래 받았어야 하는 심장 이식 수술을 받지 못한다는 것을 뜻했다. 어쩌면 다른 기증자가 나타나서 쇼코가 목숨을 건질지도 모르지만, 사쿠타는 이 세상이 그런 식으로 자신에게 유리하게 굴러갈 거라고는 도저히 생각할 수 없었다.

자신이 살아남는 바람에 쇼코가 구원받지 못하는 미래를 환영할 자신이 없었다. 어린 쇼코는 지금까지 최선을 다해 왔다. 힘든 상황 속에서도 필사적으로 밝고 긍정적으로 행동해온 것이다. 그런 쇼코가 구원받는 미래를 바꿔서 자신이 살아남는다면, 그것은 너무나도 고통스러울 것 같았다.

그런 고통을 마이에게 짊어지게 할 수는 없다. 죄책감을 짊어진 채 둘이서 함께 살아갈 만큼, 문란한 어른은 아직 될 수 없다. 사쿠타의 내면에 존재하는 한줌의 결벽성이 그것을 용납하지 않았다.

게다가 사쿠타에게는 꼭 갚고 싶은 게 있었다. 어른 쇼코에게 받은 것을 돌려주고 싶다. 사쿠타는 2년 전에 쇼코에게 구원받았고, 얼마 전에 또 구원받았다. 인생이 무엇을 위해 존재하는지 가르쳐준 쇼코에게서, 가장 소중한 것을 빼앗고 싶지 않았다.

"나도, 어엿한 모습을 보여주고 싶을 때가 있어요."

"사쿠타는 충분히 어엿해."

"어엿하지 않으면, 다른 사람들에게 미안하잖아요."

"나만 보란 말이야, 사쿠타!"

"이상한 소문을 개의치 않으며 나와 친구가 되어준 쿠니미와 후타바가 있었기 때문에, 나는 오늘까지 살아올 수 있었어요."

"……."

"나를 위해 여동생이 되어준 『카에데』에게 꼴사나운 모습을 보일 수는 없어요. 겨우 돌아온 『카에데(花楓)』에게 한심한 꼴을 보여줄 수는 없다고요."

"왜…… 왜……."

"나 같은 놈과 여전히 어울려주는 코가와 토요하마에게도…… 몇 번이나 나를 구해준 쇼코 씨에게도요."

"……."

"나를 좋아해준 사람들을 실망시키는 인간이 되고 싶지 않아요."

"내가 부탁해도?"

"마이 씨의 부탁이라면 뭐든 들어주겠지만……."

"그렇다면……!"

"딱 하나만은 절대 들어줄 수가 없어요."

"그딴 말, 듣고 싶지 않아!"

마이는 양손으로 귀를 막으며 그렇게 외쳤다. 그리고 고개를 숙이더니…….

"부탁이니까…… 이대로 쭉 내 곁에 있어줘."

……하고 가녀린 목소리로 중얼거렸다.

"크리스마스가 끝날 때까지 내 곁에 있어줘."

"……."

"항상 곁에 있어줘."

마이가 한 걸음 내딛자, 그녀의 이마가 사쿠타의 어깨에 닿았다.

"열차를 타고, 최대한 먼 곳으로 가자……."

"그러면 정말 즐거울 것 같네요."

"그렇지……?"

"예. 그런 여행을 할 수 있다면, 정말 즐거울 거예요."

이어진 목소리에는 체념의 음색이 어려 있었다. 이뤄지지 않는 소망이기에, 이뤄지면 좋겠다고 생각할 수 있는 것이다.

"하지만 그럴 수는 없어요, 마이 씨."

"어째서야?!"

"내일도 수업이 있거든요."

사쿠타는 지극히 학생다운 이유를 입에 담았다. 어머니가 자기 아이에게 말할 법한 당연한 이유였다.

"안 가면 돼."

"아침에 일어나서, 카에데의 아침을 만들어줘야 해요. 토요하마는 요리를 못하잖아요."

"……."

"마이 씨도 내일 스케줄이 있죠?"

"그딴 건……."

"전에 토요하마한테서 들은 적이 있어요. 사쿠라지마 마이는 고열이 나더라도 스케줄을 펑크내지 않는다면서요? 몸 상태가 아무리 나빠도, 겨울 바다에 뛰어든다면서요?"

"……상관없어. 일 따위 어찌 되든 상관없어!"

"그러면 안 돼요. 마이 씨를 신뢰하는 사람들이 피해를 입잖아요."

"사쿠타가 내 곁에서 사라지는 거에 비하면, 그딴 건 하나도 중요하지 않아!"

마이는 사쿠타의 상의를 꼭 움켜쥐었다. 더는 놓지 않겠다는 듯한 굳은 의지마저 느껴졌다. 그렇기 때문에, 사쿠타는 말을 이었다. 냉정함을 유지할 수 있었다.

"나, 마이 씨를 좋아해요."

"……."

"일을 할 때의 마이 씨를 좋아해요."

"지금은 그런 소리 하지 마!"

"텔레비전에 나오거나, 잡지의 표지를 장식한 마이 씨를 볼 때마다, 『내 애인은 무지 귀엽다니깐』하고 마음속으로 생각해요."

"내가 듣고 싶은 건 그런 말이 아냐……."

"너무 바빠서 데이트를 자주 못하는 건 아쉽지만요."

"그러니까, 앞으로 쭉 함께 있어주겠다잖아!"

"내가 같이 있고 싶은 건, 평소의 마이 씨예요."

"……읍!"

사쿠타가 별것 아닌 한 마디를 입에 담은 순간, 마이는 말문이 막혔다. 숨을 삼킨 채 아무 말도 하지 못했다.

"자신에게 엄격하고, 나에게도 엄격하지만, 실은 어리광을 잘 받아주는 마이 씨를 사랑해요……."

말을 이을수록, 눈시울이 점점 뜨거워졌다. 목소리에 울먹거림이 섞였다. 하지만 사쿠타는 감정의 파도가 지나갈 때까지 필사적으로 참았다. 지금 울음을 터뜨렸다간 전부 수포로 돌아간다. 지금까지 참아온 것들이 전부 터져 나오며, 마이와 함께 도망가고 싶어질 것이다. 이즈모든, 다카마쓰든, 더 먼 곳에라도 가버리고 싶을 것이다. 하지만 그럴 수 없기에, 필사적으로 참았다.

"……괜찮아."

마이의 차분한 목소리가 사쿠타의 침묵을 메웠다.

"……마이 씨?"

"괜찮아."

"……."

"사쿠타가 살아만 준다면, 미움 받아도 괜찮아!"

마이는 자신의 마음을 토해내며 고개를 들었다.

"……."

그런 마이의 표정을 본 순간, 사쿠타의 머릿속은 새하얗게 변했다. 그녀의 눈동자에는 눈물이 가득 맺혀 있었다. 사쿠타의 눈앞에서, 그녀의 눈물이 볼을 타고 흘러내렸다.

"이대로 내 곁에 있어줘……."

어린아이처럼 코를 훌쩍이며, 마이는 울고 있었다. 아름답지도, 멋지지도 않았다. 그녀는 자신의 마음을 꾸밈없이 털어놓고 있었다. 그저 순수한 마음만을 사쿠타를 향해 쏟아내고 있었다.

"항상 내 곁에 있어줘……."

"……."

죄책감이 사쿠타의 몸을 휘감았다. 마이가 이렇게 우는 모습은 상상해본 적도 없었다. 그녀가 이렇게 울지도 모른다는 생각을 억지로라도 하지 않으려 했다.

결심이 흐트러지고 말 테니까…….

"크리스마스가 끝날 때까지 같이 있어줘……. 그 후에는 나를 싫어해도 돼!"

"그건 무리예요."

"어째서야!"

"마이 씨를 싫어하는 건 무리라고요."

"어째서…… 어째서……."

마이는 힘없이 그 자리에서 주저앉고 말았다. 그런 마이를 부축하기 위해, 사쿠타 또한 무릎을 꿇었다.

"나는 항상 마이 씨를 사랑할게요."

사쿠타는 마이의 몸을 끌어안았다. 그녀를 어르듯 등을 쓰다듬었다.

"거짓말쟁이……."

사쿠타의 가슴 언저리에서 마이의 목소리가 흘러나왔다.

"영원히 좋아할 거라고 맹세할게요."

"거짓말쟁이……."

"영원히 사랑해요."

"사쿠타는 거짓말쟁이……. 하지만, 거짓말쟁이는 나야."

"……."

"사쿠타에게 미움 받고 싶지 않아."

마이는 사쿠타의 셔츠를 움켜쥐었다. 그리고 그의 셔츠를, 손이 으스러질 것만 같을 만큼 세게 움켜쥔 채…….

"미움 받고 싶지 않다구……."

……하고 울먹거리며 말했다.

"우, 우에엥, 우에에에에에엥……."

감정에 삼켜진 마이에게 건넬 말은 존재하지 않았다. 사쿠타는 마이를 꼭 끌어안아주지도 못한 채, 죄인이 된 심정으로 그녀의 한탄을 자신의 고막에 새길 수밖에 없었다.

사쿠타와 마이는 아타미에서 후지사와로 돌아가는 열차 안에서 대화를 나누지 않았다. 남들의 눈길을 가능한 한 피하기 위해 고른 특실 좌석에서, 마이는 창밖만 쳐다보고 있었다.

눈물 때문에 부은 눈이 열차 창문에 비쳤다. 그녀에게 말을 걸고 싶다는 충동을 느끼면서도, 사쿠타는 필사적으로 그 마음을 억눌렀다. 잠시라도 긴장을 풀었다간, 또 하나의 본심이 껍질을 깨고 밖으로 튀어나갈 것만 같으니까…….

그 말을 했다간, 분명 돌이킬 수 없다. 그러니, 말하지 않는다. 말해서는 안 된다.

아타미 역에서 마이가 진정할 때까지 기다린 바람에, 두 사람은 오후 열한 시가 넘어서야 후지사와 역에 도착했다. 일요일 밤이라 그런지 묘한 적막감이 감돌았다. 화려한 크리스마스 장식의 불빛이 사쿠타의 어두운 마음을 비췄다.

역에서 집으로 향하면서도, 사쿠타와 마이는 침묵을 지켰다.

때때로 마이가 훌쩍이는 소리가 들렸다. 그녀를 향해 고개를 돌려도 시선은 마주치지 않았지만, 그렇다고 떨어져서 걷지도 못한 채, 두 사람은 맨션을 향해 나란히 걸었다.

"마이 씨, 잘 자요."

"잘 자."

두 사람이 나눈 말은 그게 전부였다.

마이는 힘없는 발걸음으로 건물 안으로 들어갔다. 오토록인 문이 열리고, 마이가 건물 안으로 사라지는 모습을 본후, 사쿠타 또한 맞은편 맨션에 들어갔다.

사쿠타는 홀로 엘리베이터를 탔다. 침묵이 무거웠다.

억누르고 있던 감정이 몸 안에서 날뛰는 것이 느껴졌다. 입 밖으로 토해내지 않기 위해 참고 또 참았던 말이 목젖 언저리까지 치밀어 올랐다.

의식하지 않으려 했기에 참을 수 있었다. 생각하지 않으려 했기에 쳐다보지 않을 수 있었다. 죽음이라는 존재를 직접적으로 느낀 적이 없기에, 괜찮을 거라고 생각했다.

하지만, 마이의 우는 얼굴이, 전부 가르쳐줬다.

죽음이 어떤 것인지를…….

엘리베이터가 도착했다.

무거운 걸음걸이로 현관 앞에 선 사쿠타는 열쇠로 문을 열고 안으로 들어갔다.

불이 켜져 있었다. 현관도, 복도도, 그 너머에 있는 거실도 밝았다.

문이 열리는 소리를 들었는지, 쇼코가 거실에서 나왔다.

"어서 와요, 사쿠타 군."

쇼코는 평소와 마찬가지로 미소를 지었다. 사쿠타를 용서해주는 상냥한 미소가 그를 맞이했다. 그 미소가 너무 눈부

서서, 사쿠타는 고개를 숙였다.

"마이 씨는 오늘도 자기 집에 묵기로 했나요?"

"예……."

사쿠타는 고개를 숙인 채 작은 목소리로 대답했다.

"그렇군요."

"……카에데는요?"

사쿠타는 고개를 숙인 채 짤막하게 물었다.

"이미 자고 있어요. 머리모양이 마음에 들었는지 정말 기뻐했어요."

"그랬나요……."

"우선 목욕부터 할래요? 배가 고프다면 먹을 걸 준비할게요."

사쿠타는 신발을 벗고 싶었지만, 발을 움직일 수가 없었다.

"쇼코 씨, 나는……."

사쿠타가 그제야 고개를 들어보니, 쇼코는 역시 미소 짓고 있었다.

"……."

사쿠타는 그 상냥한 얼굴을 넋을 잃은 듯이 쳐다보았다.

"너무 쳐다보지 마세요. 사쿠타 군에게는 멋진 애인이 있잖아요."

쇼코는 자고 있는 카에데를 생각해 작은 목소리로 장난스럽게 말했다.

"맞아요. 엄청 자랑스러운 애인이죠."

"샘나네요."

"그래서……."

더는 참을 수가 없었다. 목소리는 이미 상기되었다. 젖은 흐느낌이 새어나왔다.

"마이 씨를 울리고 싶지 않았어."

사쿠타가 입에 담은 단순한 마음은 상상했던 것보다 훨씬 강하게 그의 몸을 뒤흔들었다. 마음을 뒤흔들며, 온몸으로 퍼져나갔다.

이렇게 커다란 마음이 자신 안에 존재하는 줄은 생각도 못했다.

"더는, 울리고 싶지 않아……."

밤이니까, 카에데가 자고 있으니까…… 어금니를 깨물며, 목소리를 억눌렀다.

"그러니까…… 그러니까, 쇼코 씨."

쇼코는 한탄을 토하는 사쿠타의 앞에서, 상냥하게 웃고 있었다.

"예. 무슨 일이죠?"

"미안해, 쇼코 씨……."

눈을 보면서 말하지는 못했다. 몸이 경련이 일어난 것처럼 떨렸다. 무릎에 힘이 들어가지 않았기에, 사쿠타는 그 자리에서 무너졌다. 온몸의 떨림을 억누르듯 자신의 몸을 감싸

안더니, 무릎을 꿇은 채 내면의 가장 깊은 곳에 있던 감정을 토했다.

"나…… 살고 싶어."

떨림을 멈출 수가 없었다. 지금까지 단 한 번도 경험해보지 못한 미지의 반응이 몸을 휘감았다. 무섭고, 슬프고, 한심하지만…… 쇼코에게서 온기가 느껴졌다.

"나는, 살아가고 싶어……."

너무나도 당연하기에, 평소에는 기도하지도 않는 진심어린 소망. 살게 해달라고 누군가에게 허락을 구한 적은 없었다. 그럴 필요가 없으니까, 당연한 일이니까…… 살아간다는 것 자체가 말이다.

하지만 이 소망이야말로 어린 쇼코가 항상 품고 있던 마음이었다. 상상하기만 해서는 도저히 이룰 수 없는 유일한 소원이다.

살고 싶다. 그것이 전부다.

그렇기 때문에, 그런 쇼코에게 「살고 싶다」는 말을 해서는 안 된다고 생각했다. 그녀 앞에서는 입에 담아선 안 되는 말이었다.

하지만 사쿠타의 몸은 그런 생각보다 훨씬 더 강렬한 소망을 우선했다. 자기 자신을 우선했다. 입 밖으로 토해내는 것을 거부하려 하는 힘에 반발하며, 삶을 향한 욕구를 쥐어 짜냈다.

마이를 좋아하니까…….

더는 그녀가 울지 않기를 바라니까…….

만약 그녀가 눈물을 흘린다면, 하다못해 그녀의 곁에 있어주고 싶으니까…….

"미안, 쇼코 씨……. 나는…… 미안……."

다른 말은 할 수가 없었다. 그녀에게 해야 하는 말이라면 분명 있었다. 하지만, 그 말만 아는 어린애처럼, 사쿠타는 똑같은 말을 반복할 수밖에 없었다.

"미안…… 마이 씨와 쭉 함께 있고 싶어……. 쭉, 앞으로도……."

여전히 떨고 있는 사쿠타의 몸이, 따뜻한 무언가에 감싸였다. 쇼코의 온기가 무서운 것으로부터 사쿠타를 지켜주듯, 그를 감쌌다.

"사과할 사람은 저예요."

그녀는 상냥한 어조로 말했다.

"이렇게 힘든 선택을 하게 해서 미안해요, 사쿠타 군. 제가 좀 더 잘했다면, 사쿠타 군이 이렇게 괴로워하지도 않았을 텐데……."

"그렇지는……."

"사쿠타 군은 아무 잘못도 없어요."

"나는……."

"사쿠타 군은 최선을 다했어요."

"……나는!"

"말해줘서 고마워요."

"……아아, 아아아아아아."

사쿠타의 입에서는 흐느낌만이 터져 나왔다.

"그러니, 마이 씨와 꼭 행복해지세요."

"……으윽, 아아…… 아아아아아아아."

쇼코에게 무언가를 전하고 싶었다. 그것이 고마움인지, 사죄인지, 아니면 다른 감정인지는 알 수 없지만, 그래도 무언가를 전하고 싶었다.

하지만, 더는 아무 것도 샘솟지 않았다. ……눈물조차 나지 않았기에, 사쿠타는 그저 억눌린 흐느낌만을 계속 토할 수밖에 없었다.

쇼코에게, 자신이 살아도 된다는 허락을 받으면서…….

제5장

새하얀 눈을 물들이며

1

쇼코가 알려준 미래에 도달하기까지, 겨우 이틀만이 남아 있었다. 사쿠타는 그 짧은 시간 동안, 마음속으로 어떤 소원을 되풀이해 빌면서 보냈다.

아침에 떠오른 태양에 소원을 빌었다.

한낮의 푸른 하늘에 소원을 빌었다.

한밤의 별들에 소원을 빌었다.

어린 쇼코를 구해달라는 소원을…….

시치리가하마의 바다에도, 근처에 흐르는 강에도, 모래사장에 떨어진 조개껍질에도, 깨진 아스팔트 사이로 고개를 내민 이름 모를 풀에도, 사쿠타는 소원을 빌었다.

어린 쇼코를 구해주세요, 하고 말이다.

그저 진심을 다해, 빌고 또 빌었다.

사쿠타가 그녀의 병을 고쳐줄 수는 없으니까…….

소원을 비는 것 이외의 수단을 지니지 못한 사쿠타가 할 수 있는 것은 그게 전부였다.

쇼코는 그런 사쿠타의 곁에 있으면서도 초조해하거나, 겁을 먹거나, 두려워하지도 않았다 그저 항상 차분했다. 사쿠타의 「살고 싶다」는 소원을 받아들였으면서도, 어딘가 장난스럽게, 그리고 항상 미소를 머금으며 그의 곁에 있어줬다.

사쿠타가 사고를 당하지 않는다면, 어린 쇼코는 심장 이식 수술을 근시일 내에 받지 못한다. 그렇게 되면, 어른 쇼코가 될 미래가 사라질지도 모른다. 적어도 사쿠타의 심장이 그녀에게 이식되지 않는다면, 쇼코의 미래는 바뀌어버릴 텐데도……

불안을 느끼는 게 당연했다. 하지만, 쇼코에게서는 그런 기색이 전혀 느껴지지 않았다. 콧노래를 부르면서 요리를 하고, 청소를 하고, 빨래를 하고, 목욕을 하며 하루하루를 보냈다.

그런 와중에 사쿠타와 쇼코는 두 번의 「좋은 아침이에요」와 두 번의 「잘 자요」라는 인사를 나눴다.

남아있던 이틀이라는 시간이 순식간에 끝나고 만 것이다.

그리고 해가 떠오르자, 너무나도 허무하게 12월 24일이 찾아왔다.

운명의 날 아침. 긴장한 탓인지 사쿠타는 누가 깨워 주지 않았는데도 홀로 일어났다. 상체를 일으키며 시계를 쳐다보았다. 오전 일곱 시였다. 날짜는 12월 24일, 크리스마스이브다.

사쿠타는 하품을 하면서 방을 나섰다. 세면대 앞에 서서 세수를 하고, 양치질을 했다. 거실 쪽에서 인기척이 느껴졌다. 사쿠타가 가보니, 앞치마를 입은 쇼코가 테이블에 아침 식사를 놓고 있었다.

"좋은 아침이에요, 사쿠타 군."

"좋은 아침이에요, 쇼코 씨."

"자, 앉으세요."

쇼코는 앞치마를 벗으며 그렇게 말했다. 테이블 위에는 식탁 매트가 두 개만 깔려 있었다. 아침 또한 2인분만 준비되었다. 메뉴는 토스트와 햄에그, 그리고 자른 토마토다.

카에데는 조부모님의 집에 갔다. 어제 오후 늦게 아버지가 차로 데리러 와서, 그녀를 데리고 갔다.

"잘 먹겠습니다."

"예. 맛있게 드세요."

두 사람은 대화를 나눴다.

"잘 잤나요?"

쇼코는 토스트에 잼을 바르면서 물었다.

"그저 그래요…… 쇼코 씨는요?"

"푹 잤어요."

"역시 대단하네요."

"그렇죠? 그렇죠?"

사쿠타는 비꼬는 듯한 어조로 그렇게 말했지만, 쇼코에게는 통하지 않았다. 전부 다 알면서도, 사쿠타의 말을 좋은 쪽으로 해석한 것이다.

평소와 다름없는 아침이었다. 쇼코가 이 집에서 지내게 된 후로는 아침마다 항상 이런 느낌이었다. 그리고 식사가 거의 끝나갈 즈음, 평소와 다른 일이 일어났다.

"오늘로 사쿠타 군과의 알콩달콩 동거 생활도 끝나는 군요."

사쿠타는 그 말에 반응하지 않을 수가 없었다.

"저기, 쇼코 씨."

"고맙다는 말이라면 실컷 들었어요."

사쿠타는 고개를 저었다. 물론 그 말도 더 하고 싶었지만, 사쿠타는 그 외에도 하고 싶은 말이 있었다. 전하고 싶은 마음이 있었다.

"나는, 쇼코 씨처럼 되고 싶었어요."

"......"

"2년 전, 절망에 빠졌던 나를 구해준 쇼코 씨처럼 상냥한 사람이 되고 싶었어요."

"사쿠타 군이라면 될 수 있어요."

"자신이 상냥하다는 건 부정하지 않네요."

"사쿠타 군이 이렇게 동경해주는데, 제가 자신감을 가지지 않는다면 그건 실례라는 생각이 들어서요."

쇼코다운 생각이다. 자신의 주위에 있는 사람들을 믿는다는 증거이기도 했다.

"간장."

"예?"

"주세요."

쇼코는 포크로 간장을 가리킨다고 하는 버릇없는 행동을 취했다.

사쿠타는 근처에 있던 간장을 쇼코 앞에 뒀다.

"고마워요."

"별말씀을요."

쇼코는 노른자 한가운데에 간장 몇 방울을 터뜨리더니, 햄에그를 입안에 집어넣었다. 입안을 가득 채운 음식을 우물우물 씹어 먹었다. 그 행복한 얼굴을 보자, 사쿠타의 얼굴에 미소가 어렸다.

"왜 그래요?"

"아무 것도 아니에요."

"지금 웃고 있잖아요."

"웃겨서 웃는 것뿐이에요."

쇼코는 그 대답이 마음에 들었는지 덩달아 웃었다.

다른 사람이 들었다면 뭐가 재미있는 것인지 이해가 안 될 상황이다. 하지만 사쿠타와 쇼코는 웃겨서 참을 수가 없었다.

유감인 점은 계속 이러고 있을 수는 없다는 것이다.

"사쿠타 군, 슬슬 가봐야 하지 않나요?"

크리스마스이브인 오늘도 학교에 가야한다. 2학기 마지막 날인 오늘은 방학식을 하는 것이다. 종례 때는 성적표를 나눠줄 것이다.

쇼코는 교복으로 갈아입은 사쿠타를 현관에서 배웅했다.

사쿠타는 신발을 신은 후, 쇼코를 돌아보았다.

"쇼코 씨……."

무슨 말을 하려 하는 사쿠타를 향해……

"다녀오세요."

……하고, 쇼코는 말했다.

마치 사쿠타의 망설임을 꿰뚫어본 것처럼, 그의 얼굴에 어려 있는 유약한 마음을 꾸짖는 것처럼, 쇼코는 그의 등을 살며시 밀어줬다.

평소와 다름없는 미소를 빙긋 지으면서……

지금 이 순간 나누는 짧막한 대화에서도 행복을 느끼고 있다는 것을, 온몸으로 전하고 있었다.

사쿠타는 그 마음에 부응할 수 있는 말을 딱 하나만 알고 있었다.

그래서, 사쿠타는 그 말을 입에 담았다.

"다녀오겠습니다."

미래를 향해 걸음을 내딛는 심정으로, 쇼코가 불안을 느끼지 않도록, 평소처럼 자연스럽게…… 하품을 곱씹으면서 문을 연 것이다.

현관을 나선 사쿠타는, 뒤를 돌아보지 않았다.

2

역으로 향하는 이들의 입김이 새하얗다.

사쿠타의 입김 또한 새하얀 색을 띄고 있었다.

어젯밤에 본 일기예보에서는 해안에 위치한 이 지역의 오늘 최저기온이 마이너스가 될지도 모른다고 했다. 그리고 그 일기예보는 사실이었다. 낮에도 기온은 거의 오르지 않으며, 한 자릿수의 중간 정도를 유지할 거라고 했으니, 아마 오늘은 추운 하루가 될 것 같았다.

게다가 오후에는 강렬한 한파가 몰려 올 것이며, 저녁부터 눈이 내릴 것이라고 한다. 그 눈은 밤 동안 계속 내릴 거라고 기상 캐스터 누님은 자신만만한 목소리로 말했다. 「교통에 차질을 빚을 수 있으니 주의해 주십시오」 하고도 말했었다.

12월의 하늘은 투명한 느낌이 감도는 물빛을 띄고 있었다. 햇빛도 약했으며, 쇼코가 말했던 것처럼 밤이 되면 폭설이 내릴 것이다. 사쿠타는 그 점을 눈곱만큼도 의심하지 않았다.

10분가량 걸어서 도착한 후지사와 역에서 가마쿠라로 향하는 열차를 탄 사쿠타는 학교가 있는 시치리가하마 역에 도착할 때까지 창밖에 펼쳐진 익숙한 풍경을 바라보았다.

후지사와 역을 벗어난 직후에는 번화가 같은 분위기의 풍경이 보였지만, 다음 역에 도착할 즈음에는 주택가로 변했다. 열차가 나아갈수록 창밖의 풍경은 차분함이 감돌았고, 에노시마 역에 다가가자, 바닷가 특유의 분위기가 느껴졌다. 새하얀 외벽을 지닌 바다 느낌 물씬 나는 건물 또한 보였다.

그리고 선로와 주위 건물 사이의 간격이 점점 좁아지더니,

고시고에 역 인근에서는 열차가 집과 집 사이의 좁은 길을 나아가듯 천천히 달렸다. 집과 열차가 부딪쳐도 이상하지 않을 만큼 거리가 가까웠다. 정원에 있는 나무의 가지가 때때로 열차와 부딪치지 않을까 하는 생각도 들었다.

사쿠타가 그런 광경에 정신이 팔려 있을 때, 느닷없이 시야가 확 트였다.

포물선을 그리며 이어져 있는 것은 사가미 만에 인접한 해안선이었다. 눈앞에는 바다와 하늘, 그리고 수평선이 존재했다.

매일같이 본 광경이니 딱히 놀랍지도 않았다. 생애 첫 감동을 고대하고 있는 것도 아니었다. 그런데도 좀 특별하게 보인 것은 자신이 사고를 당한다는 미래를 알지 못했다면, 지금이 이 광경을 마지막으로 보는 순간이라는 사실을 알기 때문이다. 어른 쇼코가 말해준 미래의 사쿠타는 그런 사실을 모른 채 평소와 다름없는 마음으로 이 경치를 봤을 것이다. 분명 하품이라도 하면서 멍하니 쳐다봤으리라.

그런 생각을 하고 있을 때, 갑자기 하품이 났다.

시치리가하마 역에 도착하자, 선로가 하나 뿐인 조그마한 플랫폼이 미네가하라 고교의 학생들로 가득 찼다. 그들은 삐뚤삐뚤한 줄을 형성한 채 학교를 향했다. 짧은 다리를 건너고, 건널목을 지난 후, 교문을 통과했다.

"오늘 좀 춥지 않아?"

"엄청 추워."

"얼어 죽겠네."

옆에서 걷고 있던 여자 그룹의 대화가 들렸다. 짧은 치마 아래로 맨다리를 드러낸 채 그런 소리를 하고 있었다. 촌스러움은 적이며, 귀여움이 정의인 여자 고등학생들은 오늘도 무언가와 싸우고 있었다.

사쿠타는 그게 바보 같은 짓이라고 생각하지는 않았다. 그저 그녀들을 보면서 추위를 느꼈을 뿐이다.

전교생이 체육관에 모여 치러진 방학식 또한 추위 때문인지 교장이 짤막하게 이야기를 끝내며 마쳤다. 무슨 말을 했는지 잘 생각은 나지 않지만, 수험생은 감기에 걸리지 않도록 조심하라는 내용이었던 것 같았다.

교실로 돌아가던 사쿠타의 눈은 자연스럽게 3학년 학생들 쪽을 향했다. 사쿠타는 마이를 찾았지만, 그녀는 보이지 않았다.

사실 마이는 오늘 학교에 오지 않았다. 일전에 들은 스케줄에 변동이 없다면, 도쿄에 있는 스튜디오에서 영화 촬영에 힘쓰고 있으리라.

마이와는 어제도, 그저께도 만나지 않았다. 대화도 나누지 않았다. 그녀의 목소리도 듣지 못했다. 텔레비전에 나온 그녀를 보기는 했지만, 그녀는 이틀 동안 다른 지역에서 스케줄을 소화하고 있었다.

사쿠타는 밤에 마이에게 몇 번이나 전화를 걸었지만, 그녀는 받지 않았다. 그녀에게서 전화가 오지도 않았다.

마이는 의도적으로 사쿠타를 피하는 것 같았다.

교실에 돌아온 사쿠타는 종례 시간에 담임에게서 성적표를 받았다. 바로 그때, 담임은 사쿠타에게 의미심장한 눈길을 보냈다. 하지만 사쿠타는 눈치채지 못한 척 했다. 성적표를 보니, 담임이 그런 이유를 알 수 있었다. 전 과목 성적이 1학기에 비해 한 단계씩 올라갔으니, 담임이 그런 반응을 보이는 것도 무리는 아니었다.

"그럼 내년에 보자."

그 말을 끝으로 종례는 끝나자, 사쿠타는 평소와 마찬가지로 누구와도 이야기를 나누지 않으며 교실을 나섰다.

학교에 남아있는 학생이 많은지, 하굣길은 텅텅 비어 있었다.

사쿠타는 역에 도착한 열차를 타고 후지사와 역으로 돌아갔다.

열차에서 내린 사쿠타는 집을 향해 걸음을 내딛다가 갑자기 멈춰 섰다. 그리고 다른 곳으로 향했다.

3

사쿠타가 들른 곳은 어린 쇼코가 입원한 병원이었다.

301호실.

그 병실에는 정적이 흐르고 있었다. 병실 밖에서 흘러들어오는 소리만이 들릴 뿐이었다.

중환자실로 옮겨진 쇼코의 짐이 지금도 이 병실에 놓여 있었다.

사람의 흔적은 남아 있지만, 체온은 사라졌다. 날이 갈수록 이 장소는 과거를 향해 도태되고 있는 듯한 느낌이 들었다. 그것은 단순한 착각일까.

"……."

사쿠타는 원형 의자에 앉았다. 어린 쇼코가 이 병실에 있을 때는 이 의자에 앉아서, 그녀가 최선을 다해 짓는 미소를 매일같이 보았다. 그 미소를 항상 볼 수 있을 거라고 생각했다. 마음 한편으로 그녀라면 분명 괜찮을 거라고 생각했다.

그 근거는 단순했다. 지금까지 가까운 누군가가 죽은 적이 없기 때문이다. 『카에데(花楓)』와 『카에데』를 통해 소중한 무언가를 갑작스럽게 잃을 수도 있다는 사실을 알고 있었지만, 어린 쇼코가 그렇게 될 거라는 생각은 하지 못했다.

아니, 하고 싶지 않았던 것이다.

그리고 진짜로 위험한 상태에 처할 때까지, 쇼코가 자신의 불안을 계속 숨겨왔기에 눈치채지 못했다.

조그마한 몸으로 최선을 다해 왔기에……. 사쿠타는 매일

같이 이 병실에 올 수 있었던 걸지도 모른다. 어린 쇼코는 사쿠타가 느낄 부담을 덜어준 것이다.

어른 쇼코는 그 행동을 사쿠타의 공적이라는 듯이 이야기했지만, 실은 그렇지 않다. 전부 어린 쇼코의 용기가 이뤄낸 것이다. 사쿠타는 그저 거기에 편승했을 뿐이다.

"……."

사쿠타는 천천히 의자에서 일어났다.

"또 올게."

그는 아무도 없는 침대를 향해 그렇게 말하며 병실을 나섰다.

사쿠타는 엘리베이터를 타고 1층으로 내려갔다.

매점 앞을 지나고 있을 때, 배에서 꼬르륵 소리가 났다.

매점에서 야키소바빵을 산 사쿠타는 아무도 없는 휴게실의 벤치에 앉았다.

사쿠타는 비닐을 벗기고, 야키소바빵을 한입 먹었다. 빵은 쫄깃했고, 야키소바 또한 쫄깃했다. 양쪽 다 쫄깃한 이 음식에 상품성이 있는지는 잘 모르겠지만, 맛 자체에는 만족했다.

그것도 이게 마지막 식사가 될지도 모르기 때문인 걸까. 문득 그런 생각이 들자, 사쿠타는 맛을 음미하며 이 빵을 먹기도 했다. 하지만 천천히 먹는 것에 익숙하지 않기에, 결국 평소와 같은 페이스로 빵을 먹어치웠다.

마지막 한 입을 먹었을 즈음, 새하얀 그림자가 휴게실 앞을 지나갔다. 그 그림자는 곧 되돌아오더니······.

"아, 카에데 양의 오빠 분. 여기 있었구나."

······하고 말하며 휴게실에 들어왔다. 그 사람은 카에데가 신세를 졌던 간호사 누님이었다.

"나 말인가요?"

그녀가 자신을 찾는 이유가 짐작되지 않은 사쿠타가 되묻자, 그녀는 표정을 굳히며 입을 열었다.

"쇼코 양의 어머님이 사쿠타 군을 쇼코 양과 만나게 해주고 싶대."

"······."

"사쿠타 군이 아무도 없는 병실에 매일같이 문병을 가는 걸 알고 계셔."

"그런가요."

"가족이 허락을 했으니 만날 수 있는데, 어떻게 할래?"

"마키노하라 양은 나를 만나고 싶어 하나요?"

어린 쇼코가 중환자실에 있는 자신을 사쿠타에게 보여주는 걸 꺼릴지도 모른다는 생각이 들었다.

"지금은 자고 있으니까 그런 걱정을 할 필요는 없어."

즉, 쇼코는 사쿠타가 방금 상상한 것과 같은 생각을 품고 있는 것이다.

"어떻게 할래?"

간호사 누님은 사쿠타에게 같은 질문을 또 던졌다. 그리고 사쿠타는 이미 결론을 내렸다. 실은 처음 질문을 받았을 때부터 결심을 했던 것이다.

　"만나겠어요."

　알아둬야 한다고 생각했다……. 쇼코가 처한 상황을, 사쿠타는 몰라선 안 된다고 생각했다.

　"그럼 따라오렴."

　사쿠타는 복도 끝에 있는 문 쪽으로 안내됐다. 무기질적인 자동문 두 개를 지나자, 간소한 방이 보였다. 문에는 준비실이라 적혀 있으며, 그곳에서 귀중품 이외의 물건은 로커에 맡겼다. 코트와 교복 상의를 벗은 후, 앞치마처럼 생긴 겉옷을 입었다. 또한 급식 당번이 쓸 법한 모자와 마스크도 착용했다.

　그 후, 손을 깨끗하게 씻었다. 그리고 소독을 했으며, 간호사 누님의 체크를 받은 후에야 중환자실에 들어갈 수 있었다.

　하지만 병실 안에는 가족만 들어갈 수 있기에, 유리 너머에서 내부를 쳐다볼 수만 있었다.

　"저쪽에 있는 사람이 쇼코 양이야."

　사쿠타는 그 말을 듣고도 쇼코가 어디 있는지 알지 못했다. 유리 너머에는 수많은 의료기기가 난잡하게 놓여 있기만 한 것처럼 보였다.

　몇 초 동안 갈 곳을 찾지 못하던 시선이 겨우 쇼코를 찾아냈다. 의료기기에 둘러싸여 있는 것이 침대이며, 그 침대에 누워있는 이가 바로 어린 쇼코였던 것이다.

　"……."

　사쿠타는 숨을 삼켰다.

　가슴에서 통증이 느껴졌다.

　펌프 같은 것이 작동하는 소리가 들렸다. 맥박을 재는 전자음이 울리고 있었다. 어딘가에서 공기가 새는 듯한 소리도 들렸다. 그것들 전부가 쇼코의 생명을 지키기 위해 가동되고 있다는 것을 이해했다.

　눈을 돌리고 싶은 광경이었다. 보지 않아도 된다면, 보고 싶지 않다. 하지만 사쿠타는 고개를 돌리지 않았으며, 고개를 돌리자는 생각 또한 하지 않았다.

　지금도 살아남기 위해 최선을 다하는 쇼코를, 눈에 새기려 했다.

　"정말 대단해."

　사쿠타의 입에서 겨우 그런 말이 흘러나왔다.

　"마키노하라 양은 지금도 힘내고 있구나……."

　항상 싸우고 있다. 항상 싸워왔다. 병과도, 이 세상의 불합리함과도, 운명과도 싸워왔다. 지금도 싸우고 있다. 자신의 미래를 위해서, 부모님의 미래를 위해서, 그리고 자신을 떠받쳐주는 이들을 위해서 말이다.

"정말……."

그렇기 때문에, 사쿠타는 모든 일이 다 끝난 후에 쇼코에게 말해주고 싶었다.

—힘냈구나.

쇼코를 진심으로 칭찬해주고 싶었다.

그것은 쇼코가 들어 마땅한 말이었다.

떨렸다. 마음이 떨렸다. 이 떨림을, 어금니를 깨물며, 주먹을 으스러져라 말아 쥐며, 사쿠타는 참았다. 샘솟는 눈물을 필사적으로 참았다.

그 눈물이 어떤 감정에서 기인한 것인지도 알 수 없다. 그저, 감정이 샘솟아 나오려 했다.

쇼코 앞에서 꼴사납게 울 수는 없기에, 사쿠타는 필사적으로 참았다.

이윽고 5분간의 면회 시간이 허무하게 지나갔다.

"짧지만 규칙이니까 양해해줘."

"예."

사쿠타는 간호사 누님과 함께 중환자실을 나섰다.

중환자실을 나서기 직전에 돌아보았지만, 쇼코는 눈을 뜨지 않았다.

준비실에서 겉옷을 벗고, 모자와 마스크를 버린 후, 로커에서 짐을 꺼낸 사쿠타는 간호사 누님에게 고맙다는 인사를 하고 일반병동으로 향했다.

그 후 한동안 무엇을 했는지는 사쿠타도 생각이 나지 않았다.

고민에 잠겨 있었던 것 같은 느낌도 들지만, 그 고민이 무엇이었는지 생각나지 않았다.

병원 복도의 불이 켜지는 걸 보고서야, 사쿠타는 문뜩 정신이 들었다.

사쿠타는 자동판매기가 설치되어 있는 휴게실의 벤치에 앉아 있었다.

고개를 들어보니, 창밖은 어둠에 뒤덮여 있었다.

사쿠타는 시간을 확인하기 위해 커다란 기둥에 걸려 있는 시계를 쳐다보았다.

시곗바늘은 오후 다섯 시를 가리키고 있었다. 유심히 보니, 창밖도 완전히 어둠에 뒤덮이지는 않았다. 날이 흐려서 어두워 보였지만, 하늘은 아직 희미하게 밝았다.

하지만 생각에 잠겨있는 사이에 세 시간 이상 지난 것 같았다.

더는 망설일 시간이 없기에, 사쿠타는 천천히 자리에서 일어났다.

사쿠타가 내디딘 발은 자동판매기 옆에 있는 공중전화로 향했다. 지갑에서 동전이란 동전은 전부 꺼내며 수화기를 들었다. 동전을 연달아 집어넣은 후, 사쿠타의 손가락은 다이얼로 향했다.

평소 들뜬 마음으로 눌렀던 열한 자리 번호를, 사쿠타는 떨리는 손가락으로 하나씩 하나씩 눌렀다.

마지막 번호를 누른 후, 수화기를 귀에 댔다.

수화기에서 흘러나오는 벨 소리를 한 번, 두 번, 세 번…… 하고 셌다.

다섯 번째 벨 소리가 끝났을 즈음, 전화가 연결되었다. 어제, 그저께도 몇 번이나 전화를 했었던 사쿠타는 또 부재중 전화로 이어졌다고 생각했다.

곧 안내 음성이 들렸다. 발신음이 들린 다음, 메시지를 남겨달라는 내용이었다.

"저예요. 사쿠타예요."

사쿠타의 목소리가 정적이 감도는 병원 복도에 희미하게 퍼져나갔다.

"……."

하지만, 사쿠타는 말을 잇지 못했다. 전화를 걸자고 마음먹었을 때는 무슨 말을 할지 정해뒀었지만, 지금은 입에서 아무 말도 나오지 않았다.

아니, 어쩌면 할 말 같은 것은 애초부터 없었던 걸지도 모른다. 그저 마이의 목소리를 듣고 싶었던 것뿐이다. 사쿠타는 그게 진실이라는 생각이 들었다.

"나는 마이 씨를 정말 좋아한다니깐."

사쿠타는 자조적인 목소리로 그렇게 중얼거렸다. 바로 그때, 수화기에서 전자음이 흘러나왔다. 회선이 바뀔 때 발생하는 노이즈다. 그리고 그 생각이 옳다는 것은 곧 증명되었다.

"사쿠타?"

수화기에서 마이의 목소리가 흘러나온 것이다.

"마이 씨."

"……."

"……."

"어제 말이야."

"예?"

"나, 꿈을 꿨어."

"……꿈?"

사쿠타는 마이가 무슨 말을 하는 건지 알 수 없었다. 왠지 공허하게 들리는 마이의 어조에서는 그 어떤 감정도 느껴지지 않았다.

"응, 꿈……."

"어떤 꿈이었는데요?"

"사쿠타와 새해 첫 참배를 하러 가는 꿈이야."

"……."

"꿈속인데도, 혼잡할 때를 피해 겨울방학 마지막 날에 참배를 갔어."

"현실적인 꿈이네요."

"맞아."

"마이 씨는 어떤 소원을 빌었어요?"

"사쿠타는 나를 행복하게 해주겠다고 신에게 선언했다며, 나한테 당당하게 말했어."

"완전 나답네요."

"맞아. 꿈속에서도 거짓말을 하잖아. 완전 사쿠타답다니깐."

마이의 목소리에 희미하게 웃음기가 섞였다.

"하지만, 사쿠타."

"예?"

"나는 그런 사쿠타를 좋아해."

"……."

아무런 말도, 대답도 못한 사쿠타는 수화기에 귀를 기울였다. 마이의 숨소리조차 놓치지 않겠다는 듯이 정신을 집중했다.

"그러니까, 나는 사쿠타를 잊어줄 수 없어."

"……."

"나는 사쿠타와 함께 살아갈 거야."

"마이 씨, 나는……."

사쿠타는 자신이 무슨 말을 하려는 건지 알지 못했다. 그리고 알지 못한 채, 통화는 느닷없이 끝나고 말았다. 마이 쪽의 전파 상태가 나빠진 것이 아니다. 사쿠타의 동전이 다

떨어진 것이다.

"……"

동전을 전부 다 썼다. 자동판매기에서 음료수라도 사면 잔돈이 생기겠지만, 사쿠타는 그러지 않았다.

더는 마이와 이야기를 나눌 시간이 없다. 마이의 목소리를 듣고 있다간 저울이 그녀와 함께 하는 미래 쪽으로 기울 것이다. 그래서야 전부 마이의 탓으로 돌리는 거나 다름없다.

결정은 사쿠타가 자신의 의지로 내려야만 한다.

사쿠타가 품은 두 개의 소원은 전부 그에게 있어 진심어린 소원이다.

쇼코가 살았으면 한다.

마이를 울리고 싶지 않다.

멈춰 서서 생각을 해봤자 답을 찾을 수 없다면, 걸음을 옮길 수밖에 없다.

마이와의 약속 장소로 향하면 된다.

에노시마 근처에 있는 수족관.

분명 그 순간에 다가갈수록, 쓸데없는 부분이 떨어져 나가면서 본심이 드러나리라.

소중하기 그지없는 결단이기에, 사쿠타는 그렇게 믿으며 걸음을 내디뎠다.

앞을 바라보며, 걸음을 옮겼다.

4

후지사와 역 주변은 백화점과 역사(驛舎) 빌딩을 꾸민 조명장식의 빛으로 휘황찬란했다. 크리스마스이브답게 시끌벅적한 분위기에 휩싸여 있었다.

사쿠타가 병원을 나서기 전부터 내리던 눈은 시간이 갈수록 기세를 더하며 성스러운 밤을 신비적으로 연출하고 있었다. 조명장식을 보기 위해 멈춰선 커플도 많았기에, 역 앞은 평소보다 혼잡했다.

그런 광경을 눈부시다고 여기면서도, 사쿠타의 마음은 어찌된 영문인지 평온했다.

어떤 커플의 옆을 지나간 사쿠타는 오다큐선의 개찰구로 향했다. IC카드를 대며 플랫폼으로 이동한 그는 머리와 어깨에 쌓인 눈을 털면서 가타세 에노시마행 보통열차에 탔다.

아마 아무 것도 몰랐을 사쿠타도 지금쯤 이 열차를 탔으리라.

몇 분이 지나자, 열차가 출발할 시각이 되었다. 벨이 울리면서 문이 닫히자, 열차는 천천히 달리기 시작했다.

빈자리가 있었지만, 앉지 않았다.

사쿠타는 문가에 서서 차 안을 둘러보았다. 커플이 많아 보였다. 날이 날인만큼 당연할지도 모른다. 목적지 또한 사쿠타와 같으리라. 에노시마의 시캔들을 보러 가거나, 수족관에서 해파리 라이트업쇼를 보러 가거나, 아니면 둘 다 하려는 걸지도 모른다.

도중에 혼쿠게누마, 구게누마 해안 역에 섰던 열차는 눈이 내리고 있는데도 불구하고 10분 만에 사쿠타를 가타세 에노시마 역에 데려다줬다.

문이 소리를 내며 천천히 열리자, 사쿠타는 눈이 흩날리는 플랫폼에 내렸다.

사쿠타는 다른 이용객들 사이에 섞여 개찰구를 통과했다. IC카드의 잔액은 62엔이었다. 돌아갈 차비가 부족했다.

사쿠타는 매표기에 IC카드를 집어넣었다. 그리고 지갑에서 천 엔짜리 지폐를 한 장 꺼내서 충전했다.

귀가 걱정 같은 것은 할 필요가 없을지도 모르지만, 미래를 몰랐던 사쿠타라면 아마 이렇게 했을 것이다. 마음이 어느 쪽으로 기울지 모르니, 사고를 당할 준비도 해둬야만 한다.

충전이 끝나자, 매표기에서 IC카드가 나왔다. 사쿠타는 그것을 지갑에 넣은 후, 남쪽을 향해 걸었다. 바다가 보이는 방향이다. 마이와 만나기로 한 장소인 수족관은 해안선 쪽에 있다.

사쿠타는 희미하게 눈이 쌓인 지면 위를 아무 생각 없이 걸었다. 그저 발치만 신경 쓰며 수족관으로 향했다.

한 걸음, 또 한 걸음, 평소처럼 내디뎠다. 곧 해안선을 따라 달리는 국도 134호선에 마주쳤다. 오른쪽을 쳐다보니 목적지인 수족관 건물이 보였다. 이제 눈앞에 있는 커다란 도로를 건너기만 하면 된다.

　신호가 파란색으로 바뀌었다. 그것을 본 순간, 사쿠타의 심장이 격렬하게 뛰었다. 그 심장 박동은 떨림이 되어서 온몸에 전해졌다.

　사쿠타의 뇌는 도로를 건너라는 명령을 내렸다.

　교통량이 많은 134호선의 신호는 빨간색이 되면 좀처럼 파란색으로 바뀌지 않는다. 그러니 이럴 때는 냅다 뛰어서라도 건너는 습관이 사쿠타의 몸에 배여 있었다.

　"......."

　하지만, 걸음을 내디딜 수가 없었다. 아스팔트에 발이 붙어버린 것만 같았다. 마지막으로 횡단보도를 건너는 커플의 등을 쳐다볼 수밖에 없었다.

　파란색으로 점멸하고 있던 신호가 빨간색으로 바뀌었다. 마지막으로 건넌 커플도 무사히 건너편에 도착했다. 헐레벌떡 건너느라 숨을 헐떡이고 있는 서로를 쳐다보며 웃고 있었다. 수족관을 향해 걸어가는 그 두 사람은 왠지 즐거워보였다.

　신호가 바뀌기만 기다리던 차들이 차례차례 달리면서 그 커플을 가렸다. 사쿠타는 시치리가하마 쪽으로 달려가는 차의 후미등을 별생각 없이 쳐다보았다. 사고를 일으키는 차가 없는지 살펴보았다. 하지만 사고가 일어나지는 않았다.

　사쿠타의 등을 타고 땀이 흘렀다. 교통사고가 발생한다면 이 장소가 가장 유력하다고 생각했다. 이 근처 인도는 포장이 되어 있는데다 폭이 넓기 때문에, 바닷가 쪽으로 건너가 버리면 차에 치일 걱정이 없다는 생각이 들었던 것이다.

사쿠타는 순조롭게 달리고 있는 차들에게서 눈을 떼지 못했다. 하지만 아무리 기다려도 사고를 일으킬 만한 차량은 보이지 않았다.

그럼 다음 신호 때 사고가 발생하는 것이리라.

"……휴우."

사쿠타는 자신이 토한 숨소리를 듣고서야, 자기가 안도했다는 사실을 눈치챘다. 하지만 왜 안도한 것인지는 짐작이 되지 않았다. 살아있기 때문인지, 사고를 당할 타이밍을 놓치지 않았기 때문인지, 아니면 양쪽 다인지…… 혹은 양쪽 다 아닌지도 말이다.

사쿠타는 그걸 알지 못한 채 신호기를 지그시 쳐다보았다. 다음 신호에서 건너지 않으면 약속 시간인 여섯 시까지 수족관에 도착할 수 없다. 그 정도로 이 횡단보도의 신호는 긴 것이다.

미래의 자신이 도달하지 못했던 수족관 건물을 쳐다보았다. 전력을 다해 뛰어간다면 수십 초 만에 도착할 수 있을 것이다. 하지만 그 장소에 향할 경우, 사쿠타는 골에 도착해서는 안 된다. 미끄러진 차에 치여야만 하는 것이다…….

사쿠타는 무의식적으로 깊은 한숨을 토했다. 아직 명확한 답을 찾지 못했다는 사실에서 비롯된 불안을 얼버무리려는 듯이 딱 한 번만 심호흡을 했다.

그리고, 다시 신호기를 쳐다보았다.

파란색이 되었다.

새하얀 입김이 시야를 희미하게 가린 가운데, 신호가 파
란색으로 바뀌었다.

추위에 떨며 신호가 바뀌기만 기다리던 보행자들이 일제
히 걸음을 옮겼다. 한가운데에 서있던 사쿠타의 양옆을 스
쳐지나갔다.

맞은편에서도 많은 보행자들이 걸어왔고, 반대쪽으로 나
아가는 두 흐름이 복잡하게 뒤엉켰다.

사쿠타는 걸음을 옮기지 않았다.

공포 때문에 머뭇거리는 것은 아니다. 몸이 삶을 선택한
것도 아니었다. 신호기보다 훨씬 밝은 빛이 시야 왼쪽 구석
을 비췄기에, 그는 꼼짝도 하지 않았다.

바다에 떠있는 듯한 에노시마.

등대처럼 솟은 시캔들이 크리스마스를 맞이해 찬란히 빛
나고 있었다. 그 등대에 정신이 팔린 나머지, 사쿠타는 걸음
을 옮길 타이밍을 놓치고 말았다.

분명 시캔들의 주위에는 수많은 연인들이 모여서 「아름답
네」 하고 말하며 이 특별한 날을 특별하게 보내고 있으리라.

자신에게도 그런 미래가 존재했을지도 모른다고 사쿠타는
생각했다.

—크리스마스 이브날 밤, 저와 함께 에노시마의 조명장식을 보러 가요.

어른 쇼코는 일방적으로 사쿠타와 그런 약속을 했다.

"……."

그 약속을 떠올렸기 때문에, 사쿠타는 걸음을 멈추고 말았다.

그의 가슴속에는 희미한 위화감이 존재했다.

언제부터 존재한 건지는 모르겠지만, 한 번 인식한 그 위화감은 순식간에 부풀어 오르기 시작했다.

만약, 그 날…… 결혼식장을 견학하러 간 그 날, 어른 쇼코에게서 크리스마스이브에 데이트를 하자는 말을 듣지 않았다면, 어떻게 했을까.

사쿠타와 마이의 데이트 약속은 어떻게 되었을까…….

—에노시마의 조명장식을 보러가지 않을래?

애초에 마이는 사쿠타에게 그렇게 말했다.

하지만 어른 쇼코가 그곳에서 데이트를 하자는 말을 했었기에, 사쿠타는 수족관으로 장소를 변경했다. 마이와 함께 보는 해파리라면 좋아할 수 있을 것 같다는 이유를 대면서 변경했던 것이다…….

"……."

사쿠타는 이제야 이해했다.

그 순간, 심장이 크게 뛰며, 마음이 떨렸다.

사쿠타는 전부터 생각했다.

왜 쇼코는 그렇게 만족스러운 미소를 지을 수 있는 것일까.

사쿠타에게 진실을 밝혔을 때도 그랬다.

사쿠타가 「살고 싶다」고 말했을 때도 그랬다.

쇼코는 오늘 아침에도 평온해 보였다.

눈치채고 보니 별것 아니었다.

쇼코는 이미 자신이 해야 할 일을 다 한 것이다.

사쿠타를 구한다.

그 단순한 목적을 달성하기 위해, 쇼코는 자신이 할 수 있는 일을 전부 했다.

―12월 24일 오후 여섯 시, 벤텐 다리 입구에 있는 용 등롱 앞에서 기다릴게요.

그 약속이 전부였던 것이다.

쇼코는 마지막으로 추억을 달라고 했지만, 그것은 진짜 이유를 감추기 위한 거짓말이다. 그것 또한 진심으로 한 말이겠지만, 그 진심마저도 목적을 위해 이용한 것이다.

사쿠타를 사고현장에 가지 못하게 하기 위해서…….

그래서 쇼코는 데이트 신청을 한 것이다. 데이트 장소를 자기가 정했던 것이다. 그 시간을 알려줬던 것이다.

그렇게 하면, 사쿠타가 그 날, 그 장소에 절대 오지 않을 거라는 사실을 알고 있었다. 사쿠타라면 마이를 선택할 거라고 믿고 있었다. 자신을 찰 거라고 믿어 의심치 않은 것이다…….

설령, 사쿠타가 사고를 당하는 미래를 선택할지라도 아무 상관없다. 마이와 약속한 수족관으로 향하는 길에서는 사고가 일어나지 않으니까……. 사고는 다른 장소에서 일어나니까…….

"말도 안 돼……."

　다리가 떨리기 시작했다. 파도 같은 그 떨림이 사쿠타의 머리끝까지 밀어닥치더니, 그의 귓속에서 메아리쳤다.

　전부 그렇게 된 것이다.

　―크리스마스가 끝날 즈음에는 전부 해결돼요.

　그 말도…….

　―제가 좀 더 잘했다면, 사쿠타 군이 이렇게 괴로워하지도 않았을 텐데…….

　그 말도…….

　―다녀오세요.

　미소를 지으며 했던 말도, 전부 그런 의미였던 것이다.

　쇼코가 숨기려 했던 마음이 그 안에 가득 담겨 있었다.

"정상이 아냐……."

　사쿠타는 헛소리처럼 자신의 마음을 입 밖으로 쏟아냈다.

　그렇다. 정상이 아니다.

　어째서 이렇게까지 누군가를 생각할 수 있는 것일까. 사쿠타를 생각할 수 있는 것일까.

"쇼코 씨는, 정상이 아니라고……."

사쿠타의 발이 지면에서 떨어졌다. 생각보다 먼저 몸이 움직였다.

눈 때문에 발이 미끄러지는 것도 개의치 않으며, 사쿠타는 죽을힘을 다해 뛰었다.

이미 늦었을지도 모른다.

뛰어가면 늦기 전에 도착할 수 있을지도 모른다.

모르기 때문에, 있는 힘껏 뛰었다.

새하얀 입김이 새어나왔다.

차가운 공기 때문에 코가 아팠다. 폐도 아팠다.

그래도, 사쿠타는 꽤 떨어진 곳에 있는 에노시마를 향해 뛰어갔다.

쇼코가 기다리고 있을 벤텐 다리를 향해 서둘렀다.

곧 약속 시각인 오후 여섯 시가 된다.

아마 1, 2분밖에 남지 않았으리라.

—마이 씨와 데이트를 하기 위해 약속 장소로 향하던 도중…… 사쿠타 군은 미끄러진 차에 치이고 말아요.

그때 쇼코가 했던 말을 믿는다면, 이 1, 2분이 운명을 가를 것이다.

"하아…… 하아……."

사쿠타는 눈이 흩날리는 가타세 다리 위를 필사적으로 뛰었다. 이 다리만 건너면 벤텐 다리는 코앞이다. 하지만 사카이 강은 폭이 넓어서 건너는데 시간이 걸렸다.

숨이 턱까지 찼다. 다른 사람과 부딪칠 뻔 했다. 사쿠타는 「미안해요!」하고 외치면서 뛰었다. 그저 하염없이 뛰었다.

이대로 끝낼 수는 없다.

끝내도 될 리가 없다.

일방적으로 도움을 받기만 하는 것은 이제 싫다.

사쿠타는 기력을 쥐어짜내며 필사적으로 뛰었다.

사카이 강을 건넜다.

도로 반대편에는 벤텐 다리의 입구가 있었다.

쇼코가 지정한 장소인 입구에 있는 용 등롱도 낮이었으면 보일 거리다.

사쿠타의 앞길을 막고 있는 것은 134호선뿐이다. 이곳에는 횡단보도가 없기 때문에 건너편으로 갈 수 없다.

보행자용 통로는 지하에 있다.

사쿠타는 자신이 너무 서두르다 지하 통로의 입구를 지나쳤다는 사실을 눈치챘다.

그가 허둥지둥 되돌아가려고 한 순간이었다.

인도에 있는 사쿠타의 뒤편에서 자동차의 경적 소리가 들려왔다. 그 소리는 점점 가까워지고 있었다.

"윽!"

고개를 돌려보니, 미끄러지고 있는 차량이 눈에 들어왔다.

검은색 미니밴이었다.

눈 때문에 바퀴가 미끄러지고 만 것 같았다.

그 차는 사쿠타를 향해 밀어닥치고 있었다.

"사쿠타 군!"

누군가의 비명소리가 들렸다.

반사적으로 그 목소리의 주인을 찾던 사쿠타의 눈은 도로 건너편에 있는 쇼코를 발견했다. 눈물에 젖은 그녀의 눈동자는 「어째서」하고 말하고 있었다.

시선이 마주치자, 사쿠타는 힘없는 미소를 머금었다.

그런 사쿠타의 시야를 검은색을 띤 무언가가 차단했다. 미끄러지고 있는 검은색 미니밴이 사쿠타와 쇼코의 시야를 막았다.

부딪친다.

그렇게 생각한 순간…….

"사쿠타!"

사쿠타는 귀에 익은 목소리가 들린 듯한 느낌이 들었다.

부드러운 무언가에 부딪친 사쿠타의 몸이 튕겨났다.

그 직후, 쿵 하는 둔탁한 소리가 사쿠타의 등 뒤에서 들려왔다.

정신을 차리고 보니, 사쿠타는 아스팔트에 쓰러져 있었다. 눈 덮인 지면에 닿은 손이 차가웠다. 긁혔는지 피도 났다. 하지만 손에서 느껴지는 한기와 고통 덕분에 사쿠타는 정신을 차릴 수 있었다. 아직 살아있다는 걸 이해했다. 살아있으니 아프고, 차가운 것이다.

대체 무슨 일이 일어난 것일까.

왜 자신은 무사한 것일까.

의문이 머릿속을 지배했다.

사쿠타는 천천히 몸을 일으켰다.

새된 비명이 연달아 들린 듯한 느낌이 들었다. 멈춰선 다른 보행자들의 기척이 주위를 가득 채웠다.

그 중심에 있는 이는 사쿠타와, 사고를 일으킨 차, 그리고 또 다른 한 사람이었다.

가장 먼저 눈에 들어온 것은 도로표지판에 부딪친 검은색 미니밴이었다. 사쿠타는 그제야 차에서 흘러나오는 경적 소리가 들렸다.

그 차 옆에 누군가가 쓰러져 있었다. 가로등 불빛을 스포트라이트처럼 받으며, 누군가가 쓰러져 있었다.

"……."

무의식적으로 입이 움직였다. 하지만 사쿠타의 입에서는 아무 말도 나오지 않았다.

지면에는 눈이 희미하게 쌓여 있었다.

그 새하얗고 차가운 융단을, 마이의 선혈이 붉게 물들이고 있었다.

물들이고 있었다……

계속

■역자 후기

안녕하십니까. 근로청년 번역가 이승원입니다.

『청춘 돼지는 꿈꾸는 소녀의 꿈을 꾸지 않는다』를 구매해 주셔서 진심으로 감사드립니다.

어느새 봄이 되었습니다.

아직 꽃샘추위 때문에 쌀쌀합니다만, 봄이라는 단어는 항상 반갑군요.

겨울의 추위에서 벗어나, 새해가 본격적으로 시작되는 느낌이랄까요?

저도 새해를 맞아 작업실을 전체적으로 새로 꾸며봤습니다.

창고에 넣어뒀던 커다란 식탁을 작업용 책상으로 삼으면서 듀얼 모니터 구성도 해봤고, 새 책장을 직접 만들어서(예전에 신세졌던 싱크대 공장에 부탁해서 나무를 짠 후, 직접 못질 및 드라이버질을 했습니다^^), 작업용 도서를 정리했죠. 그리고 기존 책장에는 지금까지 제가 번역한 작품의 증정본을 원서와 함께 정리해서 꽂아놨습니다. 후쿠오카에 살고 있는 친한 후배의 책장을 커닝(?)했습니다만, 나쁘지 않네요.

이제 본격적으로 새해를 맞이해 열심히 일해보자! ……고 생각했습니다만, 안 좋은 일이 연달아 터지고 있습니다. 어머니께서 건강을 해치셔서 제가 간병을 하게 됐고, 애완견이 실종된 데다, 천장에서 물이 새기까지……. 악재라는 건 왜 이렇게 겹쳐서 몰려오는 건지 모르겠습니다.

그래도 얼추 정리가 됐으니 이제부터라도 열. 심. 히 일을 해야겠습니다. 독자 여러분, 그리고 편집자님, 살려만 주십시오!(넙죽)

그럼 이제 이번 6권에 대한 이야기를 해야겠습니다만…… 이번에도 생략해야 할 것 같습니다.

제가 무슨 이야기를 하든 또! 사족밖에 안 될 것 같습니다.

그저 주인공들이 내린 선택과 그 선택이 초래한 결과, 그리고 그 결과가 빚어낼 미래와 과거를 저 또한 독자 여러분과 함께 지켜보고 싶습니다.

……참고로 저는 이 6권을 끝까지 읽은 날, 뜬 눈으로 밤을 지새웠습니다.(털썩)

그럼 이만 줄이겠습니다.

L노벨 편집부 여러분. 항상 재미있는 작품을 맡겨주셔서 감사합니다. 앞으로도 잘 부탁드립니다!

프리미엄급 뷔페 마니아 악우여. 네가 고급 뷔페를 좋아하는 건 알거든? 그래도 홀쭉한 너랑 같이 가면 왠지 내가 뷔페 오자고 한 사람 같단 말이다. 나, 이래봬도 다이어트(?)하고 있다고!

　마지막으로 언제나 제게 버팀목이 되어주시는 어머니와 『청춘돼지』 시리즈를 읽어주신 모든 분들에게 진심으로 감사드립니다.

　남는 자의 슬픔을 안 주인공이 미래를 바꾸기 위해 발버둥치는 모습이 그려지는 다음 권 역자 후기 코너에서 다시 뵙겠습니다!

2017년 3월 초
역자 이승원 올림

청춘 돼지는 꿈꾸는 소녀의 꿈을 꾸지 않는다 6

1판 1쇄 발행 2017년 4월 10일
1판 9쇄 발행 2023년 1월 16일

지은이_ Hajime Kamoshida
일러스트_ Keji Mizoguchi
옮긴이_ 이승원

발행인_ 신현호
편집장_ 김승신
편집진행_ 권세라 · 최혁수 · 김경민 · 최정민
편집디자인_ 양우연
관리 · 영업_ 김민원

펴낸곳_ (주)디앤씨미디어
등록_ 2002년 4월 25일 제20-260호
주소_ 서울시 구로구 디지털로 26길 111 JnK디지털타워 503호
전화_ 02-333-2513(대표)
팩시밀리_ 02-333-2514
이메일_ lnovellove@naver.com
ㄴ노벨 공식 카페_ http://cafe.naver.com/lnovel11

SEISHUN BUTAYARO HA YUME MIRU SYOJO NO YUME WO MINAI 6
ⓒ HAJIME KAMOSHIDA 2016
Edited by ASCII MEDIA WORKS
First published in 2016 by KADOKAWA CORPORATION, Tokyo.
Korean translation rights arranged with KADOKAWA CORPORATION, Tokyo,
through KCC.

ISBN 979-11-278-4081-5 04830
ISBN 979-11-86906-06-4 (세트)

값 7,200원

© 2015 Yomi HIRASAKA / SHOGAKUKAN
Illustrated by KANTOKU

여동생만 있으면 돼. 1~4권

히라사카 요미 지음 │ 칸토쿠 일러스트 │ 이신 옮김

여동생 바보인 소설가 하시마 이츠키의 주변에는
언제나 개성 넘치는 녀석들이 모여든다.
사랑도 재능도 헤비급이지만 아쉬운 미소녀의 최정상인 카니 나유타.
사랑에 고민하고 우정에 고민하고 미래도 고민하는 청춘 3관왕 시라카와 미야코.
귀축 세금 세이버 오노 애슐리. 천재 일러스트레이터 푸리케츠―.
각자 방황과 고민을 안고 있으면서도 게임을 하거나 여행을 가거나
일을 하며 떠들썩한 하루하루를 보내는 이츠키와 주변 사람들.
그런 그들을 따뜻하게 지켜보는
완벽 초인 남동생 치히로에겐 커다란 비밀이 있는데―.

『나는 친구가 적다』의 히라사카 요미가 펼치는
청춘 러브 코미디의 도달점, 드디어 개막!!

라이트노벨의 새로운 빛! L노벨의 신간은 매월 10일에 발매됩니다. http://cafe.naver.com/lnovel11

이 사랑과, 그 미래 1~6권(완결)

모리하시 빙고 지음 | Nardack 일러스트 | 이진주 옮김

완전 불합리한 세 누나 밑에서 불우한 가정생활을 보내던 마츠나가 시로.
그 지옥에서 도망치기 위해 신설된 기숙 학교에 들어가기로 마음먹은 그는
기대를 품고 히로시마로 향한다. 알지 못하는 지역, 낯선 언어.
그리고 무엇보다도 그 누나들과의 부조리한 나날에서 해방되었다는
고양감에 젖은 시로였지만,
룸메이트가 된 오다 미라이는 복잡한 마음을 가진…… 여성?!
시로와 미라이, 두 사람의 기묘한 공동생활이 시작된다—.

**『시노노메 유우코』콤비가 보내는
망설임과 애절함 가득한 청춘 스토리.**

중고라도 사랑이 하고 싶어! 1~3권

타오 노리타케 지음 | ReDrop 일러스트 | 이진주 옮김

　　　　"웃기지 마! 이 비치녀가!" 고등학생 아라미야 세이이치는
　교내에서 제일가는 불량 학생 아야메 코토코의 말썽에 휘말린 사건을 계기로
아야메 코토코가 끈덕지게 따라다니는 상황에 처하게 되고, 심지어 고백까지 받는다.
　　　그러나 세이이치는 신념에 따라 그것을 거절한다.
　　"야겜의 히로인 말고는 흥미 없어." 미인이지만 중고라는 소문이 도는
　코토코는 아예 논외였다. 그것으로 포기하리라고 생각했건만……
　　　　　　　"반드시 네 이상이 돼주겠어."
　　그렇게 선언한 코토코는 게임의 히로인과 같은 트윈테일 미소녀로 변신!
이건 대체 무슨 야겜? 인가 싶을 만큼 억지스러운 방법으로 세이이치에게 접근한다!!
　　　　　　　　불량소녀와 오타쿠.
　얽힐 일이 없을 터였던 두 사람의 이야기는 어디로 향할 것인가?!

『소설가가 되자』에서 화제가 된,
「사실은 일편단심 순정 소녀」계 러브코미디!!

라이트노벨의 새로운 빛! L노벨의 신간은 매월 10일에 발매됩니다. http://cafe.naver.com/lnovel11

©Junki Hiyama 2015
Illustration Yomi Sarachi

현자의 검 1권

히야마 준키 지음 | 사라치 요미 일러스트 | 이은혜 옮김

판타지 세계를 동경하며 살아온 소년.
그는 『엘더즈 소드』라는 게임이 좋아서 계속 반복해서 플레이했다.
그 중에서 가장 마음에 든 캐릭터, 전사 루온을 열심히 키웠다.
어느 날, 소년은 갑자기 의식을 잃게 되었고— 정신을 차려보니
그곳은 게임 속 세계에, 심지어 소년 자신은 루온이 되어 있었다.
그는 이상향이 눈앞에 펼쳐진 사실에 경악하고 흥분했다.
그러나 그와 동시에 깨달았다.
게임 속 루온은 죽기 위해 존재하는 캐릭터라는 것을—
그리고 마왕이 루온이 있는 대륙을 침공한다는 것을…….
루온은 이야기가 어떻게 진행되어도 수정할 수 있도록 힘을 키우기로 했다.
루온은 많은 결의를 가슴에 품고 마왕과의 전투에 몸을 던졌다.

『소설가가 되자』 대인기 판타지!!

©2015 Tsuyoshi Yoshioka
illustration:Seiji Kikuchi
KADOKAWA CORPORATION

현자의 손자 1~2권

요시오카 츠요시 지음 | 키쿠치 세이지 일러스트 | 최승원 옮김

사고로 죽었을 청년이 갓난아기의 모습으로 이세계에서 환생!
구국의 영웅 「현자」 멀린 월포드에게 거둬진 그는 신이라는 이름을 받는다.
손자로서 멀린의 기술을 흡수해가며 놀라운 힘을 얻게 된 신이었지만,
그가 열다섯 살이 되자 할아버지는 이렇게 말했다.
"상식을 가르치는 걸 깜빡했구만!"
이런 이유로 신은 상식과 친구를 얻기 위해
알스하이드 고등 마법학원에 입학하게 되는데―.

『규격 외』 소년의 파격적인 이세계 판타지 라이프, 여기서 개막!